총포두

총표두 2

묵필 新무협 판타지 소설

초판 1쇄 찍은 날 § 2004년 1월 7일
초판 1쇄 펴낸 날 § 2004년 1월 17일

지은이 § 묵필
펴낸이 § 서경석

편집장 § 문혜영
편집책임 § 유경화
편집 § 장상수 · 권민정
마케팅 § 정필 · 강양원 · 이선구 · 김규진 · 홍현경

펴낸곳 § 도서출판 청어람
등록번호 § 제1081-1-89호
등록일자 § 1999. 5. 31
어람번호 § 제2-0313호

주소 § 경기도 부천시 원미구 심곡1동 350-1 남성B/D 3F (우) 420-011
전화 § 032-656-4452 팩스 § 032-656-4453
http://www.chungeoram.com
E-mail § eoram99@chollian.net

ⓒ 묵필, 2004

값 8,000원

ISBN 89-5505-949-3 04810
ISBN 89-5505-947-7 (SET)

總鏢頭

Fantastic Oriental Heroes

총표두

묵필 新무협 판타지 소설

2

도서출판
청어람

목
차

第一章 최고의 협상가

"하암~"

창가에 앉아 졸린 눈으로 하품하고 있는 승후를 보며 예설과 사운화는 어제의 일을 생각하자 절로 웃음이 나왔다.

미려진은 목걸이를 만들어내라며 하루 종일 쫓아다녔고 승후는 그런 미려진을 피해 다녔다. 결국 승후로서는 원하지 않은 숨박꼭질로 거의 잠을 이루지 못했다. 그러나 미려진은 하루 종일 승후를 쫓아다녔음에도 전혀 지치지 않는지 조금 전까지도 승후를 찾아와서 목걸이를 만들어내라고 승후를 닦달했다. 미무진이 미려진을 찾는다는 전갈이 없었다면 아마 승후는 아직도 미려진에게 시달리고 있었을 것이다.

거듭되는 미려진의 행동에 승후는 강력하게 거부했다. 그런데 목걸이를 원하는 사람은 미려진뿐이 아니었다. 장소소와 하려군 역시 미려진의 뒤에서 무언의 시위를 하고 있었던 것이다. 뿐만 아니라 어떻게 소문을 들었는지 풍림장의 위사들과 현재 풍림장에 머물고 있는 많은 사람들 또한 승후에게 남은 것이 없는지 물어오는 통에 승후는 잠시도 쉴 틈이 없었다. 그리고 승후가 만든 목걸이를 본 여인들은 승후가 선물한 목걸이를 목에 건 사운화 등을 부러워했다.

"그러게 오라버니, 려진 언니에게도 목걸이가 하나 만들어주었으면 이런 일들은 없을 거 아니에요."

언제 친해졌는지 예설은 미려진을 언니라 불렀고 사운화는 동생이라 부르고 있었다. 그뿐 아니라 어제 잠시 자리를 같이 했던 여인들은 서로 언니, 동생 하며 서로 친하게 지내었다. 승후는 그런 여인들을 보며 이해할 수 없었다. 만난 지 하루도 채 되지 않아 어떻게 저리 가까워질 수 있는지…… 여하튼 예설은 이미 친해진 미려진을 대신해 은근히 승후에게 목걸이를 만들어주길 종용했다.

"그래, 나도 그러고 싶은데… 귀찮아."

"오라버니도 참, 려진에게 시달리는 것보다는 목걸이 하나 만드는 것이 더 낫지 않아요?"

사운화가 황당한 승후의 대답에 반문했다.

"그건 운화가 몰라서 하는 소리야. 운화 네가 목에 걸고 있는 목걸이의 줄을 잘 한번 살펴봐. 자세히 보면 알겠지만 목걸이 줄이 그냥 금을 녹여 이은 것이 아니란 말이다. 그 줄은 자세히 살피지 않으면 보이지 않는 작은 조각들로 이어져 있어. 그 조각 하나를 만드는 데도 엄청난 집중력과 많은 내력이 필요하단 말야. 그리고 난 어제 무려 열 개나 만들었어. 물론 그중 반은 실패했지만… 어쨌든 그런 귀찮은 작업을 다시는 하고 싶지 않아. 그러니 너희들도 그 목걸이를 잃어버리지 않도록 잘 간수해."

승후의 말을 들은 예설과 사운화는 자신들의 목에 걸려 있는 목걸이를 자세히 살펴보았다. 승후의 말대로 자세히 살피지 않으면 보이지 않는 작은 조각들이 꼬리를 물고 이어져 있었다. 그 하나하나에 승후가 얼마나 정성을 쏟았는지 승후의 마음이 보이는 듯했다.

"그런데 오라버니, 조금 전에 열 개를 만들어서 그중 반은 실패했다고 했잖아요. 그럼 아직도 하나 남았겠네요. 그걸 려진 언니에게 줘버리면 더 이상 오라버니를 귀찮게 하지 않을 거 아니에요?"

조금 전 승후의 말에서 목걸이가 하나 더 있음을 눈치 챈 예설이 승후에게 말했다.

"그래, 설아야, 나도 그러고 싶어. 그런데 만약 내가 미 소저에게 남은 목걸이를 줘버리면 미 소저가 가만히 있겠니? 분명 그 성격에 많은 사람들에게 자랑하겠지. 그러면 결국 남은 목걸이가 있었다고 소문이 나겠지. 그럼 또 다른 미 소저들이 나타나 나를 괴롭힐 것이 뻔한데 어떻게 그럴 수 있겠니? 지금 당장은 미 소저 때문에 괴롭지만 참을 수밖에. 에휴~"

승후는 말을 끝내고는 짧은 한숨을 내쉬었다.

"오라버니!"

승후는 멀리서 자신을 부르는 목소리에 몸을 떨었다. 어제 하루 종일 자신을 쫓아다닌 것으로 부족했던지 아침 일찍부터 찾아와 자신을 괴롭히던 목소리의 주인공이었기 때문이다. 그리고 이제는 너무도 자연스럽게 오라버니라고 부르는 미려진을 보며 승후는 고개를 설레설레

저었다. 그리고 언뜻 보니 미려진의 뒤를 장소소와 하려군이 따르고 있는 것이 보였다.

"오라버니~"

미려진이 애교를 가득 담은 목소리로 승후를 불렀다. 평소의 승후였다면 미인의 애교에 끔뻑 넘어갔겠지만 승후는 자신을 부르는 코맹맹이 소리에 더욱 몸을 움츠렸다. 그런 승후의 행동을 아는지 모르는지 미려진은 얼굴에 미소를 가득 담고는 승후에게로 달려왔다.

"휴~ 운화야, 미 소저를 잘 부탁한다."

사운화에게 미려진의 일을 떠넘긴 승후는 사운화의 대답은 듣지도 않고 급히 자리를 떠났다.

"오라버닛!"

승후가 자신을 피해 도망가는 것을 본 미려진은 날카로운 목소리로 승후를 불렀다. 그러나 미려진의 부름에도 승후는 아랑곳하지 않고 더욱 미려진에게서 멀어져 갔다. 미려진은 자신을 피하는 승후를 부르며 승후의 뒤를 쫓았다. 이런 승후와 미려진의 모습을 보며 예설과 사운화는 한숨을 쉬었다. 미려진을 알게 된 것은 짧은 시간이었지만 원하는 것을 얻을 때까지 절대 포기하지 않는 성격을 대략이나마 파악했기 때문이다.

"호호호! 또 시작이군요, 언니."

하려군이 웃으며 사운화에게 다가와 말을 건넸다.

"그러게 말야."

사운화는 하려군의 말에 미소하며 승후와 미려진이 사라져 간 곳을 바라보았다. 하려군과 장소소 역시 승후의 뒤를 쫓는 미려진의 뒷모습을 바라보았다.

　"준비는 되었나?"

　"예, 대주님."

　엽승은 언제나처럼 우문후의 질문에 간결하게 대답했다. 우문후는 자신에게 짧은 대답을 한 엽승을 물끄러미 바라보았다. 이제 겨우 약관을 넘긴 청년이었지만 현재 엽승이 지닌 실력은 누구도 경시 못할 정도였다. 그래서 용문방에 투신한 지 오 년이라는 짧은 시간 만에 용문방 전력의 핵인 적멸대의 부대주 자리에 오를 수 있었던 것이다.

　"풍림장은 며칠 전의 일로 근 백여 명의 사상자가 났다지?"

　"예."

　"그래, 자네가 생각하기에는 풍림장의 유백청이 무엇을 원할 것 같은가?"

　"아무래도 피해에 대한 보상 정도겠지요. 저희가, 아니, 소방주께서 용문방에 먹칠을 하는 일을 저질렀다고는 하나 우리와 전면전을 치르기에는 힘의 차이가 너무 크다는 것을 유 장주도 잘 알고 있을 겁니다."

　"물론 그렇네만 만약 그들이 소방주에 대한 일을 강호에 소문이라도 낸다면 우리 용문방의 입지가 어려워지네. 그리고 현재 우리를 견제하고 있는 오파일방이 이 일을 빌미로 어떤 행동을 취할지는 예측하기 쉬운 일이지."

　"……."

　"얼마나 요구할까?"

"금전적인 요구라면 그렇게 걱정하지 않으셔도 됩니다. 우리 용문방의 자금 동원력은 이곳 복건성뿐 아니라 화남에서도 제일로 손꼽히니까요."

"그럴까? 과연 그들이 금전적인 요구만으로 그칠까?"

"예?"

"풍림장 역시 강서성에서 이름난 장원이네. 뿐만 아니라 그들이 보유한 자금 역시 아주 뛰어나지. 물론 우리보다는 못하겠지만 말이야."

우문후의 말대로 풍림장은 강서성에서는 재력이 손꼽히는 장원이었다. 뿐만 아니라 가진 무력 또한 뛰어났다. 사실 풍림장은 용문방과 같은 대문파와의 마찰이 아니라 무림의 중간 정도의 문파만 되었더라도 지금처럼 조용히 있지는 않았을 것이다.

"흠… 일단은 칼자루를 쥔 쪽은 풍림장이라는 말인가?"

"……."

우문후와 엽승이 문답을 주고받을 때 문밖에서 적멸대 대원의 목소리가 들려왔다.

"대주님, 방주님께서 찾으십니다."

"그래? 지금 어디 계시느냐?"

"예, 지금 연무장에 계신다고 합니다."

"연무장이라……. 알았네."

"예."

장양충이 연무장에서 용문방의 수뇌를 소집한다는 것은 이미 어떻게 행동할지 결정했다는 것이다. 일단 장양충이 연무장에서 소집을 명하면 누구의 조언도 듣지 않는다. 혹 그의 부인인 옥군영이 있다면 모를까 현재 방 내에는 그녀가 없기에 우문후는 속이 탔다. 이번 일로 우문후는 자신이 계획한 일들이 완전히 다른 방향으로 흘러가고 있음에 많이 당황하고 있었다. 게다가 교영 역시 상태가 하루하루 나빠지고 있어 우문후의 마음은 더욱 무거웠다. 그리고 일단 장양충이 나선 이상 자신이 할 수 있는 일이 그다지 많지 않다는 것을 잘 알고 있는 우문후로서는 지금의 상황을 자신에게 유리한 방향으로 만들기 위해 많은 계책들을 생각했다. 그러나 여전히 자신의 마음에 드는 것은 없었다.

"…대주님."

엽승은 생각에 빠져 있는 우문후를 불렀다. 그러나 우문후는 대답 없이 여전히 자신의 생각에만 빠져 있었다.

엽승은 자주 변하는 우문후의 얼굴을 보며 의아해했다. 엽승은 그가 보좌하고 있는 우문후의 얼굴이 짧은 시간에 이렇게 많이 변화는 것은 이제껏 보지 못했다. 자신의 생각으로 이번 소방주에 의해 생겨난 일은 아주 간단하게 해결할 수 있을 것 같았기에 우문후의 이런 행동은 지나친 감이 있다고 생각되었다.

"대주님!"

조금은 큰 목소리에 우문후는 자신의 생각에서 빠져나올 수 있었다. 그리고는 자신을 부른 엽승의 얼굴을 바라보았다.

"방주님께서 찾고 계십니다."

엽승의 말을 들은 우문후는 그제야 자신이 깊은 생각에 빠져 있었다는 것을 깨달았다.

"그랬지. 서둘러 가세."

"예."

우문후가 연무장으로 신형을 날리자 그 뒤를 엽승이 따랐다.

"비연대주의 말은… 그러니까 풍림장에 적잖은 고수들이 있다는 말인가?"

"예, 방주님. 개방의 소진걸 장로를 비롯하여 손을 꼽을 수 있는 고수들이 다수 있다는 보고입니다."

"그래?"

장양충은 비연대주인 서문혜경의 보고에 크게 신경 쓰지 않는 것 같았다. 그 역시 유백청이 실력을 숨긴 고수라는 것을 짐작하고 있었고 또 이름난 몇몇 고수들이 있다지만 그다지 신경 쓰이지는 않았다. 그것은 장양충 자신의 실력을 누구보다 믿고 또한 이번 풍림장의 방문 목적이 그들과 다투기 위함이 아니라 어디까지나 아들의 소행에 대한 사과와 그에 대한 보상을 하기 위함이기 때문이었다. 물론 풍림장에 대한 보상의 조건에 이견이 있을 수 있었지만 그것은 협상을 통해 충분히 조절할 수 있는 것이었다.

"고수가 많다니 풍림장이 상당히 대비를 많이 한 것 같구먼. 그러나 우리는 그들과 다투기 위한 것이 아니니 고수가 많은들 무슨 상관 있겠나?"

"……."

장양충의 말을 들은 서문혜경은 아무런 말도 하지 않았다. 그녀 역시 이번 일을 그다지 심각하게 생각하지 않고 있었다.

"적멸대 대주가 오면 출발하도록 하지."

"예."

"흠, 용문방이라……."

"뜻밖이군."

"그러게 말일세. 허… 어쩌면 오파일방보다도 가진 무력이 더 뛰어
날지도 모르는 문파라니……."

"그럼 그때의 그 흑의무사들은 흑풍대였나?"

"오늘 과연 용문방주가 직접 올까?"

지금 풍림장의 의사청에서는 유백청과 개방의 장로 소진걸, 악양제
일장의 미무진, 화북 팽가의 팽문호, 황산 마가장의 마일기, 그리고 이
제는 군자검이 아닌 환상검이라 불리는 문일상 등이 오늘의 일에 대해
이야기하고 있었다. 그들은 풍림장을 공격한 문파가 용문방이라는 사
실을 알게 되었을 때 크게 놀랐다. 화남에서도 가진 무력으로 따를 문
파가 없는 용문방이었기에 이 자리에 모인 사람들은 오늘 일이 크게
걱정되었다.

"아무리 용문방이라 하더라고 그들이 풍림장을 칠 명분은 없습니다.
그러니 이렇게 걱정할 필요는 없을 것 같군요."

그동안 무겁게 진행되던 이야기가 팽문호의 호탕한 소리와 함께 분
위기가 조금은 달라졌다. 좌중은 호탕하게 이야기한 팽문호를 바라보
았다. 좌중의 시선이 자신에게로 모이자 팽문호는 작게 헛기침을 하고
는 당연하다는 듯이 말했다.

"험험, 용문방이 아무리 정사지간을 걷고 있는 문파라고는 하지만
풍림장을 공격하기 위해서는 명분이 필요합니다. 그러나 현재 명분은

우리에게 있지요. 용문방의 소방주가 유 장주님의 여식을 납치하려 들었으니 이러한 소문이 새어 나간다면 아무리 용문방이라 하더라도 강호에서 발 디딜 곳이 없을 겁니다. 또 우리에게는 용문방을 압박할 인질도 있습니다. 따라서 이번 협상에서 칼자루를 쥔 쪽은 우리라는 사실입니다."

"그렇습니다. 강호의 소문이란 아주 작은 것이라도 몇 사람을 거치면 눈덩이처럼 불어나기 마련입니다. 더구나 부녀자 납치라는 말이 돌게 된다면 용문방으로서는 여간 난감한 일이 아닐 것입니다. 뿐만 아니라 용문방의 방주인 장양충은 자신의 가족을 무척이나 아낀다고 들었습니다. 그중 자신의 딸을 아주 끔찍이 여기기로 소문이 자자하지요."

미무진이 팽문호의 말에 동조했다. 그러자 다른 사람들도 머리를 끄덕이며 생각이 같음을 표시했다.

"하지만 그렇다고 해서 준비를 소홀하게 해서는 안 될 것입니다. 우리에게 명분이 있고 또한 인질이 있다고는 하지만 그렇다고 반드시 우리의 뜻대로 된다는 보장은 없습니다. 그러니 만약을 대비한 준비가 있어야 할 것입니다."

마일기가 팽문호와 미무진의 말에 동조하면서도 신중할 것을 말했다.

"그래, 대비라면 어떤 것을 말함인지……?"

유백청이 마일기를 보며 말했다.

"팽 대협과 미 장주님의 말씀대로 일단은 우리가 칼자루를 쥐고 있습니다. 하지만 용문방주가 우리의 요구를 모두 들어줄지는 확신할 수 없습니다. 그래서 일단 우리가 용문방에 요구할 것을 다시 한 번 정리할 필요가 있습니다. 어쨌든 용문방은 단일 문파로의 무력으로 보기에는 너무도 강하니까요. 그러나 그렇다고 해서 우리가 저자세로 나갈 필요는 없습니다. 즉 용문방의 자존심이 상하지 않는 선에서의 보상이 적절할 것이라고 생각됩니다."

"흠……."

마일기의 말을 들은 유백청은 깊은 생각에 잠겼다. 그러나 용문방의 자존심을 상하지 않게 보상을 요구하자니 어느 정도가 용문방의 체면을 상하지 않게 하는지 그 정도에 확신이 서지 않았다.

"문 대협, 승 공자는 이 일을 어떻게 생각하고 있는지 알 수 있겠습니까?"

유백청이 문일상을 보며 말하자 의사청에 모인 사람들은 유백청과 문일상을 번갈아 보았다.

"글쎄요, 일단 자신에게 맡겨달라고 했으니 풍림장에 해가 되는 일을 하지는 않을 것입니다. 자신이 나서겠다고 했으니 나름대로 계획은 있는 것 같습니다만……."

"아니, 그게 무슨 말씀입니까, 유 장주님? 이 중요한 일을 누구에게 맡긴다는 말입니까?"

마일기는 유백청과 문일상이 이 일을 누군가 다른 사람에게 일임하는 것 같은 말을 하자 크게 놀라며 물었다.

"예, 사실 이 일은 승 공자에게 모두 일임했습니다. 하지만 워낙 중요한 사안이라 저 역시 나름대로의 대안이 필요하기에 여러분의 조언을 구하게 된 것입니다."

"아니, 숭 공자라는 자의 어디를 믿고 이처럼 중대한 일을 맡기시는 겁니까?"

마일기는 어제부터 유백청과 소진걸이 승후를 생각하는 태도가 무척이나 마음에 들지 않았다. 자신의 아들인 마평이 소림방장의 속가제자가 되고 또 속가제자로는 처음으로 소림 칠십이종의 절기 중 세 가지를 익혀 무림의 후기지수 중 사룡의 일원이 되었을 때 모두 자신의 아들을 칭찬하고 부러워했다. 마침 강서성에 유람차 들러 풍림장에 사고가 있었다는 이야기를 듣고는 아들의 무위를 자랑하고 싶어 그동안 교류가 없었던 풍림장을 찾은 것이었다. 그런데 그의 아들은 화남제일 미인 유소경을 보자 넋을 잃고 마는 실태를 저지르고 말았다. 그것도 한 번이 아니라 이야기를 하는 동안 내내 유소경의 얼굴에서 시선을 떼지 못했다. 이것은 분명 마평의 큰 실수였다. 하지만 유소경과 유백청이 불쾌해하는 낯빛을 보이지 않자 마일기의 가슴 한 켠에는 혹시 유소경 역시 그의 아들에게 마음이 있지 않나 하는 생각이 들었던 것이다.

그러나 자신도 한순간 시선을 떼지 못한 미인을 바라보고도 아무런 반응이 없었다는 승후의 이야기를 듣자 마일기는 자존심이 상했다. 그의 아들은 사룡 중 수위에 올라 있는 후기지수이다. 그리고 현재 무림의 명문세가와 문파에서도 혼담이 끊이지 않고 있었다. 그런데 문파와 출신 내력도 알 수 없는 숭후가 자신의 아들보다 뛰어나다고 말하는 것 같자 그것을 인정할 수 없는 마일기였다. 거기에 오늘 이 자리에서 또다시 숭후의 이야기가 나오자 이제는 대놓고 숭후를 두둔하는 유백청이 좋게 보이지 않았다.

"예, 승 공자가 나이는 어리지만 지닌 재주도 범상치 않고 또 여기 계신 저의 의형과 저의 여식을 구해준 은인입니다. 뿐만 아니라 아이들의 이야기를 들어보니 승 공자가 용문방의 소방주와 지금 풍림장에 인질로 잡혀 있는 장소소를 한순간에 제압했었다고 합니다. 그리고 장소소를 인질로 잡아두는 것을 조건으로 용문방의 소방주를 풀어주었다고 하더군요."

"아니, 유 장주님은 그 말을 모두 믿는단 말씀입니까? 용문방의 소방주와 용문방의 여식까지 한순간에 제압하다니요? 기습을 했더라도 용문방의 소방주를 그 승후자라는 자가 그렇게 쉽게 제압했을 리 만무한데 그것은 믿기 어려운 말입니다. 더구나 용문방의 소방주인 장경은 그의 부친인 장양충의 독문무공인 철혈검법을 거의 대성한 것으로 알려져 있습니다. 지금까지 장양충과 그의 아들인 장경을 꺾은 사람이 있다는 소문을 저는 들은 적이 없습니다. 또 한 번도 장양충의 철혈검법이 누군가에게 패했다는 소문도 더 더욱 들어보지 못했습니다."

마일기의 열변에 좌중은 무겁게 머리를 끄덕였다. 모두들 장양충의 실력을 인정하고 있었기 때문이다. 원래 장양충의 철혈검법은 이백여 년 전의 기인인 무적진인의 무적백팔검법을 장양충이 그 명칭을 달리한 것이었다. 무적진인의 검법은 부드러운 데 비해 장양충이 펼치는 검법은 지극히 패도적이었다. 이에 장양충은 자신의 명호인 철대협에 걸맞게 검법의 이름을 철혈검법으로 바꾸고 검법도 일부 손질한 것이다. 거기에 장양충은 용문방을 일으켜 지금까지 단 한 번도 패하지 않은 무적의 고수였다. 이러한 사실은 지금 모여 있는 사람들이 모두 알고 있는 사실이었다. 그리고 장경 역시 장양충의 철혈검법을 모두 익힌 상태였고 후기지수 중 뛰어나다던 사룡 중에는 들지 않았지만 장경이 지닌 무위는 그 사룡 못지않다는 것이 현 무림의 평이었다. 아니, 어쩌면 사룡보다도 뛰어날지 몰랐다. 그런 장경을 너무도 쉽게 제압했다는 말이 마일기는 믿기지 않았다.

그러나 승후가 장경과 장소소를 제압한 것은 사실이었다. 어쨌든 그 결과인 장소소가 자신들의 눈앞에 있기 때문이었다. 그러나 마일기는 무슨 이유에선지 연신 승후를 깎아내렸다. 마일기의 말이 유백청과 소진걸, 그리고 문일상은 듣기 거북했지만 마일기 역시 풍림장을 도우러 온 사람이었기에 대놓고 그의 말을 반박하지 못했다. 뿐만 아니라 팽문호와 미무진 역시 마일기의 말에 동조하는 태도를 보이는 것 같아 유백청의 안색은 더욱 무거워졌다.

"그럼 마 장주님은 달리 좋은 의견이라도 가지고 있는가 봅니다."

"예?"

순간 마일기는 유백청의 말에 아무런 대답을 하지 못했다. 유백청이 두둔하는 승후가 싫어 무작정 반대하고 승후를 깎아내리느라 다른 대안을 생각하지 못한 것이었다. 그리고 생각한다고 해서 딱히 대안이 떠오를 것 같지도 않았다.

마일기가 아무런 말을 하지 못하자 마일기를 바라보는 팽문호 등의 얼굴이 찡그려졌다. 그들 역시 승후가 싫은 것은 사실이었지만 그렇다고 마일기처럼 정색까지 할 정도는 아니었다. 그의 조카가 비록 큰 상처를 입었지만 그런 일은 비무 중 흔히 일어날 수 있는 일이다. 그래서 한 번도 승후를 만나보지 않았음에도 승후를 깎아내리는 듯한 마일기의 태도에 의아했다. 그러나 마일기가 강력히 반대하는 데에는 그에 따른 합당한 이유가 있을 것이라는 생각이 들었기에 지금과 같은 마일기의 침묵이 팽문호는 어이가 없었다.

'허참, 소문이란 그대로 믿을 것이 못 되는군. 그래도 대협이라 불리는 사람이 저렇게 옹졸하다니… 쯧쯧쯧……'

사람들의 이 같은 시선을 느꼈는지 마일기의 얼굴이 붉어졌다. 그역시 이름난 강호의 명숙이라면 명숙이었기에 조금 전 그 자신의 행동이 조금 과한 것을 모르는 바 아니었다. 하지만 승후라는 사내를 인정하기에 마일기는 너무도 아들을 사랑했고 자랑스러워했던 것이다. 그런 부성애가 지금 이 자리에서 일그러져 나타나고 있었다.

갑자기 분위기가 가라앉자 유백청은 예의 너털웃음을 터뜨리고는 좌중을 둘러보며 말했다.

"허허허, 어쨌든 여러분의 걱정과 조언에 감사드립니다. 여러분의 조언을 토대로 오늘 일에 잘 대처하도록 하겠습니다. 그럼 준비할 것도 있고 하니 그만들 숙소에 가서서 쉬고 계십시오. 나중에 용문방주가 도착하면 도움을 청하겠습니다."

말을 마친 유백청이 자리에서 일어나자 모두들 자리에서 일어나 유백청에게 가볍게 인사하고는 모두 자신의 숙소로 돌아갔다.

"문 대협, 잠시만 남아주십시오."

유백청이 마지막으로 나가려는 문일상을 붙잡았다.

"지금 승 공자를 만날 수 있겠습니까?"

"예, 아마도 후원의 숙소에 있을 것입니다."

"한데… 문 대협."

"예, 말씀하시지요."

"저… 혹 승 공자의 무공 내력을 아십니까?"

승후의 무공 수위를 알고 싶다는 유백청의 돌려서 하는 말에 문일상은 가볍게 미소했다. 지금 유백청이 가지고 있는 걱정을 문일상은 짐작하고 있었기 때문이다.

"글쎄요… 저도 한 번도 승후가 전력을 다해 무공을 펼치는 것을 보지 못했기 때문에 드릴 말씀은 없습니다만… 하지만 승후라면 이번 일을 잘 해결할 수 있을 거라는 생각이 드는군요."

"허허, 문 대협의 그런 믿음이 어디에서 비롯된 것인지 정말 궁금하구려."

그동안 침묵을 고수하고 있던 소진걸이 문일상을 보며 말했다.

"글쎄요… 승후와 몇 달만 함께 생활해 보시면 아마 알게 될 것입니다만… 저는 지금까지 승후가 괜한 일에 나서는 것을 보지 못했습니다. 그리고 승후는 하고자 마음먹은 일은 반드시 하고 맙니다. 이왕 맡기기로 했으니 끝까지 한번 믿어보십시오. 승후의 말처럼 풍림장에 해가 되는 일은 하지 않을 것입니다."

"휴… 알겠습니다. 그럼 문 대협, 함께 승 공자에게 갑시다."

"예."

가볍게 한숨을 내쉰 유백청은 소진걸과 함께 문일상을 뒤따랐다.

"오라버니~"

아침부터 지금까지 찰거머리처럼 달라붙는 미려진 때문에 승후는 머리가 지끈거렸다. 도저히 어찌할 방도가 없었다. 차를 마실 때도, 식사를 할 때도 옆에서 졸라대는 통에 마음 편히 음식을 먹을 수도, 쉴 수도 없었다. 그래서 몇 번이나 하나 남은 목걸이를 주고 싶었지만 앞에서 동그란 눈을 뜨고 빤히 쳐다보고 있는 장소소와 하려군을 보면 그럴 수도 없었다.

"하……."

"호호호! 오라버니, 무슨 걱정이라도 있으세요? 혹시 오늘 있을 소소의 아버님 일 때문인가요?"

승후의 한숨을 본 미려진이 웃으며 승후에게 말을 건넸다. 사실 승후는 지금 용문방의 일을 생각해야 했다. 하지만 옆에 바짝 붙어서 목걸이 노래를 부르고 있는 미려진 때문에 어떤 생각도 할 수 없었다.

"하~"

또다시 한숨을 쉬며 승후는 이번에는 장소소를 바라보았다. 승후와 시선이 마주치자 장소소는 슬며시 승후의 시선을 피했다. 장소소는 승후가 자신을 계속 바라보자 얼굴이 붉어졌다.

'호~'

승후가 처음 보는 장소소의 반응에 대해 뭐라고 말하려 할 때였다.

"오라버니, 또 무슨 장난을 하려고 소소를 그런 눈으로 쳐다보는 거예요?"

예설의 말에 승후는 멋쩍게 웃으며 머리를 긁적였다.

"장난은 무슨… 난 용문방이 어떤 문파인지 알아보려고……."

하지만 예설과 사운화는 승후의 말을 곧이곧대로 믿지 않았다.

"오라버니!"

그때 승후가 곤란함에 빠져나올 수 있게 도와주는 아름다운 목소리가 뒤에서 들려왔다. 유소경과 유소미가 나란히 승후가 있는 곳으로 다가오고 있었던 것이다. 그녀들은 승후를 보며 환한 웃음을 짓고 있었다. 이를 본 승후도 반가운 미소를 지으며 그녀들을 맞았다.

"어서 와라, 아미야. 그리고 소경도."

승후의 반기는 말에 그녀들은 웃으며 사운화와 예설의 옆으로 앉았다.

일각도 지나지 않아 여인들은 승후는 안중에도 없는 듯 자신들의 이야기에 빠져들었다. 그동안 승후를 괴롭히던 미려진마저도 그녀들의 대화 속에 푹 빠져들었다. 이에 승후는 고마워해야 할지 말아야 할지 얼른 판단이 서지 않았다.

일곱 여인들의 수다 소리에 승후는 슬며시 자리에서 일어서며 여인들을 둘러보았다. 모두들 승후가 살던 미래에서는 보기 힘든 미인들이었다. 하지만 지금 웃고 떠들고 있는 모습은 다른 평범한 여인들과 전혀 다르지 않았다. 수다를 떨고 있는 그녀들의 모습이 너무도 보기가 좋아 승후는 여자들만 시간을 보낼 수 있도록 자리를 피해주었다.

"흐음, 이제야 조금 자유로워졌군."

기지개를 켜며 승후는 멀리서 들려오는 일곱 미녀들의 이야기 소리를 들었다. 미래에서의 여자들이나 지금 이곳의 여자들이나 모두 이야깃거리는 똑같았다. 자신들이 입은 옷부터 시작해서 명문가의 어떤 자제들에 대한 이야기들……. 그리고 지금은 유소경과 유소미, 사운화, 문예설이 하고 있는 목걸이에 대해 하는 이야기가 들려왔다.

"앗, 오라버니!"

그제야 승후가 사라진 것을 알게 되었는지 소리를 지른 미려진이 승후의 빈자리를 보며 울상을 짓는 모습이 승후의 눈에 보였다. 승후는 그런 미려진의 모습에 웃음이 떠올랐다. 승후는 재빨리 이야기 소리가 들려오는 반대쪽으로 신형을 날렸다.

언상연은 자신의 두 아들인 언천보와 언한탁을 돌보고 있었다. 그리고 어제의 비무를 생각하며 한숨을 내쉬었다. 자신의 괜한 말 한마디로 두 아들이 전신에 붕대를 감고 있었다. 승후가 행한 처사가 너무하다는 생각이 들었다. 그러나 한편으로는 목숨을 잃지 않은 것이 다행스럽기도 했다. 어제 비무장에서 보여준 승후의 신위는 놀랍다 못해 경악스러운 것이었기에 지금 두 아들이 이렇게 무사한 것만도 다행이라는 생각이었다. 한순간 천둥 치는 듯한 소리가 들리더니 그의 아들인 언천보의 가슴이 벼락을 맞은 듯 시커멓게 변해 버린 모습이 지금도 눈에 선했다.

언천보는 가슴에 통증이 느껴지는지 얼굴을 찡그리며 잠들어 있었다. 처음에는 숨을 쉬는지조차도 잘 느껴지지 않았는데 지금은 호흡이 많이 편안해 보였다. 그리고 언천보의 옆으로는 그의 작은아들인 언한탁이 누워 있었다. 언한탁은 그의 형인 언천보보다는 나았지만 승후와의 비무에 팔과 다리, 그리고 갈비뼈가 부러졌다. 그래서 지금 자리에서 꼼짝도 하지 못하고 있었다.

"휴~"

언상연은 두 아들을 보자 절로 한숨이 나왔다. 당장이라도 달려가 승후가 두 아들을 이렇게 만든 것처럼 자신도 그렇게 만들어 버리고 싶었다. 하지만 언상연은 그러지 못했다. 그것은 어디까지나 아들의 문제였던 것이다. 자식이 아무리 귀하기로서니 자식의 싸움에 자신이 관여할 만큼 속이 좁은 언상연이 아니었다.

"후~"

연거푸 계속되는 언상연의 한숨 소리에 언천보가 입술을 물며 말했다.

"죄, 죄송합니다, 아버님."

"아니다. 내가 그의 실력을 제대로 파악하지 못했기 때문이다. 이 못난 아비를 용서하려무나."

"아닙니다, 아버님. 아버님의 잘못이라니요. 저희가 못난 탓이지요. 그리고 제가 얼마나 안일했는지도 깨달았습니다. 집으로 돌아가면 저의 부족한 점을 아버님께서 바로잡아 주십시오."

"그래 그래……."

언상연은 하루만에 변한 아들의 모습에 마음이 든든해지는 것을 느꼈다. 그동안 자신에겐 늘 모자란 아들이었기에 어제의 비무 결과에 아들이 의기소침해하지 않을까 걱정되었다. 그러나 아들이 어제의 일로 마음을 다잡는 것을 보고는 대견하게 느껴졌다.

"저두요, 아버지……."

그동안 언상연의 눈치만 보고 있던 언한탁도 형의 말에 힘입어 작은 목소리로 말했다.

"그래, 언가장으로 돌아가면 내가 너희들을 보다 엄하게 지도해 주마. 그때 가서 힘들다고 엄살 피울 생각은 하지 말아라."

"예, 아버님."

"예……."

"하하하!"

"안녕하십니까, 언 가주님?"

언상연 부자가 함께 웃고 있는데 밖에서 언상연을 부르는 소리가 들렸다. 언상연은 웃음을 멈추고 문을 열고 나가 목소리의 주인공을 맞았다.

"언 가주님, 안녕하셨습니까?"

"아니, 마 장주님 아니십니까? 마 장주님이 풍림장엔 어인 일이십니까?"

풍림장에서 마일기를 만나는 것이 매우 뜻밖인지 언상연이 놀라며 말했다.

"하하하! 제가 이곳에 있는 것이 그렇게 놀랄 일입니까?"

"예? 그렇지 않습니까? 풍림장과 마가장은 그동안 교류가 없지 않았습니까?"

"물론 그랬지요. 하지만 이제부터라도 교분을 쌓고자 합니다. 언 가주님이 많이 도와주십시오."

"하하하! 오히려 제가 드리고 싶은 말씀입니다."

"평아, 인사 올리거라."

"마평이 언 가주님을 뵙습니다."

"그래, 오랜만이네. 사룡 중 그 수위에 올랐다는 소리는 들었지만 자네가 이렇게 늠름하게 변하다니 세월 참 빠르구먼. 하여튼 만나서 반갑네."

"예, 언 가주님."

"한데 자제 분들이 비무 중 많이 다쳤다고 들었습니다. 지금은 괜찮습니까?"

마일기가 걱정스러운 듯이 언상연에게 물었다. 마일기의 말을 듣는 순간 언상연은 얼굴이 잠깐 찡그려졌지만 곧 안색을 펴고는 담담한 목소리로 대답했다.

"예, 어제의 비무에서 제 자식 놈들이 무참히 당했지요. 뭐, 그것도 다 경험이 되리라 생각합니다. 하지만 어제 비무로 제법 큰 부상을 당해 마 장주님께 인사를 드리지는 못할 것 같습니다. 이해해 주십시오."

"이해하구 말구요. 너무 걱정 마십시오. 젊었을 때 한 번의 패배는 병가지상사 아닙니까? 자제 분들은 어제의 일을 털고 꼭 일어날 것입니다."

"그리 생각해 주시니 고맙습니다, 마 장주님."

"별말씀을 다 하십니다."

"그럼 차나 한잔하시겠습니까?"

"예, 가십시다."

"아버님, 저는 언 형과 잠시 이야기하고 가겠습니다."

"아니, 평아, 환자와 무슨 이야기를 하겠다는 말이냐? 괜히 불편하게 만들지 말고 그만 가자꾸나."

마평의 행동이 마음에 들지 않았는지 조금은 큰 소리로 마일기가 마평의 행동을 꾸짖었다.

"허허허, 너무 그러지 마십시오, 마 장주님. 방 안에 누워 있는 제 자식 놈들에게도 병문안을 와주는 친구 한 명쯤은 있어야 하지 않겠습니까? 이보게, 마 소협, 부친의 말씀은 신경 쓰지 말고 들어가 보시게나. 들어가서 내 아들들의 말벗이 되어주게나."

"예. 감사합니다, 언 가주님."

"그럼 우리는 이만 차나 마시러 갑시다."

"예, 그러지요. 평아, 환자들에게 너무 귀찮게 굴면 안 된다."

"예, 아버님."

마일기와 언상연이 멀어져 가는 모습을 본 마평은 언천보와 언한탁이 있는 방 안으로 들어갔다.

"언 형, 나 마평이오. 들어가도 되겠소?"

"들어오시오, 마 형."

언천보의 대답에 마평은 문을 열고 들어갔다. 방문 안으로 들어서자 약향이 마평의 콧속으로 스며들었다. 이에 마평은 가볍게 이마를 찡그리며 나란히 누워 있는 언천보와 언한탁의 모양새에 속으로 나직이 혀를 찼다.

'쯧쯧, 몰골 하고는……. 그래도 언가장이라 하면 강호의 명문가이건만 하고 있는 모습들 하고는…….'

마평은 얼굴을 찡그렸다. 하지만 침상에 누워만 있는 그들은 마평의 얼굴을 보지 못했다.

"아니, 어쩌다가 이렇게까지 당한 겁니까, 언 형?"

마평은 찡그린 얼굴을 펴고 애써 걱정스런 얼굴로 말했다.

"어떻게 하다 보니 이렇게 되었습니다."

마평에게 말하는 언한탁의 얼굴은 비무에서 진 사람의 표정이 아니었다. 아니, 오히려 예전의 언천보와 언한탁에게서는 볼 수 없었던 기도가 느껴졌다. 어제의 비무가 어떠했기에 하루 만에 이들이 이렇게 변하게 되었는지 마평은 호기심이 생겼다.

"어제의 비무로 새로운 깨달음이라도 얻으셨습니까, 언 형?"

"새로운 깨달음이라기보다는 그동안 저의 못난 점들을 알았다고나

할까요? 후후……."

언천보의 말에 마평은 알 수 없다는 듯이 머리를 갸우뚱거렸다. 그러한 마평의 얼굴을 바라본 언천보와 언한탁은 얼굴에 미소를 지었다.

"저… 하북팽가의 팽 형도 어제의 비무에서 상처를 입었다고 들었습니다. 도대체 어제의 비무는 어떻게 된 겁니까?"

"후후, 보시는 대로요. 어제 비무가 있었고 나와 동생은 패했지요."

언천보의 말만으로는 설명이 부족했다. 그러나 더 이상 입을 열지 않는 그들에게 더 이상 캐물을 수가 없었다. 그래서 마평은 미적거리며 자리에서 일어났다.

"언 형, 하나만 더 불어봅시다. 어제 비무 상대는 누구였소?"

마평의 말을 들은 언천보와 언한탁은 가볍게 어깨를 떨며 나직이 신음을 흘렸다. 지금도 승후의 공격하는 모습이 눈에 선했다.

"승후라는 자요."

그 말을 끝으로 언천보와 언한탁은 눈을 감아버렸다. 그런 언천보와 언한탁의 모습에 마평은 긴 한숨을 쉬며 방에서 나왔다.

"몸조리 잘하시구려."

"……."

'후~ 또 그 승후라는 자인가? 도대체 그자가 누구이길래 언천보와 언한탁을 저 정도로 만들 수 있다는 말인가? 나라면…….'

마평은 머리를 저었다. 자신이라면 언천보를 저렇듯 쉽게 이길 수 있을 것 같지 않았다. 아무리 자신이 후기지수 중 뛰어난 사룡의 일원이라고는 하지만 그렇다고 같은 명가의 후기지수들에 비해 조금 낫다는 것이지 그 실력 차가 확연한 것은 아니었다. 이에 마평의 마음은 무거워졌다.

"승후야."

문일상이 큰 목소리로 승후를 불렀다. 그러나 승후는 문일상의 목소리가 들리지 않는지 여전히 깊은 생각에 빠져 있었다. 이를 본 문일상은 웃으며 자신의 뒤에 서 있는 유백청과 소진걸을 바라보았다.

"이보게, 승 공자."

그러자 문일상보다 조금은 더 큰 목소리로 소진걸이 승후를 불렀다. 이에 소진걸의 나지막하지만 강한 음성이 승후의 귓속으로 명확히 전달되었는지 승후가 주위를 살폈다.

"웬일이세요들······?"

승후가 어리둥절한 눈으로 자신들을 돌아보자 당황한 유백청이 승후에게 말했다.

"이보게, 승 공자. 설마 오늘 일을 잊은 건 아니겠지?"

"오늘 일이라뇨?"

승후가 무슨 말이냐며 반문했다.

"조금 있으면 용문방주가 이곳으로 올 것이네."

소진걸이 승후의 행동이 답답했던지 큰 소리로 말했다.

"그건 저에게 일임하기로 하지 않으셨나요?"

"그야 그렇지만··· 그래도 용문방은······."

"저에게 맡기셨으니 끝까지 믿어보십시오, 장주님."

승후가 보기 드물게 단호하게 말하자 유백청은 멈칫했다. 그러나 승후의 그런 행동이 유백청의 근심을 완전히 덜어주지는 못했다. 아무래도 용문방이었기에 승후가 이번 일을 어떻게 처리할 것인지를 대략이라도 알고 싶었던 것이다.

"그럼 승후야, 오늘 일을 어떻게 처리할 것인지 너의 계획을 알려줄 수 있겠니?"

문일상이 유백청의 궁금증을 대신해 승후에게 말했다.

"제 계획은 간단해요. 용문방이 정사지간을 걷는 문파이긴 하지만 그래도 강호에 발을 딛고 살려면 며칠 전의 부녀자 납치와 같은 소문이 나는 것은 그다지 용문방에 좋은 일이 아닐 테죠? 그렇다고 철없는 소방주의 책임을 물어 소방주를 어떻게 할 수도 없지 않습니까? 제가 알아보니 용문방이 제법 무력이 뛰어나다고 하더군요. 그러니 복수를 하기에는 아무래도 풍림장이 많이 부족하죠. 그래서 적절한 보상을 이끌어낼 생각입니다."

"그렇네. 문제는 용문방의 자존심을 세워주면서 우리의 보상을 받아내야 한다는 것이네."

유백청이 그동안 자신이 고심하고 있던 부분을 말했다. 승후는 그런 유백청을 빤히 쳐다보았다. 그런 승후의 시선이 부담스러웠던지 유백청이 헛기침을 했다.

"흠, 흠, 왜 그렇게 빤히 쳐다보는 건가, 승 공자?"

"유 장주님은 용문방주가 두려우십니까?"

"그, 그게 무슨 소린가?"

승후의 물음에 유백청은 당황했다. 유백청의 옆에 있던 소진걸 역시 승후의 말에 당황한 표정이었다. 그러나 문일상만은 표정의 변화 없이 승후를 바라보고 있었다.

"용문방주의 무공이 대단하다고 하더군요. 지금까지 한 번도 패한 적이 없다고……. 하지만 용문방주의 아들은 유 장주님의 딸을 납치하려고 했습니다. 그것도 풍림장의 위사들을 해하면서까지 말입니다. 만약 유 장주님은 경 매가 납치당했더라도 용문방의 자존심 운운하시겠습니까? 만약 그렇다면 풍림장과 경 매를 지키다 목숨을 잃은 풍림장의 위사들은 어떻게 되는 겁니까? 사실이 이러한데 지금 용문방주의 자존심 따위를 생각하십니까?"

승후의 단호한 말에 유백청과 소진걸은 안색이 창백해졌다. 지금까지 용문방의 자존심만 신경 쓰다 그들 자신의 자존심은 생각지 않은 것이었다.

"잘못은 그들이 했지 우리가 한 것이 아닙니다. 그런데 그들의 자존심을 세워주다니요. 그건 있을 수 없는 일입니다. 아니, 있어서도 안 되죠. 힘을 가진 자들이 모두 자신들보다 약한 부녀자들과 아이들을 박해한다면 짐승과 다를 게 뭐 있습니까? 아무리 강호가 힘으로 말하는 곳이라지만 최소한의 지킬 것은 있는 법입니다. 정사지간이든 흑도이든 대적할 능력이 없는 약자를 괴롭히는 것은 짐승들보다 못한 짓입니다. 그래도 우리가 용문방의 자존심을 세워주어야 하는 겁니까? 그럴 것이면 아예 경 매를 용문방에 넘기시지요. 그러면 용문방과 사돈지간이 되니 그들도 풍림장을 어떻게 하지는 않을 것 아닙니까?"

승후의 마지막 말에 유백청과 소진걸은 얼굴이 붉어지며 주먹을 불끈 쥐었다. 간신히 화를 억누르고 있는 유백청을 힐끔 바라본 승후가 계속 말을 이었다.

"유 장주님은 경 매를 납치하겠다는 경고장을 받고 며칠 동안이나 마음을 졸이지 않았습니까? 제가 장경과 장소소를 붙잡고선 장경만 놓아주고 장소소를 인질로 잡아둔 것은 딸을 가진 부모의 심정이 어떨지 용문방주도 느껴보라는 뜻이었습니다. 그리고 만일 용문방주가 제대로 된 사람이라면 그동안 겪었을 유 장주님의 심정을 조금이나마 이해하게 될 것입니다."

승후의 말을 끝까지 들은 소진걸과 유백청은 아무런 말이 없었다. 유백청은 두 주먹을 쥔 손이 부들거렸고 소진걸 역시 먼 하늘을 바라보며 무언가를 생각하는 듯했다.

"그럼 승후야, 우리가 준비해야 할 일은 뭐냐?"

"준비할 것은 아무것도 없습니다. 우리는 그저 용문방의 사과와 보상을 받으면 그뿐입니다. 아, 그리고 전 용문방주에게 비무를 요구할 생각입니다."

갑작스런 승후의 말에 유백청과 소진걸, 그리고 문일상이 놀란 눈으로 승후를 바라보았다.

"그런 눈으로 보지 마세요. 제가 다 설명할 테니."

승후가 용문방주에게 비무를 청한다는 말에 모두들 놀란 눈으로 승후를 바라보았다. 승후의 무공이 뛰어나다는 것은 어느 정도 짐작하고 있었지만 그러나 상대는 용문방의 방주이기에 승후의 말이 너무도 무모하게 들렸던 것이다. 세 사람의 이런 생각들을 읽었는지 승후는 빙긋 웃으며 문일상 등에게 말했다.

"용문방주와 비무할 사람은 제가 아니라 유 장주님입니다."

"뭐?"

"아니?"

"승후야!"

세 사람의 입에서 동시에 경악성이 터져 나왔다.

"그렇게 좋아하실 필요 없습니다. 참내, 유 장주님은 저의 제안에 상당히 좋아하실 것으로 생각했지만 소 장로님과 문 아저씨마저 이렇게 좋아하실 줄은 몰랐습니다.

"아니, 승후야, 그것이 무슨 말이냐? 좋아하다니? 우리가 지금 좋아하는 표정으로 보이느냐?"

"예. 그것도 아주 많이 좋아하시는 것 같은데요?"

승후가 웃으며 문일상에게 대답하자 세 사람은 승후의 말에 점점 할 말을 잃어갔다.

"이번 비무는 꼭 필요합니다. 유 장주님이 비무에서 지든 이기든."

"그건 또 무슨 말인가, 승 공자?"

"그동안 풍림장에 경 매의 납치 미수가 여러 건 있었다고 들었습니다. 그때마다 유 장주님은 지인들의 도움을 받아 경 매를 안전하게 보호할 수 있었죠. 하지만 용문방과 같이 거대한 문파라면 그것도 여의치 않습니다. 얼마 전 일어난 경 매의 납치 건만 해도 운이 좋았기에 그나마 피해가 그 정도에서 그친 겁니다. 앞으로 이런 일의 재발을 방지하기 위해서는 유 장주님과 용문방주의 비무가 반드시 필요합니다. 그러나 유 장주님이 반드시 승리할 필요는 없습니다. 아니, 오히려 전력을 다하여 패하는 것이 재발 방지에 더욱 효과적일 겁니다."

"아니, 이겨도 경아의 납치가 일어나지 않는다는 보장이 없는데 오히려 지다니… 그게 도대체 무슨 말인가?"

"그게 바로 극적인 효과라는 말이죠."

"극적 효과?"

세 사람은 모두 승후의 말을 되뇌면서 승후를 쳐다보았다.

"예. 예를 들어 유 장주님이 용문방주와 비무를 하다 혈전 끝에 패했다고 치죠. 그럼 강호에 어떤 소문이 날까요?"

"소문이라……"

승후의 반문에 소진걸이 승후의 말을 곱씹었다.

"음……."

"……."

세 명의 어른들이 자신을 앞에 두고 생각에 잠겨 있는 모습에 승후는 갑자기 웃음이 나왔다.

"그럼……."

유백청이 제일 먼저 승후의 의도를 알아차렸다.

"예, 아마도 말하기 좋아하는 사람들은 유 장주님의 무위를 과장하여 말하겠지요. 그것보다 더 중요한 것은 유 장주님이 자신의 딸을 지키기 위해 목숨을 걸고 대용문방의 방주와 겨루었다는 것이 더 부풀려져 소문이 날 것입니다. 그렇게 되면 어지간한 중소문파나 경 매를 탐내는 무리들은 함부러 풍림장을 침입할 수 없을 것입니다. 아마도 자신의 딸을 지키기 위해서는 자신의 목숨도 도외시하는 유 장주님을 꺼려할 것이 분명하기 때문입니다. 아무리 약한 사람이라도 자신에게 악착같이 달려들면 그 사람에게 두려운 마음이 생기기 마련입니다. 만약 유 장주님이 용문방주에게 그런 정신으로 비무한다면 어느 누구도 풍림장을 가볍게 볼 사람은 없을 것입니다. 그것은 용문방주 역시 마찬

가지일 것이구요."

승후의 말이 끝나자 세 사람은 머리를 끄덕였다.

"하지만 승 공자, 그러기엔 용문방주와 백청의 비무는 너무 위험하지 않은가?"

"소 장로님, 세상에는 공짜가 없습니다. 무언가를 얻기 위해서는 희생을 감수하든지 아니면 가진 것을 내던져야 할 때도 있습니다."

"그래. 하지만……."

소진걸은 승후의 말을 이해하면서도 자신의 의제인 유백청이 걱정되었다. 그런 소진걸의 걱정을 알아차린 유백청이 소진걸을 안심시켰다.

"형님의 걱정은 잘 압니다. 하지만 언제까지나 경아의 안전을 위해 주위의 도움만 받을 수는 없습니다. 그리고 앞으로는 경아도 강호로 나가려고 할 터인데 그런 경아를 위해서는 제가 이번 비무를 꼭 해둘 필요가 있을 것 같습니다."

"휴… 자네의 결심이 그렇다면 할 수 없지. 하지만 조심하게. 용문방주의 무위는 오파일방 장문인의 무위에 전혀 뒤지지 않네."

"예, 형님."

"그런데 승후야, 비무를 어떻게 성사시킬 작정이냐?"

문일상이 승후를 보며 말하자 유백청과 소진걸 역시 승후가 어떻게 용문방주와의 비무를 실행시킬지 궁금했다.

"예? 하하하! 그냥 '비무 한번 합시다' 그러면 안 될까요?"

"승후야!"

조금 전과는 달리 전혀 긴장감없는 승후의 태도가 못마땅했던지 문일상이 좀 더 큰 목소리로 승후를 불렀다.

"어쨌든 저에게 맡겨두셨으니 끝까지 믿으세요, 아저씨."

"아니, 녀석아, 물론 너를 믿기는 하겠다만 그래도 방도 정도는 알려 줄 수 있는 것 아니냐?"

"예, 그렇죠. 하지만 지금은 생각나지 않네요. 조금만 기다려 보세요, 곧 생각이 날 것 같으니……."

자신의 할 말만 하고는 승후는 문일상 등을 뒤로하고 사운화 등이 있는 곳으로 발걸음을 옮겼다. 그런 승후의 뒷모습을 보는 유백청과 소진걸은 어이가 없었고 문일상 역시 승후의 행동에 혀를 찼다.

"허… 저런 승 공자의 말을 믿어야 할지……. 도대체 어떤 모습이 승 공자의 본모습인지 도무지 알 수 없구려, 문 대협."

"예, 저도 매번 그렇게 느끼고 있습니다. 도무지 종잡을 수 없는 성격이라… 하하하!"

"어쨌든 승 공자를 믿어볼밖에……."

"우문 대주."

"예, 방주님."

"풍림장에 도착하기 위해서는 얼마나 더 가야 하나?"

풍림장이 있는 장사성으로 들어서자 장양충이 주위의 경관을 살피며 등 뒤에 있는 우문후에게 물었다.

"예, 앞으로 두 시진 정도면 도착할 수 있을 것 같습니다."

"두 시진이라……. 그래, 자네는 풍림장에서 얼마나 요구하리라 생각하나?"

갑작스런 장양충의 물음에 우문후는 그답지 않게 바로 대답하지 못했다. 이에 의아하게 생각한 장양충은 우문후를 바라보았다. 장양충의 시선을 느낀 우문후는 머리를 숙이며 장양충으로부터 한 걸음 물러섰다.

"자네 요즘 걱정있나? 평소의 자네 같지가 않군 그래."

장양충이 걱정스럽다는 눈빛으로 우문후를 바라보았다. 그러나 우문후는 장양충의 말에 아무런 대답도 하지 않았다.

"하긴 교영의 상세가 중하니 그럴 테지."

"죄송합니다, 방주님."

"자네가 죄송할 게 뭐 있나. 그나저나 정녕 다른 방도는 없는 것인가?"

"……."

교영을 염려하는 장양충과 우문후 사이에 한동안 침묵이 흘렀다.

"방주님, 식사 준비가 다 되었습니다."

장양충의 수발을 들던 시비가 둘 사이의 침묵을 깨며 말했다.

"그래. 가세나."

"예."

장양충이 객잔에 들어서자 삼십여 무인들이 자리에서 일어섰다. 그런 그들을 본 장양충은 가볍게 미소하며 머리를 끄덕였다. 이어 장양충은 서문혜경과 냉천과는 조금 떨어져 있는 장경과 방 장로를 힐끔 쳐다보았다. 시선을 받은 장경이 흠칫하자 이를 본 장양충은 속으로 혀를 차며 서문혜경과 냉천이 서 있는 곳으로 다가갔다.

"자, 식사들 하세."

장양충이 자리에 앉으며 말하자 삼십여 무인들도 자리에 앉아 곧 음식을 먹기 시작했다. 장양충은 음식을 먹으면서 자신과 함께하고 있는 냉천과 서문혜경, 그리고 우문후를 바라보았다. 세 명 모두 안색이 밝지 않은 모습에 장양충은 내심 의아했다.

'허~ 별일도 다 있군.'

장양충은 무거운 얼굴을 한 세 사람이 이해가 되지 않았다. 최근 방 내에는 이렇다 할 걱정거리가 없었고 또 지금 풍림장으로 가는 일도 세 사람의 얼굴이 무거워질 만큼 어렵거나 힘든 일도 아니라고 생각되었기 때문이다.

"냉 대주."

"예? 예, 방주님."

생각에 빠져 있던 냉천이 갑작스런 장양충의 부름에 놀라 평소의 그답지 않게 말을 더듬었다.

"원, 사람 하고는. 내가 부르는 게 그렇게 놀랄 일인가?"

"아, 아닙니다, 방주님. 죄송합니다."

"허~ 자네도 그렇고 우문 대주도 그렇고 오늘 다들 왜 그러나? 설마 오늘 일이 걱정되어 그러는 것은 아닐 테지?"

"물론입니다, 방주님. 제 개인적인 사정으로 조금 걱정이 있어서 그랬을 뿐입니다. 걱정을 끼쳐 드려 죄송합니다."

"그래?"

"서문 대주는 또 무슨 걱정이 있는 건가?"

"예? 아, 아닙니다."

"허~ 한결같이 아니라 하니 내 더 이상 아무런 말도 않겠네만 자네들은 우리 용문방의 기둥들일세. 그러니 마음속에 근심 걱정을 담아두지 말고 말하게. 내 힘 닿는 데까지 도와줄 테니."

"예, 방주님."

"예."

"……."

"그래, 우문 대주, 조금 전에 내가 물어본 것에 대한 답은 나왔나?"

"예, 일단 풍림장에서 무리한 요구는 하지 못할 것으로 판단됩니다. 아무래도 우리가 지닌 무력이 무력이다 보니 그들로서도 우리의 심기를 배려하지 않을 수 없을 것입니다. 아마 적당한 선에서 타협하려고 할 것으로 생각됩니다."

"그럼 금액으로는 어느 정도 요구하리라 생각되나?"

"대략 황금 만 냥 선을 넘지 않을 것 같습니다."

"흠… 만 냥이라……. 꽤 큰 액수로군."

"그렇지도 않습니다. 만약 소방주님이 한 행동을 막을 수만 있다면 만 냥은 그다지 아까운 금액이 아니지요. 오히려 적다고 할 수 있습니다. 저희로서는 어떻든 풍림장의 요구를 들어주어야 할 테니까요."

"그들이 더 요구하지는 않을까?"

장양충이 무거운 목소리로 물었다. 장양충은 그의 아들인 장경이 행한 일들을 생각하면 화가 났다. 그로서는 상상도 못할 부녀자 납치를, 그것도 방 내의 무력 단체인 흑풍대를 동원해 시도하다니 자신의 아들만 아니었어도 수십 번 요절을 냈을 장양충이었다.

"예, 더 요구할 수도 있겠지만 그들도 우리와 더 이상의 마찰을 원하진 않을 것입니다. 이번 한 번의 양보로 후일을 생각할 것으로 사료됩니다."

"흠, 자네가 그렇다면 그렇겠지. 그런데 소소는 잘 있는지 모르겠군."

장양충은 삼 일 동안이나 인질로 잡혀 있을 딸 장소소를 생각하자 몹시 걱정되었다. 방 내에서 귀하게만 자란 그녀가 인질로 곤욕을 치르지는 않을까 걱정되었다. 그래서 보고를 받은 즉시 달려가고 싶었지만 전혀 준비도 없이 달려가기에는 사안이 너무 중한지라 그러지 못했다. 이에 지금까지 장소소의 안위가 걱정되었던 것이다.

"방주님, 소소의 걱정은 하지 않으셔도 됩니다. 저희가 알아본 바로는 풍림장에서 아무런 제약 없이 생활하고 있다고 합니다."

"아니, 그게 무슨 말인가? 소소는 분명 인질일 텐데 제약을 가하지 않다니……?"

장양충이 믿을 수 없다는 눈으로 서문혜경을 바라보았다.

"사실입니다, 방주님. 소소에게 감시도 붙이지 않았습니다. 오히려 소소는 풍림장의 손님으로 와 있는 오봉 중 일인인 하려군과 상당히 친해져 있는 것 같습니다. 그리고 소방주님께서 납치하려고 했던 유소경 자매와도 많이 가까워진 듯합니다."

"허~ 유 장주 그 사람, 호인이라고 해야 하나 아니면 무모할 정도로 배포가 크다고 해야 하나……."

"어쩌면 이번 협상은 상당히 어렵게 진행될지도 모르겠습니다."

"으음? 그건 무슨 말인가?"

"풍림장의 유 장주는 저희가 생각했던 것보다 더욱 뛰어난 인물일 수도 있다는 것입니다."

"유 장주가 뛰어나다고 하더라도 그것은 개인의 능력이지 풍림장 전체가 우리와 맞설 만큼 능력이 있지는 않습니다."

서문혜경의 말에 그동안 조용히 있던 냉천이 반박을 하고 나섰다.

"냉 대주님과 우문 대주님은 이번 일을 너무 가볍게 생각하고 있는 것 같군요. 칼자루를 쥔 쪽은 우리가 아니라는 사실을 잊으셨습니까? 또 이번 일이 강호에 소문이라도 난다면 오히려 우리 용문방의 명예는 다시 회복하기 힘들어질 것입니다."

"그러나 그들은 그러지 못할 것입니다."

냉천의 단호한 말에 서문혜경이 냉소하며 냉천에게 말했다.

"냉 대주님께서 가지고 계신 그런 자신감은 어디서 나오는 건지 무척이나 궁금하군요."

서문혜경의 말에 냉천은 서문혜경을 쏘아보았다. 그러나 장양충의 앞이라 냉천은 큰 소리를 내지 못했다.

서문혜경과 냉천의 이야기를 들은 장양충은 이마를 찡그렸다. 그동안 용문방에는 크고 작은 일들이 많았다. 하지만 용문방을 이끄는 젊은 대주들인 이들이 의견을 대립하는 경우를 보지 못한 장양충이기에 지금의 상황이 매우 난감했다. 그리고 장양충은 이번 일을 너무 쉽게 생각하지 않았나 하는 자책이 들었다.

'역시 군영이 있어야 해.'

장양충은 아내인 옥군영의 부재가 몹시도 아쉬웠다. 방 내에서는 자신을 공처가라고 부를지 몰라도 그는 그의 아내를 사랑했고 또 옥군영은 언제나 장양충이 곤란하면 이를 해결할 수 있는 조언을 해주었다.

이번 일에도 그녀가 있었더라면 장경이 옥군영에게 중한 벌을 받았겠지만 자신의 눈앞에서 이런 일들이 일어나지는 않았을 거라 생각되자 입맛이 조금 썼다.

"……."

한동안의 침묵이 계속되었다. 세 대주들은 그들 나름대로의 생각에 빠져 있었다. 장양충은 눈앞에서 의견 대립을 갖는 세 사람이 신경 쓰였다.

의견 대립이 항상 나쁜 것만은 아니라는 생각을 장양충은 가지고 있었다. 서로의 생각이 다른 것은 어쩔 수 없는 것이기에……. 하지만 이미 결정된 일을 가지고 지금에서야 분란이 일어나자 장양충의 마음은 가볍지 못했다. 아니, 짜증이 났다. 그렇다고 이들의 말을 무시하기에는 이번 일이 예상 밖으로 다가왔다. 그러나 실책이든 선책이든 결정과 실행은 장양충 자신이 했다.

"자네들의 말은 잘 들었네."

잠시 동안의 침묵을 깨고 장양충이 무겁게 입을 열었다. 이에 세 사람은 모두 장양충의 말을 기다렸다.

"어쨌든 우리는 지금 풍림장을 눈앞에 두고 있네. 그리고 준비를 소홀히 한 것이 있다면 나의 잘못이겠지. 그렇다고 이대로 돌아갈 수는 없는 일, 그러니 정면으로 부딪쳐 볼밖에."

장양충은 말을 마치고 자리에서 일어났다. 장양충과 세 대주의 이야기를 듣고 있던 삼십여 명의 무사들도 자리에서 벌떡 일어났다.

"자, 그만 출발하지."

장양충의 말에 세 대주는 서로의 얼굴을 쳐다보았다. 여전히 걱정이 떠나지 않는 얼굴을 한 우문후였고 그런 우문후를 바라보는 서문혜경의 눈은 복잡 미묘 했다. 그러나 우문후와 서문혜경은 그들을 바라보는 냉천의 미소가 차갑다는 것을 미처 보지 못했다.

쏴라라락!

검이 춤을 춘다. 검을 잡은 사람의 모습은 보이지 않고 마치 생명을 얻기라도 한 것처럼 검이 저 혼자서 허공을 누비며 베고, 찌르고, 휘두르고, 하늘을 날았다가 다시 땅으로 내려서기를 반복했다. 잠시 후 무질서하게 춤을 추어대던 검이 이제는 질서있게 움직이기 시작했다.

쇄액!

촤락!

파랏!

조금 전의 검무와는 달리 이번의 검은 어떤 초식을 전개하고 있었다. 그때 갑자기 어딘가에서 바람이 불기 시작했다. 처음에는 이마의 땀을 식혀줄 정도의 선선한 바람이었지만 점점 시간이 흐를수록 거세어졌다. 그런 거센 바람을 검이 베기 시작했다. 하지만 바람은 곧 형체를 갖추고 검에게 달려들었다. 그러나 검은 뒤로 물러서지 않고 다시 바람을 베어갔다.

촤라락!

검이 조금 전과는 전혀 다른 모습을 보이기 시작했다. 순간 검에서 검풍이 일었다. 그리고 검풍과 거센 바람이 마주쳤다.

아무런 소리도 들리지 않았다.

거세게 검을 집어삼키려던 바람도, 그런 바람을 베어대던 검풍도,

그리고 그 검풍을 일으킨 검도 순간 모두 사라지고 없었다.

"휴……."

유백청은 이마에 땀을 흘리며 눈을 떴다. 유백청은 그의 사부인 무당의 옥명진인이 처음 그에게 보여준 양의검법을 생각했다. 그동안 검술 수련을 소홀히 하지 않았음에도 유백청은 그의 스승인 옥명진인의 양의검법을 따라갈 수 없었다. 그리고 용문방주와 있을지도 모를 비무 때문에 유백청은 그동안 자신이 닦은 검을 되돌아보았다. 하지만 여전히 검의 실체는 보이지 않았다. 아니, 오히려 예전에는 흐릿하게나마 보이던 것이 지금은 초조한 마음 때문인지 양의검의 실체는 고사하고 그동안 이룬 경지에도 다가설 수 없었다.

"후……."

"이놈, 평아, 네놈은 자질도 뛰어나고 검을 담을 그릇도 뛰어나다. 하지만 너무 조급해하는구나. 아마도 그런 너의 성격이 성취를 방해할 것이다."

유백청은 언제나 자신의 스승이 꾸짖던 음성이 귓가에 들리는 듯했다.

"사부님, 제자의 능력은 여기까지인 것 같습니다."

자애스런 스승의 얼굴을 생각한 유백청은 쓸쓸히 혼잣말을 중얼거렸다.

"장주님!"

총관의 다급한 목소리에 유백청은 그동안의 상념에서 깨어났다.

"왜 그러나?"

"용문방주 일행이 도착했습니다."

유백청은 잔뜩 굳은 얼굴로 용문방주 일행을 기다렸다. 유백청 옆에
앉은 소진걸과 문일상 역시 굳은 얼굴이었다. 하지만 그들은 유백청과
는 달리 조금은 들뜬 모습을 하고 있었다. 철대협이라는 명호로 화남
은 물론 전 강호에 명성을 떨치고 있는 천하의 십대고수 중 한 사람을
만날 수 있는 자리이기에 어쩌면 그런 기대는 당연할지도 몰랐다.

잔뜩 굳은 세 사람의 얼굴을 보며 승후는 농담을 건넸다.

"장주님, 그만 얼굴 좀 펴세요. 잔뜩 굳어 있는 모습이 마치 저승사
자를 기다리는 것 같습니다."

무거운 침묵을 깨는 승후의 말에 유백청뿐만 아니라 소진걸과 문일
상 역시 승후를 바라보았다. 일을 꾸민 당사자인 승후는 아무런 걱정
이 없는 듯했다.

그런 모습에 유백청은 나직이 한숨을 쉬었다.

'하긴 비무할 사람은 나이니……'

"그렇게 잔뜩 굳은 얼굴로 사람들을 맞을 생각이십니까? 얼굴을 펴
세요. 너무 걱정하지 마시구요. 저를 한번 믿어보시라니까요."

그러나 승후의 말에 반응을 보이는 사람은 아무도 없었다. 가슴을
탕탕 치는 승후를 바라보는 유백청은 여전히 승후의 진심을 알지 못해
고개를 저었다. 소진걸 역시 긴장감없는 승후의 태도가 점점 못마땅했
다.

"애고~ 지금 유 장주님의 태도는 꼭 잘못을 저질러 놓고 부모님께
혼날까 두려워하는 아이와 같은 모습이네요. 지금은 유 장주님이 잘못

한 것이 아니라 잘못을 한 용문방주를 꾸짖어야 할 입장입니다. 그러니 너무 굳은 얼굴 하지 마세요."

승후의 말에 유백청은 어깨를 움찔했다. 그 역시 지금 긴장하고 있다는 것을 알고 있었다. 하지만 유백청에게 철대협이라는 이름이 주는 무게는 너무도 컸다. 그래서 유백청은 승후의 말처럼 굳을 얼굴을 쉽게 펼 수가 없었다. 하지만 승후의 말이 맞는 말이었기에 얼굴을 펴기 위해 눈을 감고 마음을 다스리기 시작했다.

"……."

얼마의 시간이 지났을까. 의사청은 마치 아무도 없는 것처럼 조용했다.

눈을 감고 마음을 다스리고 있는 유백청의 귀로 문밖의 소리가 하나둘씩 들려오기 시작했다. 총관의 지시와 그 지시를 따르는 풍림장의 위사들, 그리고 수많은 발자국 소리……. 어느 순간 총관의 음성과 그 많던 사람들의 움직임이 멈췄다. 이 모든 것을 느낀 유백청이 눈을 떴다.

"왔군."

유백청은 자리에서 일어났다.

유백청의 갑작스런 행동에 문일상과 소진걸은 유백청을 따라 자리에서 일어났다. 그리고는 유백청을 보았다.

그때였다.

"장주님, 용문방의 방주님께서 오셨습니다."

"음……."

소진걸의 입에서 나직한 신음이 흘러나왔다. 그러나 유백청과 문일상은 그동안 굳어 있던 얼굴에서 많이 편안해진 얼굴을 하고 있었다. 그리고 세 사람은 승후의 얼굴을 바라보았다. 승후는 세 사람의 시선을 받자 자리에서 일어서며 그들의 마음을 편안하게 해주려는 듯 웃음을 보였다.

"안으로 모시게, 총관."

유백청의 말이 끝나자 의사청의 문이 열리며 중후한 인상을 한 중년인과 세 명의 남녀가 들어섰다.

"어서 오십시오, 장 방주님."

장양충과 시선이 마주치자 유백청이 먼저 포권하며 인사를 했다. 이에 장양충은 잠시 멈칫했지만 그 역시 마주 인사했다.

"반겨주셔서 고맙습니다, 유 장주님."

"별말씀을요. 뒤에 계신 분들은 용문방의 대주들이시겠지요?"

유백청이 얼굴에 미소를 띠고 장양충에게 말했다.

"그렇습니다. 자네들도 인사하게."

장양충이 유백청의 말에 대답하며 자신의 뒤에 선 우문후와 냉천, 그리고 서문혜경에게 말했다.

"적멸대의 대주 우문후가 유 장주님께 인사드립니다."

"백야대의 대주 냉천이 인사드립니다."

"서문혜경이 유 장주님을 뵈어요."

세 사람의 인사가 끝나자 장양충이 유백청을 바라보았다. 장양충의 시선을 받은 유백청은 그의 옆에 선 소진걸을 소개했다.

"저의 의형이십니다."

"소진걸이라 하오, 장 방주. 소문으로만 대하던 장 방주를 대면하게 되어 영광이구려."

"별말씀을. 오히려 제가 대명이 자자한 소 장로님을 뵙게 되어 영광입니다."

소진걸의 말에 장양충은 읍하며 말했다. 소진걸은 형식적이지만 장양충이 자신을 인정하는 것 같은 말에 얼굴에 미소가 떠올랐다.

"그리고 옆의 분은 화산의 군자검이신 문일상 대협이시고……."

장양충은 유백청이 문일상을 소개하자 문일상의 얼굴을 자세히 살폈다. 흑풍대의 대주인 적운의 목숨을 거두어간 사내라는 보고를 받고는 격노했었다. 그런 당사자를 직접 대면하게 되자 장양충은 자신도 모르게 살기를 흘리며 주먹을 움켜쥐었다.

그러나 문일상은 장양충의 시선을 정면으로 받으면서도 피하거나 하지 않았다. 오히려 장양충의 전신에서 서서히 피어나는 살기를 옆으로 흘리며 장양충의 두 눈을 그대로 직시했다.

'허, 역시 소문이란 곧이곧대로 믿을 것이 못 되는군.'

사실 문일상은 강호에 크게 알려진 인물이 아니었다. 문일상은 그의 사형인 매화검에 가려 빛을 보지 못하고 있었고 또 문일상의 무위는 그의 사형과 사제들에 비해 약해 제대로 인정받지 못하고 있었다. 그러나 얼마 전 승후가 준 공청석유를 복용한 문일상은 내공이 증진되었고 그에 따라 초식도 많이 매끄러워졌다. 이러한 사실을 알 리 없는 장양충은 문일상의 변한 모습만 보고선 적운이 목숨을 잃은 것을 쉽게 납득하게 된 것이다. 그리고 예상 밖으로 훨씬 높은 문일상의 기도에 장양충은 가슴이 뛰기 시작했다. 자신이 본 문일상은 절대 약하지 않았기에 한번 꼭 겨뤄보고 싶은 마음이 생기는 장양충이었다.

"소문으로만 뵙던 군자검, 아니, 이제는 환상검이겠군요. 만나서 반 갑소이다."

"저 역시 철대협을 뵙게 되어 영광입니다."

인사를 한 장양충은 한동안 문일상의 얼굴을 바라보았다. 그리고 아직 소개를 받지 못한 한 사람이 있다는 생각이 들자 시선을 마지막 남은 인물에게로 돌렸다.

승후를 본 장양충은 먼저 무척이나 젊다는 것에 놀랐다. 오늘은 풍림장과 용문방에 있어서 서로에게 무척이나 중요한 자리이다. 그럼에도 유백청과 함께한 것을 보면 보통은 아닐 것이라는 생각에 승후의 신분에 호기심이 생겼다.

"승 공자, 인사하게."

유백청의 말에 승후는 짤막하게 인사했다.

"승후라 합니다."

승후가 인사를 하는 잠시 동안 장양충은 더욱 자세히 승후를 살폈다. 그러나 장양충은 들어본 적이 없는 이름에 뒤에 서 있는 서문혜경을 돌아보았다.

[소방주님을 제압했다는 그 고수인 것 같습니다.]

서문혜경의 전음을 받은 장양충은 또 한 번 놀랐다. 그의 아들은 방 내에서도 자신을 제외하고는 쉽게 제압할 수 없는 실력이었기 때문이다. 그리고 장경이 입을 열지는 않았지만 그동안 장경의 성격을 미루어볼 때 눈앞에 선 청년에게 단단히 당한 것 같아 점점 더 승후라 자신을 소개한 청년의 신분이 궁금해졌다.

장양충에게 전음을 전한 서문혜경 역시 승후의 모습에 놀랐다. 언뜻 봐서는 무공을 익히지 않은 것으로 보였다. 하지만 대원들의 보고에 의하면 소방주인 장경을 간단하게 제압한 고수가 눈앞의 사내이기에 승후를 직접 대면하게 되자 그 놀라움은 더욱 컸다.

승후를 바라보며 놀란 것은 장양충과 서문혜경뿐이 아니었다. 승후를 대면하게 된 우문후와 냉천 역시 놀랐다. 그들도 서문혜경을 통해 장경과 장소소를 제압한 신비의 고수에 대해 이미 들어 알고 있었지만 이렇듯 젊을 것이라고는 미처 생각하지 못했기 때문이다.

승후와 장양충의 시선이 마주쳤다.

순간 승후는 장양충에게 히죽 웃어 보였다. 승후의 뜻밖의 행동에 장양충은 당황했다.

"앉으시지요."

유백청은 장양충의 당혹감을 이해한다는 눈빛으로 웃으며 장양충에게 앉을 것을 권했다.

"세 분 대주들도 앉으세요."

"예."

"감사합니다."

"……."

여덟 명이 서로 마주하며 자리에 앉았다. 장양충은 자신의 앞에 앉은 유백청보다 승후가 더 신경 쓰였다. 자신을 대하고도 아무렇지 않은 사람은 아직 한 번도 만나보지 못했기 때문이다. 거기다 유백청과 소진걸, 그리고 문일상 역시 그를 대하며 조금은 긴장해 있는 모습이었는데 승후라는 청년에게서는 전혀 그러한 것이 느껴지지 않았다. 그런 장양충의 마음을 아는지 유백청과 소진걸, 그리고 문일상은 얼굴에 엷은 미소를 떠올렸다.

"죄송한 말씀입니다만 유 장주님, 승 공자의 사문을 알 수 있겠습니까?"

장양충은 지금 용문방과 풍림장의 일보다 눈앞의 승후에 대한 관심이 더욱 컸다. 장양충의 질문을 받은 유백청은 승후를 바라보았다. 승후가 가볍게 머리를 끄덕이자 유백청이 장양충에게 말했다.

"뇌문이라고 들었습니다."

"뇌문이라……."

장양충은 유백청이 한 말을 되새겨 보았다. 하지만 자신의 기억 속에는 뇌문이라는 문파가 존재하지 않았다. 언뜻 봐서는 무공도 익히지 않은 것 같았다. 그래서 더욱 자세히 승후의 기세를 살폈다. 여전히 아무것도 느껴지지 않았다. 하지만 그런 승후를 가볍게 생각할 수는 없었다. 서문혜경의 전음에 의하면 그의 아들인 장경이 승후에게 패했기 때문이다. 그러하기에 장양충은 눈앞의 승후라는 청년이 더 더욱 신경쓰였다.

"일 인 전승문인 것 같군. 그런가, 승 소협?"

"예?"

한참을 생각하던 장양충이 승후를 향해 입을 열었다. 장양충의 뜻밖의 물음에 승후는 미간을 모으며 잠시 생각하는 듯했다.

조금 후에 나온 승후의 말에 장양충은 어이가 없었다.

"뭐, 그렇다고 해두죠."

"그렇다고 해두다니? 아무리 사문의 존재를 알리고 싶지 않다고 하지만 지금 그 말은 무례하다고 생각지 않나?"

처음에는 승후의 말에 어이가 없던 장양충은 곧 화를 냈다. 나름대로 협상에서 기세를 잡기 위해 한 행동이었지만 곧 이어진 승후의 말에 장양충은 머리를 끄덕이지 않을 수 없었다.

"저의 말에 화가 나신 것 같군요. 하지만 저로서는 달리 드릴 말씀이 없습니다. 사실 저는 비급을 통해 무공을 익혔습니다. 그리고 비급 어디에도 사문 내력에 대한 설명이 없었으니 제가 저의 사문 내력을 알지 못하는 것은 당연하지 않겠습니까? 그리고 개방의 소장로님께 여쭈어봐도 저의 사문 내력을 알 수 없었습니다. 그리고 비급의 주인 되는 분도 자제나 사형제가 없는 것 같아 일단은 일 인 전승문으로 해두자고 한 것입니다."

승후의 말을 들은 장양충은 머리를 끄덕이며 말을 이었다.

"그런가? 그럼 자네의 사문은 자네가 말한 뇌문이 아닐 수도 있지 않나?"

장양충의 말에 이번에는 승후가 머리를 끄덕였다.

"예, 그럴 수도 있겠죠. 하지만 크게 다를 거라고 생각되지 않습니다. 왜냐하면 제가 사용하는 심법이 뇌의 기운을 사용하기 때문이죠."

"흠… 뇌의 기운을 이용하는 심법이라……."

장양충은 다시 한 번 자신의 머리 속을 더듬었다. 그러나 여전히 떠오르는 것이 없었다. 승후의 사문 내력을 알기 위해 생각에 빠져 있는 장양충을 나머지 사람들은 그저 바라보고만 있었다. 그러나 승후의 조용한 한마디에 장양충은 자신의 생각에서 빠져나오지 않을 수 없었다.

"방주님, 제 사문 내력보다는 방주님께서 풍림장에 오시게 된 문제가 더욱 중요하지 않겠습니까?"

"…그렇군."

승후의 말에 장양충은 머리를 끄덕이고는 유백청의 얼굴을 바라보았다.

유백청을 바라본 장양충은 선뜻 말을 할 수 없었다. 분명 그의 아들이 잘못하긴 했지만 먼저 머리를 숙이고 들어가기에는 그동안 쌓아온 자신의 명성과 용문방이 가지는 무게가 너무 컸던 것이다. 유백청이 먼저 자신의 아들에 대한 이야기를 꺼내주었으면 하는 것이 장양충의 솔직한 심정이었다. 그러나 유백청은 장양충을 바라보기만 할 뿐 아무런 말도 하지 않았다.

한동안 침묵이 계속되었다.

장양충은 장양충대로, 유백청은 유백청 나름의 이유로 선뜻 입을 열지 못하고 있었다.

"하암~ 두 분은 언제까지 서로 마주 보고만 계실 겁니까? 설마 하루 종일 그러고 계실 건 아닐 테지요?"

여덟 명이 모였음에도 서로의 체면 때문에 아무런 말도 없이 근 한 식경이나 침묵하고 있자 승후가 지겨웠던지 하품을 하며 장양충과 유백청을 보며 말했다.

갑작스런 승후의 말에 모두들 승후를 바라보았다. 그리고 장양충과 유백청은 무거운 침묵을 깨고 이야기할 계기를 만들어준 승후가 고마웠으나 우문후와 냉천은 진지하지 못한 태도에 얼굴을 찡그리며 승후를 노려보았다.

우문후는 풍림장의 의사청에 들어설 때부터 자신의 앞에 앉아 있는 승후가 눈에 거슬렸다. 신분 내력을 알 수 없는 자가 어떻게 이 자리에 설 수 있는지 도저히 이해가 되지 않았던 것이다. 서문혜경의 비연대를 통해 승후라는 자가 장경을 제압했다는 보고는 들었지만 그것이 이 자리에 유백청과 함께한 이유의 전부라고는 볼 수 없었기에 승후에 대한 관심이 장양충이 승후에게 가지는 호기심보다 더욱 컸다.

"이보시오, 승 소협, 그런 태도는 너무 무례하다고 생각지 않으시오? 방주님과 유 장주님께서 중한 이야기를 나누실 텐데……."

승후의 행동이 맘에 들지 않는지 냉천이 승후의 행동을 꾸짖듯 말했다. 그러나 냉천의 말은 끝까지 이어지지 못했다.

"냉 대주께서는 지금 장 방주님과 유 장주님이 말씀을 나눌 것으로 보이십니까? 내 보기에는 전혀 그렇지 않고 서로 눈치만 보는 것 같습니다만……."

유백청과 장양충을 잠시 본 승후는 냉천을 보며 말했다. 승후의 그 말에 냉천이 버럭 화를 내며 자리에서 일어섰다.

"말을 삼가시오! 눈치라니?! 우리 방주님이 어디 눈치를 보고 계신단 말이오?"

자리에서 일어선 냉천이 마치 검을 뽑을 기세로 승후를 노려보며 버럭 소리를 질렀다. 하지만 승후는 그런 냉천은 안중에도 없는지 자신의 앞에 놓인 이미 식어버린 찻잔을 들어 입으로 가져갔다.

"꿀꺽."

식어버린 찻물에서 나는 알싸하고 씁쓸한 맛 때문인지, 냉천의 행동에 화가 났음인지 승후가 이마를 찡그렸다.

장양충은 승후와 냉천의 행동을 호기심 어린 눈으로 바라보았다. 장양충은 냉천의 성격을 잘 알고 있었다. 평소 이유없는 행동이나 확신이 서지 않는 행동을 하지 않는 냉천을 잘 알기에 이번 일을 어떻게 해결할지, 그리고 이번 일로 풍림장과의 협상에서 유리한 입장을 가져오기를 은근히 기대했다. 그리고 그동안 신경 쓰였던 승후라는 청년이 냉천의 말에 어떻게 반응할지도 궁금했다. 그것은 유백청 역시 마찬가지였다. 용문방의 방주인 장양충이 먼저 사과하며 머리를 숙일 것 같지는 않고 그렇다고 자신이 먼저 그 일을 들추자니 사과를 받는 입장에서 그것도 마음에 들지 않았던 것이다. 유백청은 며칠 함께 지내본 승후를 생각하며 승후의 다음 행동이 은근히 기대되었다.

"앉아서 이야기하십시다, 냉 대주."

승후가 자리에 앉은 채로 올려다보며 냉천에게 말했다.

"먼저 사과부터 하시오!"

"사과라… 내가 무슨 결례를 했기에 사과를 해야 하오?"

승후가 무슨 말이냐는 듯 계속 바라보며 손에 든 찻잔을 내려놓고 말했다.

"방금 우리 방주님께 무례한 언동을 하지 않았소!"

"거참, 되게 시끄러운 양반일세. 그렇게 소리 지르지 않아도 잘 들리니 그만 좀 소리치시오. 그리고 냉 대주, 내가 없는 말 했소? 대.용.문.방.주.이신 분이 사과를 하러 오셨으면 대인답게 먼저 머리를 숙여야지 오히려 눈치를 살피고 있으니 답답한 일 아니겠소? 나는 그런 사실을 상기시켰을 뿐인데 무슨 사과라는 말이오?"

승후가 냉천의 말을 이해할 수 없다는 눈빛을 했다. 이러한 승후의 행동이 화가 났는지 냉천은 분을 이기지 못하고 버럭 소리를 질렀다.

"이익, 눈치라니? 그리고 우리는 사과하러 오지 않았소!"

승후의 말에 잔뜩 열이 오른 냉천은 순간적으로 실수를 하고 말았다. 그것을 놓칠 승후가 아니었다. 냉천이 자신의 실수를 깨닫고 수습하기도 전에 이미 승후는 냉천의 말꼬리를 잡고 늘어졌다.

"호~ 사과하러 오지 않았다? 그럼 무엇 하러 여기에 오셨소? 아, 사과하러 오지 않았다고 하니 대.용.문.방.의 소방주가 한 일을 입막음하러 오셨겠구려. 하긴 대용문파의 소방주가 부녀자 납치를 시도했다는 소문이 나기라도 한다면 용문방으로서는 여간 곤욕스러운 일이 아니겠지요. 그리고 지금 검을 뽑아 들 기세를 하고 있는 것을 보아하니 살.인.멸.구.를 생각하고 있는가 보군요? 그렇습니까, 냉 대주?"

승후가 회심의 미소와 함께 냉천의 행동을 비웃으며 나직이 말했다.

"그, 그런⋯⋯."

"그게 아니라면 지금 모든 사람이 함께 이야기를 통해서 문제를 해결하려고 하는데 왜 냉 대주만이 서서 검을 뽑을 기세를 하고 서 있는 거요?"

"⋯⋯."

승후의 말에 냉천은 아무런 말도 하지 못하고 씩씩거리기만 했다. 처음 냉천은 승후의 말꼬리를 잡아 자신들이 우위에서 풍림장과 보상에 대한 협상을 진행하려고 했었다. 하지만 눈앞의 승후라는 자는 강호의 경험이 전혀 없는지 아니면 용문방을 적으로 돌려도 아무렇지 않을 만큼 세력이 있거나 무력이 뛰어난지 용문방의 이름에도, 장양충이라는 무림에서 손꼽히는 고수를 대하고서도 전혀 움츠러드는 기색이 없었다. 그리고 오히려 지금 자신을 한순간에 무뢰배로 만들어 버리는 승후의 입담에 그만 기가 질리고 말았다.

"그만 하게, 냉 대주. 자네가 잘못했으니 사과하고 그만 자리에 앉게."

보다 못한 장양충이 냉천을 보며 말했다. 그러나 그렇게 말하는 장양충의 얼굴도 그렇게 밝지만은 못했다.

"저희 냉 대주님이 잘못한 것은 인정하겠어요. 하지만 승 소협께서도 조금 지나치다는 생각이 듭니다."

그동안 조용히 승후를 지켜보고 있던 서문혜경이 장양충의 말을 받아 냉천의 잘못을 사과함과 동시에 승후의 잘못을 꼬집으며 승후의 사과를 요구했다.

서문혜경의 말에는 서로의 잘못을 인정하게 함으로써 다시 처음으로 돌리려는 그녀의 의도가 담겨 있었다.

그런 서문혜경의 의도를 알아차렸는지 장양충은 얼굴에 한 가닥 기대를 품은 채 서문혜경과 승후를 바라보았다.

"잘못이라… 제가 무엇을 그렇게 잘못했는지 한번 말씀해 보시지요, 서문 대주님."

"정말 몰라서 그러나요?"

"글쎄요……."

승후가 묘한 웃음을 흘리며 말끝을 흐렸다.

그런 승후의 행동에 불쾌했는지 서문혜경이 승후를 노려보며 말했다.

"조금 전 자신이 한 행동을 모를 만큼 염치가 없는 분이신가요?"

"염치라… 하긴 동생들이 저더러 염치가 없다고 그럽디다. 하하하!

그런데 도대체 내가 무엇을 잘못했다는 건지 서문 소저께서 말씀해 보시죠."

서문혜경의 도발에 전혀 동요하지 않고 승후는 서문혜경을 소저라 부르며 반문했다.

"조금 전 저희 방주님과 유 장주님의 말씀 중에 끼어든 것 하며 또 저희 방주님께 눈치를 보신다고 말한 것은 분명 결례가 된다고 생각됩니다만……."

서문혜경이 승후를 정면으로 쏘아보며 말했다.

"그래요? 나는 서문 소저가 모시는 장 방주님과 유 장주님께서 말씀 나누시는 것을 듣지 못했습니다만……. 다른 사람들은 아무런 말도 듣지 못했는데 서문 소저가 그렇게 말씀하시는 것으로 봐서는 두 분께서 나눈 말씀이 있었던 듯하군요. 그럼 서문 소저는 장 방주님과 유 장주님께서 어떤 말씀을 나누셨는지 저에게 알려주시겠습니까?"

"……."

"그리고 제가 두 분이 눈치를 보고 있다고 했다 하셨는데 그것이 잘못된 말이라면… 조금 전의 상황에 어떤 말을 써야 하는지 서문 소저께서 적당한 말을 일러주시겠습니까? 그러면 제가 머리를 숙이며 사과하죠."

"……."

여전히 승후가 웃음 띤 얼굴로 서문혜경에게 말했다. 그러나 서문혜경은 승후의 말에 아무런 말도 하지 못했다. 그리고 주위의 모든 시선이 자신에게로 향해지자 그녀는 난처함으로 얼굴을 붉혔다. 그러자 승후는 얼굴을 붉히고 머리를 숙이는 서문혜경의 모습이 귀여워 잠시 동안 서문혜경을 바라보았다.

"냉 대주께서는 계속 그러고 계실 겁니까? 조금 전에 용문방의 방주님께서 자리에 앉으라고 하신 것 같습니다만……."

서문혜경의 곤혹스러움을 구해준 것은 뜻밖에도 그녀를 곤혹스럽게 만든 당사자인 승후였다. 승후의 이 한마디로 서문혜경에 쏠렸던 시선이 냉천에게 쏠렸다.

"험, 흠."

냉천은 모두의 시선이 자신에게로 쏠리자 헛기침을 하며 자리에 앉았다. 그러나 승후의 이어진 말에 얼굴을 찌푸리지 않을 수 없었다.

"장 방주님께서 사과하시라고 한 것으로 들었습니다만……."

승후의 말에 냉천의 얼굴은 더욱 찌푸려졌다. 그러나 장양충의 말이라 그 말을 거역할 수도 없었다. 이에 냉천은 장양충을 보았다. 그러나 장양충은 냉천과 시선을 마주치지 않았다. 이에 냉천은 욕찌기가 입속에서 맴돌았다.

'젠장할!'

냉천은 속으로 수십 번이 넘게 승후를 욕했다. 그리고 살기를 담은 눈으로 승후를 노려보았다. 그러나 여전히 승후의 태도는 처음과 전혀 변함이 없었다.

결국 냉천은 승후에게 머리를 숙일 수밖에 없었다.

"죄, 죄송했습니다, 승… 소협."

승후와 냉천, 그리고 서문혜경의 주도권 싸움은 결국 승후의 일방적인 승리로 끝이 났다. 그리고 협상의 주도권도 승후가 쥐게 되었다. 모두들 이제는 승후의 얼굴만 바라보고 있었고 장양충을 비롯한 용문방 사람들은 승후의 입에서 나올 말에 신경을 곤두세웠다.

"먼저 용문방주님께 말씀드릴 것이 있습니다."

승후의 말에 장양충과 우문후 등은 승후를 바라보았다. 그리고 승후의 입에서 어떤 말이 나올지 무척이나 긴장하고 있는 표정들이었다.

"풍림장의 유 장주님께서는 이번 일을 전부 저에게 일임하셨습니다. 그러니 장 방주님께서도 저와 며칠 전 있었던 장경 소방주가 일으킨 납치 미수 건에 대해 이야기하시면 됩니다."

승후의 말을 들은 장양충은 크게 놀랐다. 풍림장에서 일어난 일을 풍림장과는 전혀 상관없는 사람에게 일임하다니…… 장양충은 승후의 말을 믿을 수 없어 놀란 눈으로 유백청을 바라보았다.

"그렇습니다."

유백청의 간단하지만 명확한 말에 장양충은 신음과도 같은 침음성을 흘렸다.

"음……."

장양충과 나머지 용문방의 일행은 이 당황스런 상황에 어떻게 대처해야 할지 판단이 서지 않았다. 유백청이 승후의 말을 인정하고 또 소진걸과 문일상 역시 유백청의 말을 인정하듯 머리를 끄덕이자 그들은 눈앞의 이 광경을 믿지 않을 수 없었다.

"그렇게 놀라실 필요 없습니다. 제가 무리한 요구를 할 것도 아니니 큰 걱정은 하지 않으셔도 됩니다."

승후는 용문방주와 그 일행이 현재 취하고 있는 행동이 마음에 드는지 웃으며 말했다. 그러나 여전히 그들에게는 승후의 말이 들리지 않았다. 이곳 풍림장에는 강호에 이름난 장원과 세가의 주인들이 있다.

그리고 그 장주들과 가주들은 명성이 자자한 무림의 명숙이라 할 수 있었다. 그런 그들을 제치고 너무도 젊은 승후가 협상을 주도하겠다는 말을 쉽게 받아들일 수 없었던 것이다.

"그럼 본격적으로 삼 일 전 용문방의 소방주께서 젊은 혈기를 이기지 못하고 저지른 실.수.에 대해 이야기해 볼까요?"

승후의 실수라는 말에 장양충은 정신이 번쩍 들었다. 잠시 동안 승후의 신분과 풍림장 측의 협상 대표로 나선 것에 놀란 나머지 풍림장에 온 이유를 잊고 있었던 것이다. 그리고 승후가 장경이 저지른 일을 실수라고 말하자 장양충은 한편 고마운 마음이 들기도 했다.

장경은 풍림장의 흑풍대를 동원하여 풍림장의 무사들을 상하게 했고 또 용문방의 정보 조직인 비연대를 동원해 유백청이 도움을 청한 지인들의 발을 묶어두었기 때문에 어디를 봐도 장경의 행동은 실수라고 볼 수 없었다. 아니, 명백히 계획된 행동이었다. 그러한 사실을 분명 알고 있을 풍림장 측이었기에 풍림장의 협상의 전권을 맡은 승후가 장경의 소행을 실수라고 말하자 장양충은 마음이 한결 가벼워졌다. 하지만 오는 것이 있으면 가는 법이 있는 법, 승후가 장경의 소행을 실수로 치부함으로써 요구하는 것이 장양충과 우문후가 생각했던 것보다 훨씬 클 것이 분명했기에 승후의 다음 이야기에 온 신경이 쏠리는 장양충이었다.

"……."

장양충은 아무런 말도 하지 못한 채 승후의 얼굴만 바라보았다. 도대체 눈앞의 담이 큰 청년이 무엇을 요구할지 궁금했다. 아니, 걱정이 되었다. 생각지도 못한 양보로 인해 장양충은 협상의 시작부터 불리한 위치에 서게 된 것이다. 몇 마디 말에 협상의 칼자루를 상대에게 쥐어 준 꼴이었기에 혹여, 눈앞의 청년의 무리한 요구로 그동안 쌓아온 자신의 명성에 흠집이 나지 않을까? 걱정이 되었다.

"지루한 사설은 그만두고 본론만 이야기하겠습니다. 장 방주님께서는 한시라도 빨리 따님을 만나고 싶겠지요?"

승후의 말에 장양충은 머리를 끄덕였다. 그리고 어느새 모두들 승후의 말을 귀담아듣고 있었다. 본인들은 지금 그러한 것을 깨닫지 못하고 있지만 조금 전 승후와 설전을 벌였던 냉천과 서문혜경마저도 승후의 말에 빠져들고 있었다.

"저희 풍림장이 요구하는 것은 장경 소방주의 처벌을 원하는 것이 아닙니다. 그러나 장경 소방주가 저지른 일이니 일단 사과는 받아야겠지요. 그리고 재발 방지 약속 역시 받아야겠습니다. 가능하겠습니까, 용문방주님?"

"가능하네."

승후의 물음에 장양충은 간단히 대답했다.

"그리고… 지금부터는 풍림장 위사들의 피해 보상 문제입니다만……."

말끝을 흐리며 승후가 장양충의 얼굴을 바라보았다.

"계속하게."

이번에도 짤막하게 장양충이 승후에게 말했다.

"예. 삼 일 전의 일로 풍림장 외원의 무사 팔십여 명이 사망하거나 다시는 검을 잡지 못하게 되었습니다. 이에 사망자와 중상을 입은 무사들 개인당 금 삼백 냥을 요구합니다. 그리고 경상을 입은 이십여 명의 부상자들에게도 금 열 냥, 풍림장의 정문 등을 비롯한 외원의 기물을 파손한 책임 등을 물어 모두 합하여 황금으로 삼만 냥을 요구합니다."

승후의 요구 조건을 들은 장양충과 우문후는 승후가 말한 액수에 크게 놀랐다. 삼만 냥이라니? 장경의 소행이 아무리 지나치다 하더라고 삼만 냥은 너무 과하다는 생각이 들었다. 용문방의 일 년 예산에 육박하는 금액이었기에 그들의 놀라움은 더욱 컸다. 또한 유백청과 소진걸, 그리고 문일상도 승후의 요구 조건에 모두 놀랐다.

"사, 삼만 냥이라니? 너무 과한 요구라고 생각지 않으시오?"

이번에도 냉천이 승후의 말에 제일 먼저 반응했다. 하지만 승후는 그런 냉천에게는 전혀 신경 쓰지 않고 장양충만을 바라보았다. 이에 더욱 화가 난 냉천은 또다시 자리에서 일어서며 소리를 질렀다.

"이보시오, 승 소협! 은자 열 냥이면 사 인 가족이 한 달을 지낼 수 있소. 그리고 금 한 냥이면 일 년을 날 수도 있는데 삼만 냥이라니, 그것은 받아들일 수 없소!"

"언제부터 냉 대주께서 협상에 나서시게 되었습니까?"

승후가 냉천을 올려다보며 말했다. 그러자 냉천은 순간 당황하며 자신이 또다시 결례를 저지르게 된 것을 깨달았다. 오늘따라 평소의 그답지 않게 잦은 실수를 하게 되자 당사자인 냉천과 장양충은 이마를 찡그렸다.

"그만 앉게."

장양충이 나직하지만 단호하게 말했다. 냉천은 얼굴을 붉히며 아무런 말도 하지 못하고 자리에 앉았다. 그리고 내심 실수가 많은 오늘의 자신을 되돌아보았다. 모두가 자신의 눈앞에 있는 승후 때문이라는 생각이 들자 냉천은 자신도 모르게 살기가 일었다. 하지만 더 이상 실수를 할 수는 없었기에 냉천은 입술을 깨물고 힘겹게 자신의 마음을 가라앉히려 노력했다.

"저는 삼만 냥이 과하다는 생각은 전혀 들지 않습니다. 물론 사 인 가족이 일 년을 생활하는 데는 금 한 냥이면 되겠지요. 그러나 아버지, 그리고 남편, 혹은 아들을 잃었을 그 가족의 슬픔을 생각하면 개인에게 돌아가는 금 삼백 냥은 많다고 할 수 없습니다. 그리고 나머지 액수는 풍림장의 수리와 또 용문방으로부터 견제와 기습을 당했을 유 장주님의 지인들에 대한 보상도 해야 하니 삼만 냥이라도 풍림장으로서는 그렇게 많은 액수는 아닙니다."

유백청과 소진걸, 그리고 문일상은 승후의 말을 듣자 승후의 말에 절로 머리가 끄덕여졌다. 아무리 금액이 많아도 사람의 목숨만큼 중한 것은 없기 때문이었다. 그리고 그동안 그들을 한낱 위사라고 생각해 왔던 자신들의 생각을 조금은 반성하였다. 또한 신분의 귀천에 상관없이 목숨을 중히 여기는 승후의 말이 그들에게는 승후를 다시 보는 계기가 되었다.

"좋네."

승후의 말을 듣고 생각에 잠겨 있던 장양충이 말했다. 장양충의 말이 끝나자 승후는 가슴에서 종이 두 장을 꺼냈다. 그리고는 장양충과 유백청의 앞으로 내려놓았다.

"밖에 총관님 계십니까?"

"예, 승 공자님."

"준비한 것을 가지고 들어오세요."

승후가 말을 마치자 문밖에 있던 총관이 붓과 벼루를 들고 들어왔다.

"용문방을 못 믿어 이러는 것은 아닙니다. 무엇이든지 확실히 해두는 것이 용문방으로서도, 풍림장으로서도 좋은 게 아니겠습니까?"

승후가 웃으며 말하자 장양충과 유백청은 승후가 꺼낸 종이의 내용을 살폈다.

一. 장경 소방주는 자신의 잘못을 풍림장의 장주와 그의 가족들에게 사과한다.

一. 용문방의 방주는 방주의 이름으로 재발 방지를 약속한다.

一. 용문방은 풍림장의 피해를 위해 금 삼만 냥을 한 달 내에 보상한다.

一. 이 한 번의 보상 외에 풍림장은 추가 보상을 요구할 수 없다.

승후가 건넨 문서의 내용을 살핀 장양충과 유백청은 아무런 말이 없었다. 조금 전 승후가 말한 내용과 조금의 차이도 없었기 때문이다. 이에 장양충이 먼저 서명하자 곧 유백청도 서명했다.

"이제 문서를 교환하세요."

승후의 말대로 장양충과 유백청은 서로 문서를 교환했다.

짝짝짝!

장양충과 유백청이 문서를 교환하자 승후는 박수를 쳤다.

"어쨌든 이번 일이 잘 해결되어 기쁘게 생각합니다."

승후가 웃으며 이야기했으나 장양충과 용문방의 세 대주들은 그다지 얼굴이 밝지 않았다.

"이제 끝난 건가, 승 소협?"

승후를 보며 말하는 장양충의 얼굴은 잔뜩 굳어 있었다. 하지만 그런 장양충의 얼굴에도 승후는 전혀 흔들리는 기색이 없었다.

"아직 한 가지가 더 남았습니다."

"……."

한 가지가 더 남았다는 말에 유백청과 소진걸은 순간 얼굴이 굳어졌다. 이러한 반응을 본 장양충은 의아해하며 승후를 향해 말했다.

"유 장주님과 교환한 문서에는 다른 내용이 없었네만……."

"그렇습니다. 이번 요구 안은 거절하셔도 상관없습니다."

"상관없는 요구 안이라……. 그래, 일단 들어보세."

"예, 장 방주님께 비무를 청합니다."

승후의 말에 좌중은 찬물을 끼얹은 듯 조용해졌다.

"호~ 자네가 나에게 비무를 청한단 말인가? 자네는 자신의 실력에 어지간히 자신이 있나 보군."

장양충이 불쾌하다는 얼굴로 승후의 얼굴을 쏘아보며 말했다. 용문방의 세 대주도 장양충만큼이나 불쾌한 얼굴이었다.

"하하하! 제가 어찌 용문방의 방주님께 비무를 청하겠습니까? 방주님과 비무를 하실 분은 유 장주님이지 제가 아닙니다."

승후의 말에 흠칫한 장양충은 유백청을 돌아보았다.

장양충의 시선을 받은 유백청은 마주 바라보며 승후의 말에 고개를 끄덕였다.

"그렇습니다, 장 방주님. 제가 비무를 청합니다."

유백청의 말을 들은 장양충은 믿을 수 없다는 얼굴로 유백청과 그의 의형을 돌아보았다. 그러나 유백청과 소진걸은 여전히 굳은 얼굴로 장양충을 바라볼 뿐이었다.

"좋습니다."

장양충이 유백청을 보고 웃으며 말했다.

지금 장양충은 가슴이 뛰고 있었다. 그가 용문방을 세우고 철대협이라는 명호를 얻고부터는 누구에게서도 비무 요청을 받아보지 못했기 때문이다. 그런데 실력의 깊이를 알 수 없는 유백청이 비무를 청해오자 너무도 뜻밖이었고 그동안 무뎌졌던 무인으로서의 본능이 서서히 깨어나는 느낌이었다.

장양충이 승낙하자 유백청은 가볍게 머리를 숙이며 고마움을 표했다.

"저의 비무 요청을 받아주셔서 고맙습니다."

"아닙니다. 오히려 제가 고맙습니다."

"자, 그럼 용문방주님께서 허락하셨으니 한 시진 후에 비무를 시작하도록 하겠습니다. 이제 방주님께서는 따님을 만나보셔야죠?"

승후가 웃으며 장양충에게 말하자 그제야 장양충은 딸의 안위가 생각났는지 몹시 궁금한 얼굴로 승후를 바라보았다.

"총관님, 방주님 일행을 안내해 주시겠습니까?"

"예, 승 공자님. 방주님, 저를 따라오시지요."

승후와 총관의 모습을 보며 유백청이 불안감을 떨치려는 듯 웃으며 말했다.

"허허허, 도대체 풍림장의 장주가 누구인지 모르겠구먼. 형님은 그렇게 생각하지 않으십니까?"

"그러게 말일세. 총관, 자네가 모시는 장주가 여기 백청인가, 아니면 승 공자인가?"

"예? 그, 그게……."

총관은 유백청과 소진걸의 말에 말을 더듬으며 어쩔 줄 몰라 했다. 사실 승후와 총관이 이렇게 자연스럽게 행동할 수 있는 것은 용문방주 일행이 풍림장에 도착하기 전에 승후와 미리 이야기가 되어 있었기 때문이었다.

"총관님, 너무 신경 쓰지 마세요. 장주님과 소 장로님이 농담으로 그러시는 것이니 어서 방주님을 소소에게로 모시세요."

"예? 예, 공자님."

승후의 말을 들은 총관이 장양충 일행을 안내하려 할 때였다.

"잠시만요, 승 소협."

그동안 자신의 소개 외에는 아무런 말도 하고 있지 않던 우문후가 승후를 불러 세웠다.

"예, 말씀하세요, 우문 대주님."

"조금 후에 있을 비무에 관한 이야기입니다만……."

"예, 비무에 무슨 문제라도 있습니까?"

승후의 말에 우문후는 머리를 저으며 말했다.

"저희 방주님과 유 장주님의 비무 전에 한 번의 비무를 더 가졌으면 합니다."

"호~ 또 한 번의 비무라……. 구체적으로 어떤 비무를 말씀하시는지요?"

승후가 우문후의 말에 관심을 나타내며 물었다.

"저의 비무 신청을 받아주시겠습니까, 승 소협?"

우문후가 갑작스레 승후에게 비무 신청을 하자 모두들 놀랐다. 그러나 용문방주와 그 일행은 우문후의 실력을 잘 알기에 승후의 대답이 기다려졌다. 반면 유백청과 소진걸, 그리고 문일상은 우문후가 걱정되기 시작했다. 그들은 어제 있었던 네 번의 비무를 잊을 수 없었기에 우문후가 걱정되었던 것이다.

"저도 승 소협께 비무를 청합니다."

이번에는 냉천이 승후에게 한 걸음 다가서며 말했다. 조금 전 승후와의 설전에서 쌓인 것이 많았던지 냉천은 승후를 향해 투기를 일으키고 있었다.

우문후와 냉천의 말을 받은 승후는 눈을 빛내며 두 사람을 바라보았다. 이런 승후의 모습을 본 유백청 등은 점점 더 걱정되기 시작했다.

"좋습니다. 용문방주님과 유 장주님의 비무 전에 두 분과 먼저 하도록 하죠."

승후의 말을 들은 우문후와 냉천은 놀랐다. 사실 그들은 자신들이 비무 요청을 했을 때 승후가 둘 중 한 명과의 비무만을 선택할 줄 알았기 때문이다. 그러나 승후가 그들 둘 모두와 비무를 하겠다고 하자 승후의 황당한 자신감에 어이가 없었던 것이다.

"이보시게, 승 소협, 자네가 자신의 실력에 자부심을 갖는 것에는 이의를 달지 않겠네만 우문 대주와 냉 대주는 방 내에서도 그 실력이 수위급이네. 그러니 두 명 중 한 사람만 선택하게."

"예, 방주님의 말씀대로 두 분 모두 실력이 뛰어나 보이군요. 하지만 전 걸어온 싸움은 피하지 않습니다."

"허허, 싸움이라니, 분명 두 사람이 자네에게 비무를 청했건만······."

그러나 장양충은 자신의 말을 끝까지 할 수 없었다. 미약하지만 냉천이 승후를 향해 살기를 흘리고 있기 때문이었다.

'허··· 도대체 오늘 냉천이 왜 저러는지······.'

장양충은 오늘 평소와는 너무도 다른 냉천의 낯선 모습에 못마땅했고 또 지금도 승후의 도발을 참지 못하고 살기를 흘려대는 모습이 마음에 들지 않았다.

"방주님의 걱정을 가슴에 담아두겠습니다. 서둘러 소소가 있는 곳으로 가보셔야죠. 소소가 아버지를 기다리느라 목이 빠지겠습니다."

승후가 장양충의 말에 웃으며 장소소의 이야기를 하자 장양충은 딸의 이름을 스스럼없이 부르는 승후를 보며 의아했다. 그러나 승후의 의아한 행동보다 사흘간 떨어져 지낸 딸의 안위가 먼저였기에 장양충의 머리 속에는 승후의 말이 그리 오래 남지 않았다.

장양충이 총관을 따라 움직이자 서문혜경이 제일 먼저 장양충의 뒤를 따랐다. 그리고 그 뒤를 우문후와 냉천이 이었으나 냉천과 우문후의 얼굴은 불쾌함이 가득했다.

장양충 일행의 모습이 사라지자 유백청과 소진걸은 한숨을 쉬며 승후를 보았다.

"후~"

"휴~"

한숨을 쉬는 모습이 의아했던지 승후는 유백청과 소진걸을 바라보았다. 그러자 문일상이 걱정스런 얼굴로 승후에게 말했다.

"승후야, 괜찮겠니?"

"예, 당연히 괜찮죠. 너무 걱정하지 마세요."

"아니, 너를 걱정하는 것이 아니라 우문후와 냉천이라는 젊은 대주들이 걱정되어 그런다."

"예? 걱정 마세요. 전 또 저를 걱정하시는 줄 알고……. 사정을 봐가며 할 테니 너무 걱정 마세요."

그러나 승후의 말을 여전히 믿지 못하는 유백청과 소진걸이었다. 어제의 비무로 막청은 갈비뼈가 부러졌고 팽대악과 언천보, 언한탁 형제는 아직도 침상에서 일어나지 못하고 있었다. 용문방의 젊은 세 대주의 실력이 뛰어나다고는 하지만, 어제의 비무에서 후기지수들을 어린아이 취급하는 승후의 실력을 보았기에 냉천과 우문후가 걱정되었다.

"세 분 모두 너무하시는 것 아닙니까? 세 분의 표정을 보고 있자니 제가 풍림장의 사람인지 아니면 저에게 비무 요청을 한 사람들이 풍림장 사람인지 도무지 판단이 서지 않는군요."

"흠, 흠……."

승후의 말에 세 사람은 헛기침을 하며 승후의 시선을 피했다.

"한 시진 뒤에 비무가 시작될 테니 전 운화와 설아에게 가보겠습니다. 준비가 되면 연락 주세요."

말을 한 승후는 세 사람을 뒤로하고 자리를 떠났다.

승후가 세 사람의 시야에서 사라지자 그들은 서로의 얼굴을 쳐다보았다. 세 사람 모두 걱정스런 얼굴을 하고 있었다. 그리고 서로의 얼굴을 확인한 세 사람은 처음에는 어색했지만 공통의 근심거리를 알게 되자 웃음이 터져 나왔다.

"하하하!"

"허허허!"

"껄껄껄!"

이 한번의 웃음으로 유백청은 장양충과의 비무에 관한 부담을 다소나마 덜 수 있었다. 그리고 소진걸과 문일상은 용문방의 우문후와 냉천이 걱정되었지만 또 한 번 승후의 놀랄 만한 신위를 볼 수 있다는 생각에 마음이 들뜨기도, 팽대악과 언천보와의 비무에서 보여준 승후의 장법을 한 번 더 확인하고 싶기도 했다.

"방주님, 여깁니다."

"호호호!"

"깔깔깔!"

용문방의 일행을 후원의 전각으로 안내한 총관이 장양충을 향해 말했다. 총관이 안내한 전각 안에서는 여인들의 웃음소리가 쉴 새 없이 흘러나오고 있었다.

"고맙소, 총관."

"예. 그럼 저는 이만."

총관이 장양충에게 읍을 하고 사라지자 장양충은 전각을 향해 딸의 이름을 불렀다.

"소소야!"

장양충이 장소소의 이름을 불렀음에도 전각 안의 웃음소리는 전혀 작아지지 않았다. 이에 장양충은 조금 더 큰 목소리로 불렀다.

"소소야!"

장양충의 목소리가 제법 컸던지 전각 안의 웃음소리가 뚝 멈추며 곧이어 문이 열렸다.

"소소야!"

문을 열고 나오는 장소소를 확인한 장양충은 그동안 가지고 있던 그리움과 걱정이 단번에 사라짐을 느끼며 장소소에게 달려가 와락 끌어안았다.

"그래, 그동안 어디 몸이 축나지는 않았니? 밥은 잘 먹고 잠자리는 불편하지 않았니? 그리고 혹 널 괴롭히는 사람은 없었느냐?"

궁금했던 점을 한꺼번에 쏟아내며 장양충은 장소소의 몸 여기저기를 살펴보더니 장소소의 몸에 이상이 없는 것을 확인하고는 장소소를 더욱 가슴으로 끌어당겼다.

"아빠!"

갑작스런 장양충의 행동에 장소소는 얼굴을 붉히며 뾰족한 소리를 질렀다. 하지만 장양충은 그런 장소소의 행동에 전혀 개의치 않고 수염이 가득한 그의 얼굴을 사랑스런 딸의 얼굴에 비벼댔다.

"아, 아빠!"

얼굴에 느껴지는 따끔함 때문인지, 자신과 장양충을 주시하고 있는 주위의 시선 때문인지 장소소는 장양충의 품에서 벗어나기 위해 버둥거렸다. 하지만 장양충은 무려(?) 삼 일 만에 만나는 딸을 쉽게 놓아주지 않았다. 이에 장양충의 행동을 보다 못한 서문혜경이 한숨을 쉬며 장양충을 말리고 나섰다.

"방주님, 사모님께서 보십니다."

일순간 장양충은 행동을 멈췄다. 그리고는 자신의 주위를 두리번거리기 시작했다.

장양충은 방 내에 있을 때에도 장소소와 함께 있을 때 곧잘 딸을 끌어안고 얼굴을 비벼댔다. 장소소에 대한 유별난 사랑을 잘 아는 방 내의 사람들은 장양충이 그럴 때마다 머리를 저을 뿐 다른 말은 할 수 없었다. 어쨌든 장양충은 용문방의 주인이었고 또 강호에서는 이름 높은 철대협이었기 때문이다. 그러한 이유로 그들로서는 장양충의 팔불출 같은 자식 사랑을 말릴 수 없었던 것이다. 그러나 방 내에 장양충의 그런 행동을 막을 수 있는 단 한 사람이 있었다. 그 사람은 장양충의 부인인 옥군영이었다. 장양충은 지금과 같이 행동하다가도 옥군영이 나타나면 언제 그랬냐는 듯이 멈추었던 것이다. 아니나 다를까, 장양충은 부인 이야기에 장소소에게 하던 행동을 멈추며 그제야 자신을 지켜보는 시선을 느낄 수 있었다.

한편 장양충의 행동을 본 미려진과 하려군은 소문으로만 듣던 철대협 장양충과는 너무도 다른 모습에 놀라 입을 다물지 못했다. 그리고 그런 그녀들의 시선을 느꼈는지 장양충이 어색한 헛기침을 했다.

"흠, 흠……."

여전히 자신의 품에서 버둥거리는 장소소를 본 장양충은 어색한 웃음을 지으며 장소소를 품에서 놓아주었다.

"허허, 소소야, 그동안 불편하지는 않았… 윽!"

장양충의 반가운 표현이 있으면 늘 그렇듯 장소소의 응징이 뒤를 이었다. 그리고 토라져 있는 자신의 딸을 확인한 장양충은 당황한 기색을 보였다.

"소소야, 아빠가 반가워서 그랬으니 이해해 주렴. 무려(?) 삼 일 만에 처음 보는 거잖니. 응?"

장양충이 그 큰 덩치에 맞지 않게 가련한 표정으로 딸을 바라보았다. 그러나 장소소는 장양충의 그런 행동에 더욱 얼굴을 붉히며 당황해 어쩔 줄 몰라 했다.

장양충과 장소소의 행동을 처음부터 지켜보고 있던 하려군과 미려진은 웃음이 터져 나오는 것을 겨우 참고 있었다. 하지만 또다시 보여 준 장양충의 모습에 결국 미려진의 웃음이 새어 나오고 말았다.

"쿡… 쿠쿡……."

나직한 웃음소리에 장양충은 웃음소리의 주인공을 찾았다. 장양충의 시선을 대한 미려진은 당황했지만 그렇다고 웃음을 삼키진 못했다.

미려진의 웃음과 낯선 주위 환경으로 장양충은 그제야 지금 자신이 있는 곳이 용문방이 아님을 깨닫고는 곧 자신의 실태를 알아차렸다.

"흠, 흠, 소저는 누구신가?"

조금 전 장소소를 대할 때와는 사뭇 다른 근엄한 표정을 한 장양충이 미려진을 보며 물었다. 그러나 웃음을 참기에 바쁜 미려진보다 먼저 마음을 가라앉힌 하려군이 장양충의 말에 대답했다.

"소녀 하려군이 철대협 장 방주님을 뵈어요."

하려군이 먼저 인사하자 장양충은 시선을 돌리며 하려군을 살폈다. 그러나 장양충은 자신 앞에서 당당히 인사하는 미모의 여인을 알지 못했기에 고개를 갸우뚱거렸다.

"설산파의 설산신녀 하려군 소저입니다, 방주님."

서문혜경이 장양충의 의아함을 해소해 주었다.

"아, 오봉 중 일인인 하 소저였군. 그래, 우리 소소와 함께해 주어서 고맙네."

"별말씀을요."

"한데 옆의 소저는 누구인지 소개를 좀 해주겠나?"

장양충이 자신과 소소를 보며 웃고 있는 미려진을 힐끔 보고는 하려군에게 말했다.

"예, 방주님. 악양제일장의 미려진이라 합니다."

"호~ 역시 오봉 중 일인이군."

장양충은 하려군과 미려진, 그리고 자신의 뒤에 있는 서문혜경을 돌아보며 놀랍다는 얼굴을 했다. 강호의 오봉 중 삼 인을 한자리에서 보게 된 것이 매우 의외였던 것이다. 그리고 젊은 미인들을 대하자 은근히 기분이 좋기도 했다.

"안으로 드시지요."

웃음을 겨우 참아낸 미려진이 평소의 그녀답지 않게 조신한 행동으로 말했다. 그러자 하려군과 장소소는 그녀의 행동에 웃으며 미려진을 보았다.

"왜 그런 눈으로 보니, 소소야?"

"언니, 언니답게 행동해. 지금 하는 행동은 너무 어색하단 말야."

이번에는 장소소가 웃음을 참으며 미려진에게 말했다. 장소소의 말을 들은 미려진은 얼굴을 붉혔다.

"하하하! 그만들 들어가지?"

뜻밖의 구원에 미려진은 장양충에게 읍하고는 장양충과 그 일행을 방 안으로 안내했다.

"언 가주님, 용문방주와 유 장주님의 비무가 곧 있을 예정이라 하더
군요."

언상연은 장원의 사람들이 부산하게 움직이는 것을 이상하게 여겨
마침 자신에게 다가오는 마일기에게 풍림장이 소란스런 이유를 물었
다. 그리고 곧 유백청과 장양충의 비무가 있을 예정이라는 말에 크게
당황했다. 유백청이 실력을 숨긴 고수라는 것은 알고 있었지만 그렇다
고 장양충과 비무하기에는 그 실력이 조금 못 미친다고 생각되었던 것
이다.

"이번 비무의 결정도 그 승 공자라는 사람이 계획한 것이라고 하더
군요."

"허, 그 사람, 도대체 무슨 생각으로 그런 일을 승낙한 건지……."

지금 언상연에게는 일을 꾸몄다는 승후보다 유백청의 안위가 더욱
걱정되었다.

"그리고 두 번의 비무가 더 있을 것이라 하더군요."

"예? 아니, 두 번의 비무라니요?"

언상연이 처음 듣는 말에 놀라 마일기를 보며 물었다.

"그 승 공자라는 자와 용문방 두 대주의 비무가 있을 것이라 하더군
요."

마일기가 승후를 비웃으며 이야기했다. 그러나 이야기를 듣는 언상
연은 승후를 비웃을 수 없었다. 마일기의 이야기를 드는 순간 어제 있
었던 비무가 생각났기 때문이다. 그리고 그 순간 승후의 안위보다는

비무의 대상자인 두 명의 대주가 더 걱정되었다.

"참으로 광오하지 않습니까? 용문방의 두 대주라 하면 무림에서도 손꼽히는 고수이거늘……. 그것도 두 명 중 한 사람과의 비무가 아니라 두 명 모두와 비무를 하겠다니… 용기인지 만용인지… 쯧쯧쯧……."

마일기는 여전히 승후가 못마땅한지 혀를 차며 승후의 결정을 질책했다.

"글쎄요……."

그러나 언상연은 그런 승후가 전혀 무모해 보이지 않았다. 용문방의 대주들이 강호에 떨치고 있는 위명을 모르는 것은 아니었지만 어제의 비무를 본 그로서는 자신도 모르게 비무의 결과가 승후 쪽으로 기울었던 것이다. 그리고 언상연은 자신의 마지막 말을 듣지 못했는지 여전히 승후에 대한 불평과 불만을 이야기하는 마일기를 씁쓸한 눈으로 바라보았다.

"정말이에요?!"

장소소가 놀란 눈으로 장양충에게 물었다. 처음에는 장양충의 행동에 토라진 모습을 보인 장소소였으나 하려군과 활달한 미려진의 도움으로 금방 방 안은 화기애애해졌다. 그러나 곧 비무가 있을 것이라는 장양충의 말에 장소소가 놀라 외쳤던 것이다.

"하하하! 소소야, 이 아빠가 그렇게 걱정되느냐? 하지만 너무 걱정하지 말아라. 유 장주가 얼마나 강한지는 몰라도 아직 이 아빠는 누구에게도 져본 적이 없단다."

장양충은 자신을 걱정해 주는 장소소가 기특한지 연신 장소소의 머리를 쓰다듬었다. 그러나 자신의 손을 밀치며 빽 소리를 지르는 장소소의 말에 장양충은 잠시 당황했다.

"흥! 누가 아빠를 걱정한다고 그래요? 아빠가 그랬잖아요, 천하에서 아빠를 이길 수 있는 사람은 없다고. 설마 그 말을 잊은 건 아니겠죠?"

"무, 물론이지. 오파일방의 장문인과 겨룬다고 해도 절대 지지 않을 자신이 있단다."

처음 장소소의 말에 당황한 장양충이었지만 자신의 무위에 대해 강한 자부심을 가지고 있기에 장소소의 말에 가슴을 두드리며 단호하게 말했다.

"됐어요. 어쨌든 아빠가 지지 않을 것이라는 생각에는 저도 변함이 없어요. 저는 아빠보다는 후 오라버니가 걱정된단 말이에요!"

장소소의 뜻밖의 말에 장양충과 우문후, 그리고 서문혜경, 냉천은 놀란 표정으로 장소소를 보았다.

"그게 무슨 말이냐, 소소야?"

"후 오라버니가 걱정된다고 했어요."

"아니, 그런 말이 아니라 왜 네가 우문 대주를 걱정한다는 거냐? 너도 우문 대주의 실력을 잘 알지 않느냐?"

장양충은 어리둥절해 장소소를 빤히 바라보았다. 하려군 역시 놀란 얼굴로 장소소를 쳐다보았다.

처음 장양충으로부터 비무 이야기를 들었을 때 하려군은 두 번 놀랐다. 풍림장의 장주인 유백청과 장양충의 비무에 놀랐고 또 강호에 위명이 자자한 용문방의 두 대주와 비무를 한다는 승후의 이야기에 놀랐다.

하려군은 강호에 용문방 세 대주의 위명이 자자한 것을 익히 알고 있었다. 특히 적멸대의 대주인 우문후는 젊은 나이임에도 유한검(柔瀚劍)이라는 명호를 얻었고 백야대의 대주인 냉천 역시 냉면철심(冷面鐵心)이라는 명호를 얻고 있었다. 하려군은 그런 실력자들인 두 사람과 비무를 하겠다는 승후가 걱정되었다. 어제 있었던 비무를 모르는 하려군으로서는 당연한 걱정이었다.

반면 미려진은 장소소의 걱정을 이해한다는 얼굴을 하며 장소소의 말에 머리를 끄덕였다.

장소소와 미려진의 반응을 본 장양충은 완전히 다른 그녀들의 반응에 의아했다.

"소소야, 우문 대주가 걱정된다니 그게 무슨 말이니?"

서문혜경 역시 우문후의 실력을 익히 알고 있었기에 장소소의 말을 이해할 수 없었다. 그래서 서문혜경은 장소소에게 한 번 더 자세하게 물었던 것이다.

"말 그대로예요, 언니. 제가 아는 오라버니의 실력이 전부라면 승후 오… 아니, 승후 아저씨에게 이길 수 없어요. 아니, 어쩌면 아주 큰 부상을 입을지도 몰라요."

장소소의 말에 장양충은 크게 놀랐다. 누가 우문후에게 큰 부상을 입힐 수 있단 말인가? 용문방 내에서는 자신을 제외한 누구도 우문후를 꺾을 수 없을 것이다. 용문방의 장로들일지라도 우문후와의 대결에서 백 초 내에 승기를 잡기란 쉽지 않을 것이기에 장양충은 장소소의 말이 믿기지 않았다. 그것은 조금 후에 있을 비무의 당사자인 우문후와 냉천 역시 마찬가지였다. 어떤 근거로 장소소가 그런 말을 하는지 몰라도 자신들의 실력을 믿는 우문후와 냉천은 장소소의 말이 가슴에 와 닿지 않았다.

"아가씨께서 어떻게 그런 생각을 하게 되셨는지는 몰라도 여기 우문 대주와 저의 무공도 그렇게 만만치 않습니다."

장소소의 말이 불쾌했던지 냉천이 냉랭하게 장소소에게 말했다. 그러자 장소소는 냉천의 얼굴을 한번 쏘아보고는 얼굴을 돌려 버렸다.

"어제 승후 오라버니와 후기지수들과의 비무가 있었어요."

냉천과 장소소의 싸늘한 분위기를 가라앉히기 위해 미려진이 장양충을 보며 말했다. 사람들은 호기심 가득한 눈으로 미려진의 다음 말을 기다렸다. 조금 후 승후와 비무가 있을 우문후와 냉천 또한 관심을 가졌다.

"언가장의 언한탁, 언천보 형제와 팽가의 팽대악 소협이 승후 오라버니의 비무 대상이었지요."

"세 명과 비무를 가졌단 말인가요?"

서문혜경의 놀라움을 담은 물음에 미려진은 미소하며 머리를 끄덕였다.

서문혜경은 비무의 횟수보다 무공을 익히지 않은 것처럼 보였던 승후가 세 번의 비무를 가졌다는 말에 놀랐다.

"하지만 세 명과의 비무가 대단할 것은 없지요. 나라도 그 세 사람과의 비무라면 불가능한 일만은 아니니."

우문후가 미려진의 말에 그다지 어렵지 않다는 투로 말했다. 사실 그랬다. 비무의 횟수가 중요한 것은 아니었다. 예를 들어 절정고수와

삼류무사 백 명이 비무한다고 해도 절정고수를 상하게 할 수는 없다. 그리고 언천보 등이 후기지수 중 뛰어나다고는 하지만 그들 개개인의 무공은 우문후와 냉천에게는 크게 못 미쳤다. 이러한 사실을 알기에 우문후는 미려진의 말에 서문혜경만큼 놀라지는 않았다.

"사실은 네 사람이지요. 풍림장의 막청 소협을 포함해서. 그렇다면 우문 대주님께서는 이 네 분과의 비무에서 과연 몇 초 만에 그들을 패배시킬 수 있겠습니까?"

미려진이 우문후를 주시하며 직설적으로 물었다. 노골적인 미려진의 물음에 우문후는 얼굴을 찡그렸다. 그러나 곧 얼굴을 펴며 대답했다.

"막청이라는 사람은 제가 전혀 모르니 알 수 없지만 언가장의 언 소협이나 팽가의 팽 소협이라면 백 초 내에 제압할 수 있을 것입니다."

우문후가 자신있게 말했다.

우문후의 말을 들은 미려진은 머리를 저으며 우문후와 냉천을 바라보았다.

"우문 대주님께서는 자신을 너무 낮추시는군요. 아마 우문 대주님이나 냉 대주님이라면 그들 둘을 제압하는 데 삼십 초도 필요치 않을 것입니다."

장양충은 우문후와 냉천의 실력을 제대로 파악하고 있는 미려진을 보며 머리를 끄덕였다. 그리고 악양제일장이 명성을 쌓고 있는 이유가 짐작이 갔다. 또한 우문후와 냉천 역시 자신들의 실력을 알아주는 미려진의 말에 얼굴이 밝아졌다.

"하지만 우문 대주님이나 냉 대주님이라도 그들과 연속해서 비무한다면 한두 번쯤의 운기조식이 필요할 것입니다."

미려진의 말에 우문후와 냉청은 머리를 끄덕였다.

"하지만 승후 오라버니는 한 번의 운기조식도 필요치 않았어요. 그리고 네 사람을 제압하는 데는 대략 이각 정도 걸렸을까요? 그런데 지금 네 사람은 제대로 운신도 못하고 있습니다."

미려진의 말을 들은 우문후와 냉천은 그제야 놀라운 얼굴을 했다. 그들도 운기조식을 하지 않고 네 번의 비무를 계속할 수는 있다. 하지만 그들보다 실력이 뒤지는 언천보 등이라 할지라도 엄연히 명가의 자손이다. 그리고 숨겨둔 마지막 초식 하나쯤은 있을 것이다. 그런 그들이 지금 자리에서 일어나지 못하고 있다는 것은 결코 평범한 초식으로 상대하지 않았다는 말이다. 자신들이 자신의 절초를 네 번 연속으로 시전할 경우를 생각해 본 냉천과 우문후는 머리를 저었다. 그러기에는 아무래도 내력이 부족했던 것이다. 그리고 자신들과 연배가 비슷한 승후가 자신들보다 내력을 더 많이 쌓았다는 생각은 들지 않았다. 이에 우문후와 냉천은 미려진의 말에 회의적이었다.

"못 믿으시겠지만 사실입니다. 그 자리에 소소도 있었기에 우문 대주님과 냉 대주님을 걱정하는 것입니다. 사실 저 역시도 두 분이 걱정되구요."

미려진의 말을 들은 냉천은 자리에서 일어나 미려진을 보며 버럭 소리를 질렀다. 처음엔 자신을 인정하는 듯했으나 뒤에 가서는 다시 자신을 깎아내리는 것처럼 들렸기 때문이다.

"미 소저의 말은 모두 믿을 수 없소! 자신의 사문 내력도 알지 못하는 자가 그렇게 뛰어나다는 것은 있을 수 없는 일이오! 그리고 미 소저께서는 언천보와 팽대악을 제압하는 데 삼십 초가 필요하다고 했지만 난 십 초 내에 제압할 수 있소!"

냉천은 눈을 부릅뜨며 미려진을 향해 살기를 뿌렸다. 그러나 냉천의 살기를 정면으로 받은 미려진은 태연하게 냉천을 마주했다. 그러나 곧 미려진은 흠칫하며 어깨를 움츠리고 말았다. 너무도 강렬한 안광에 자신도 모르게 두려운 마음이 생겼던 것이다.

냉천의 시선을 받은 미려진이 두려움에 떠는 모습을 본 장양충이 냉천을 나무랐다.

"냉 대주, 자리에 앉게. 이 무슨 실례인가? 도대체 오늘 자네는 평소의 자네 같지가 않군 그래. 어서 살기를 거두게."

경솔한 행동을 장양충이 책하자 냉천은 마지못해 자리에 앉았다. 그러나 미려진을 향한 살기는 여전히 거두지 않았다.

"이보세요, 냉 대주님! 빨리 살기를 거두세요! 사람이 걱정되어 한 말인데 살기까지 뿌려대는 것은 너무 심하다 생각하지 않으세요?"

장소소가 냉천을 보며 신경질적으로 소리쳤다. 장소소의 말을 들은 냉천은 이마에 굵은 힘줄이 솟았다. 그러나 곧 장양충의 쏘아보는 듯한 시선에 주춤하며 냉천은 머리를 숙였다. 하지만 냉천은 미려진에게 사과하지는 않았다.

"흥! 그 자존심만큼 실력이 있는지 지켜보겠어요. 그리고 조금 후 바닥을 뒹굴며 절망하는 당신의 모습을 똑똑히 봐주겠어요!"

한순간 냉천의 안광에 눌려 움츠러든 미려진이었지만 곧 자신을 회복하고는 냉천에게 쏘아붙이며 자리에서 일어났다.

"방주님, 먼저 실례하겠습니다."

말을 마친 미려진은 문을 열고 나가 버렸다. 이에 놀란 하려군은 급히 장양충에게 사과하며 미려진의 뒤를 좇았다.

미려진과 하려군이 방에서 나가 버리자 방 안의 공기가 무거워졌다. 그러자 장양충이 원인의 당사자인 냉천을 보며 말했다.

"허참, 자네 도대체 오늘 왜 그러나? 내게 그 이유를 한번 말해 보게."

장양충이 냉천의 행동에 화를 내며 말했다.

"죄송합니다, 방주님."

장양충의 말에 냉천은 그저 죄송하다는 한마디만 할 뿐이었다.

"죄송하다는 한마디만 하면 단가? 오늘 이렇듯 실수가 잦은 이유를 한번 들어보세. 평소 냉철하던 자네의 모습은 어디로 갔단 말인가?"

냉천은 장양충의 말에 아무런 말도 하지 못했다. 냉천도 지금 평소의 자신과 다른 모습에 화가 났다. 그리고 어디서부터 자신이 이렇게 되었는지 생각했다. 그리고 오래지 않아 그것이 승후를 만나고 나서부터인 것을 깨닫게 되자 또다시 화가 치밀어 올랐다.

냉천의 시시각각 변하는 얼굴을 보며 장양충은 한숨을 쉬었다. 방 내에 돌아가 단단히 주의를 줄 것을 다짐하며 장양충은 굳었던 얼굴을 펴며 장소소를 돌아보았다. 장소소는 여전히 싸늘한 표정으로 냉천을 노려보고 있었다.

'휴~ 오늘 하루는 정말이지 힘들군.'

평소 보기 힘든 장소소의 표정과 냉천의 낯선 행동 때문에 장양충은 절로 한숨이 나왔다.

"용문방주님!"

문밖에서 풍림장의 총관이 장양충을 부르는 소리가 들렸다. 마음이 무거운 장양충을 대신해 서문혜경이 총관의 부름에 대답했다.

"무슨 일이죠?"

"비무 준비가 다 되었다는 전갈입니다. 준비되셨으면 제가 안내하겠습니다."

총관의 말에 장양충은 조금 전 있었던 일 때문에 비무가 걱정되었다. 비무 전에는 마음을 편하게 가져야 함에도 불구하고 지금 장양충의 마음은 전혀 편치 않고 오히려 무거웠다. 그리고 마지막 미려진의 말이 신경 쓰이기도 했다. 그래서 장양충은 우문후와 냉천을 살폈다. 우문후는 여전히 표정의 변화 없이 담담한 기색이었고 냉천은 입술을 깨물며 주먹을 쥐고 있었다.

장양충은 우문후와 냉천의 모습에 자신의 힘으로는 그들의 비무를 막을 수 없다는 것을 깨달았다. 그래서 장양충은 두 대주의 실력을 믿고 맡기기로 했다.

"가자."

장양충이 나직한 목소리로 말하며 자리에서 일어났다. 장소소와 나머지 세 대주도 자리에서 일어나 장양충의 뒤를 따랐다.

"오라버니!"

비무장으로 향하는 승후를 부르며 미려진이 달려왔다.

승후는 또 미려진이 목걸이를 만들어 달라는 협박을 할 것 같아 미리 피하려 했다. 하지만 곧 비무 시간이었기에 그럴 수도 없었다. 그래서 구원이 필요한 얼굴로 자신의 뒤에 서 있는 사운화, 문예설, 유소경,

유소미 등을 바라보았다. 그러나 승후의 그런 얼굴에도 그녀들은 승후에게 아무런 도움의 손길을 주지 않았다.

"오라버니!"

지면으로 내려서기가 무섭게 미려진은 화가 난 목소리로 승후를 부르며 팔을 잡아챘다. 미려진의 행동에 당황한 승후는 경계하는 눈으로 미려진을 보았다.

"오라버니, 이번 비무에서 이길 자신 있죠?"

목걸이의 이야기가 아닌 비무 이야기에 승후를 비롯한 여인들은 의아해했다. 그리고 그제야 화가 난 미려진의 얼굴을 살핀 승후는 무슨 일이 있었는지 궁금했다.

"언니!"

모두들 미려진에게만 신경 쓰다 미려진을 부르는 목소리에 머리를 돌렸다. 하려군이 미려진이 왔던 곳에서 그녀를 부르며 승후 등이 있는 곳으로 내려섰다.

"언니, 그렇게 가버리면 어떡해요?"

"어떡하긴 뭘! 기껏 생각해 줬더니 그놈이 나에게 하는 행동을 너도 봤잖아! 꼴 보기 싫은 얼음 얼굴 때문에 화가 나는데 그럼 그 자리에 계속 있어야 한단 말야?"

아직도 화가 풀리지 않았는지 미려진이 하려군을 보며 화를 냈다.

"진 매, 무슨 일 있었어?"

미려진과 하려군의 말을 들은 사운화가 미려진에게 다가서며 말하자 갑자기 미려진은 사운화의 품으로 달려들며 울음을 터뜨렸다.

"와앙!"

미려진의 울음에 여인들은 물론 승후도 놀랐다. 언제나 영기 발랄하며 어쩔 때는 얼굴에 철판을 두른 듯이 행동하던 미려진이 울음이 터뜨리자 사운화 등은 그 이유가 궁금해졌다. 그리고 여인의 눈물에 약한 승후는 난처한 얼굴로 하려군을 바라보며 이유를 물었다.

"하 소저, 대체 무슨 일입니까?"

"예? 예, 사실은……."

"그런 일이 있었군요."

하려군의 이야기를 들은 승후는 웃으며 머리를 끄덕였다. 그러자 미려진은 하려군의 설명이 못마땅했던지 다시 자신이 직접 이야기하기 시작했다.

"그러니까 그 냉천이라는 사람이 언니를 죽이려 들었다고?"

하려군의 이야기보다 긴 미려진의 이야기를 다 들은 유소미가 미려진에게 되물었다.

"응."

"어떻게 그런 나쁜……. 오라버니!"

유소미가 미려진의 말에 흥분하며 승후를 소리쳐 불렀다.

"왜 그러니, 소미야?"

"언니 이야기 들었죠? 그러니 오라버니, 복수해 주세요."

"복수?"

"그럼 이대로 넘어갈 거예요? 어떻게 손님으로 와서 그렇게 무례한 행동을 할 수 있죠? 게다가 언니는 걱정해 주었는데 오히려 살기를 뿌려대다니, 그런 사람은 크게 한번 혼나봐야 해요."

미려진보다 더욱 화가 난 유소미가 승후를 보며 당연하다는 듯이 말했다. 그러자 유소미와 미려진의 마음이 다른 여인들에게도 전해졌는지 모두들 한결같은 표정으로 승후를 바라보았다. 이에 승후는 무언의 압력에 밀려 어쩔 수 없이 승낙하고 말았다.

　"그, 그래."

　승후의 허락이 떨어지자 미려진은 승후의 팔에 매달리며 기뻐했다.

　"오라버니, 아주 처.절.하.게. 부숴 버려요!"

　"그, 그래."

　미려진의 살기가 담긴 목소리에 승후는 등골이 서늘해졌다.

　'여인이 한을 품으면 오뉴월에도 서리가 내린다더니… 음… 나도 조심해야겠어.'

　승후는 미려진과 다른 여인들을 보며 마음속으로 굳게 결심하며 무거운 걸음으로 비무장으로 향했다.

第二章 흑천회

　연무장에는 많은 사람들이 웅성거리고 있었다. 연무장에 모인 대부분의 사람들은 불안한 얼굴로 굳어 있었다. 그것은 연무장에 몰려 있는 사람들의 대부분이 풍림장의 위사들과 그 하인들이라 그들의 장주인 유백청이 걱정되었기 때문이다. 그들도 소문으로 들은 철대협이 지니는 무게를 어렴풋이나마 짐작하고 있었던 것이다. 그러나 모두가 걱정스런 얼굴은 아니었다. 그중 몇몇은 호기심을 가지고 곧 있을 비무를 기다리고 있었다.

　"사람들이 많군."

　승후가 연무장으로 들어서며 중얼거렸다.

　"예……."

　승후의 옆에 선 사운화가 걱정스런 눈으로 쳐다보며 승후의 혼잣말에 대답했다.

"오라버니, 꼭 이겨야 해요! 절.대. 지면 안 돼요. 아주 박살 내버려요!"

계속되는 미려진의 부탁 아닌 부탁에 승후는 머리가 지끈거렸다. 그리고 미려진의 입에서 비무에 대해 한마디 한마디가 나올 때마다 승후는 등골이 시렸다.

'음… 가까이하기에는 너무 무서운 여자야……'

승후는 내심 미려진에 대한 경계를 단단히 하며 미려진과 되도록이면 시선을 마주치지 않기 위해 부단히 애썼다.

승후 일행이 들어서자 웅성거리던 소음이 멈췄다. 승후를 발견한 사람들은 한결같이 승후의 얼굴만을 바라보았다. 그들은 어제 있었던 비무를 기억하며 오늘도 승후의 활약(?)을 기대하고 있는 기색이 역력했다. 그리고 그들은 오늘 있을 비무로 어제 잃었던 돈을 만회할 수 있기를 바랐다.

갑작스런 사람들의 시선에 비무의 당사자인 승후보다 승후와 함께 있는 여인들이 얼굴을 붉혔다. 그중에서도 하려군의 당혹감은 제일 컸다.

"저, 언니, 사람들이 왜 승 공자님을 바라보죠?"

하려군이 미려진의 팔을 잡아끌며 물었다.

"그건… 너도 조금 있으면 알게 될 거야."

처음 뭔가 말할 것 같던 미려진이 얼버무리자 하려군은 더욱 궁금해졌다. 그래서 미려진 옆에서 계속 졸랐으나 끝내 미려진은 입을 열지 않았다. 연무장의 한쪽에 앉아 있는 냉천만 쏘아보고 있는 미려진을 보며 하려군은 더 이상 말을 할 수 없었다.

"어서 오게."

소진걸이 먼저 승후를 발견하고는 반겼다. 승후는 소진걸과 유백청, 그리고 문일상에게 인사하고는 소진걸 옆에 나란히 섰다. 그리고는 맞은편에 앉아 있는 냉천과 우문후, 그리고 장양충을 바라보았다.

우문후는 처음과 같이 여전히 무표정한 얼굴을 하고 있어 그 마음을 알 수 없었지만 장양충과 냉천의 얼굴에는 지금 그들의 심정이 고스란히 드러나 있었다. 장양충은 곧 있을 비무에 대한 호기심과 흥분으로 들떠 있고 냉천은 승후와 시선이 마주치자 승후를 죽일 듯이 노려보아 상당히 화가 나 있는 듯 보였다.

"흥, 오라버니, 저 얼음 얼굴이 오라버니를 노려보고 있어요. 저 얼굴, 다시는 들고 다니지 못하도록 밟아버려요."

'헉!'

미려진의 말을 들은 승후는 헛바람을 삼켰다. 그리고 사운화와 예설, 그리고 유소경 자매를 생각한 승후는 미려진의 입에서 나오는 거친 말에 고개를 절레절레 저었다. 이곳에 와서 많은 여자들을 만나보지는 못한 승후였지만 미려진만큼이나 말을 직설적으로 표현하는 여자는 보지 못했던 것이다. 뒤끝없고 솔직한, 어떻게 보면 조금은 사내 같은 미려진의 성격이 편하기는 했지만 가지고 있는 여자에 대한 선입견과 편견 때문에 승후는 점점 미려진을 어떻게 대해야 할지 난감했다. 그리고 말 한마디 잘못으로 이렇게까지 상대에 대해 악감정을 가지는 미려진이 무서웠고 그 대상이 자신이 아닌 것에 감사했다. 그리고 지금 미려진의 미움을 받고 있는 냉천이 불쌍했다. 그래서인지 승후의 몸이 먼저 반응해 미려진에게서 멀어지려고 했다.

소란스럽던 연무장이 갑자기 조용해졌다. 의아해진 승후는 연무장을 살폈다. 연무장의 한가운데에는 어느새 냉천이 승후를 쏘아보고 서 있었다.

그런 냉천의 표정을 살핀 승후는 나직이 한숨을 쉬었다.

"휴……!"

"오라버니, 무슨 한숨을 쉬는 거예요? 설마 저 얼음 얼굴이 두려워서 그러는 것은 아니겠죠?"

"무, 물론이지."

눈에 확실히 보이는 미려진의 도발에 승후는 자신도 모르게 대답했다. 미려진의 말에 자신있게 대답하지 않으면 후에 크게 당할 것 같은 막연한 불안감이 들었던 것이다.

"그럼 됐어요. 오라버니, 아시죠?! 철.저.하.게. 박살 내버려요."

미려진의 살벌한 말에 질려 승후는 머리를 가로저었다.

"윽!"

갑자기 미려진에게 떠밀린 승후는 연무장의 한가운데 서 있는 냉천과 얼굴을 마주하게 되었다. 이미 연무장에 서게 된 이상 물러설 수는 없기에 승후는 어색한 걸음으로 냉천에게 다가섰다.

승후는 냉천과 대략 반 장 정도를 사이에 두고 섰다. 이에 모두들 침묵하며 비무장의 냉천과 승후를 바라보았다. 그러나 승후와 냉천은 전혀 움직이지 않았다. 냉천은 승후의 빈틈을 찾으려는 듯한 표정이었으나 승후는 그런 냉천의 얼굴을 빤히 바라볼 뿐이었다.

[오라버니! 뭐 하는 거예요? 빨리 공격해요! 언제까지 그러고 있을

거예요?!

승후와 냉천의 대치를 보다 못한 미려진이 승후에게 전음을 날렸다. 갑자기 들려오는 미려진의 전음에 승후는 흠칫하며 몸을 움츠렸다. 이때 승후의 빈틈을 찾고 있던 냉천은 순간 승후의 빈틈을 발견하고는 승후를 향해 달려들었다.

냉천은 검은 빼 들지 않고 우권을 들어 승후의 목을 노리며 쇄도해 갔다. 그러나 승후는 냉천의 움직임에 전혀 반응하지 않았다. 냉천의 우권이 승후의 목에 거의 다다랐을 때였다.

픽!

콰당!

한 번의 격타음에 냉천의 신형이 바닥을 뒹굴었다. 한순간에 일어난 눈앞의 상황에 사람들은 놀라 입을 다물지 못했다. 장양충과 우문후는 눈앞의 광경에 너무 놀라 자리에서 벌떡 일어섰다. 그러나 연무장에 모인 사람들보다 더욱 황당하고 놀라운 것은 승후에게 당한 당사자인 냉천이었다. 냉천은 자리에서 일어날 생각도 하지 못하고 그저 멍한 눈으로 승후를 바라보고 있을 뿐이었다.

"어, 어떻게……?"

냉천은 자신에게 도대체 무슨 일이 일어나고 있는지 전혀 이해하지 못했다. 그리고 왜 자신이 연무장에 드러누워야 했는지, 아직도 욱신거리는 자신의 배를 만지며 승후가 어떤 공격을 했는지 생각나지, 아니, 보이지도 않았다.

"홍! 바닥을 요란하게 뒹구는 재주만 익혔나 보군."

냉천의 어이없어하는 모습을 보며 미려진이 차갑게 말했다. 냉천은 얼굴은 붉히며 미려진을 노려보았다.

"언니, 저 사람 바본가 봐요. 비무 중에 한눈을 팔다니. 비무의 당사자가 버젓이 눈앞에 서 있는데 말이에요. 오라버니에게 안 될 것 같으니 약. 한. 나에게 화풀이하려는 것 같지 않아요?"

미려진의 말에 사운화는 당황했다. 그리고 냉천이 미려진을 바라보는 시선이 곱지 않은 것이 걱정되기 시작했다.

"도, 동생, 그만 해, 비무 중이니……."

"진아야, 말을 삼가거라. 지금은 비무 중 아니더냐."

나직한 목소리가 사운화와 미려진의 뒤에서 들려왔다. 그곳에는 미무진과 언상연, 그리고 마일기 부자가 서 있었다.

"쳇, 아버지가 몰라서 그래요, 저 얼음 얼굴이 저에게 어떻게 했는지."

"그래도 진아야, 지금은 비무 중 아니냐."

"흥, 그러면 비무에나 신경 쓸 일이지 나를 쏘아보는 것은 무슨 이유죠?"

"그야 네가……."

"흥, 실력도 없으면서 큰소리는……."

미무진과 미려진의 대화를 들은 냉천의 얼굴이 더욱 험악해졌다. 냉천은 비무의 당사자인 승후를 뒤로하고 미려진을 향해 신형을 날렸다.

비무 도중 냉천이 갑자기 미려진을 공격하자 구경하던 사람들뿐 아니라 장양충과 용문방의 일행들도 크게 놀랐다. 아무리 미려진이 냉천을 비방했더라도 비무 도중 비무와 상관이 없는 사람을 기습적으로 공격하는 것은 있을 수 없는 일이었기 때문이다. 더구나 지금 미려진은 거의 무방비 상태였다.

갑자기 검을 뽑아 들고 달려드는 냉천을 보며 미려진은 순간 당황했다. 설마 냉천이 비무 중 검을 돌려 자신에게 들이댈 거라곤 생각지도 못했던 것이다.

냉천의 검이 미려진의 목에 거의 다다랐을 때 미려진은 두 눈을 꼭 감고 말았다.

땅!

맑은 검명이 울렸다. 순간 미려진은 목에서 느껴져야 할 고통이 느껴지지 않자 조심스럽게 목을 만지며 눈을 떴다. 그러자 앞에서 냉천이 검을 잡은 오른손을 부들부들 떨고 있는 모습이 보였다. 오른손을 떨고 있는 냉천의 행동을 보며 어찌 된 영문인지 몰라 미려진은 승후를 바라보았다. 그러나 승후는 미려진과 시선이 마주치자 나직이 한숨을 쉬고는 머리를 가로저었다.

"이보시오, 냉 대주, 냉 대주의 비무 대상은 미 소저가 아니라 나인 것 같소만……."

승후의 나직한 말에 냉천은 말없이 승후를 바라보았다. 그리고는 검을 움켜쥔 오른손을 보았다. 검을 잡은 손에서는 가는 핏줄기가 흘러나오고 있었다. 승후가 냉천의 검에 날린 일지의 충격으로 냉천의 호구가 찢어진 것이었다.

자신의 신색을 살핀 냉천의 입꼬리가 묘하게 비틀리기 시작했다. 그리고는 잠시 미려진을 바라보더니 천천히 다시 승후의 맞은편에 섰다.

냉천이 서서히 검을 들었다. 지금까지의 기도와는 사뭇 달랐다. 그동안 승후에 대한 감정과 또 미려진의 도발에 넘어가 평정심을 가지지 못해 자신의 실력을 제대로 발휘하지 못하고 있던 냉천은 방금 승후가 보여준 일지로 승후가 결코 호락호락하지 않은 실력을 가진 것을 깨달았다. 그리고 마음속에 웅크리고 있던, 강한 자와 비무에 대한 묘한 설레임으로 인해 마음을 가라앉힐 수 있었다. 그렇게 마음의 평정을 되찾은 냉천의 기도는 모든 사람들이 느낄 수 있을 정도로 처음과 확연히 차이가 났다.

"고맙군."

검을 바로 잡은 냉천이 승후를 바라보고는 히죽 웃으며 말했다.

"별말씀을……."

승후는 냉천의 그런 변화에도 처음과 같은 자세 그대로였다.

승후의 말을 들은 냉천은 머리를 끄덕이며 기수식을 취했다. 냉천의 검은 승후의 미간을 노리고 있었다. 그에 비해 냉천의 몸은 왼쪽으로 조금 쏠려 있었다. 이 기묘한 검식에 승후는 호기심을 느꼈고 냉천의 검식을 알아본 장양충과 우문후를 비롯한 용문방의 사람들은 크게 놀랐다.

"냉……."

장양충이 냉천을 말리기도 전에 냉천의 신형이 순간 흐려졌다. 이에 승후는 뒤로 반 걸음 물러서며 방어 자세를 취했다.

승후가 반 걸음 물러선 사이 승후가 조금 전에 있던 그 자리에 냉천이 나타나 승후를 향해 검을 휘둘렀다. 그러나 검을 휘두르는 순간 하나였던 냉천의 검이 세 개로 늘어나며 승후를 향해 쇄도했다. 그제야 사람들은 냉천이 지금 펼치고 있는 검법이 생각나 외쳤다.

"삼분검법(三分劍法)!!"

삼분검법. 말 그대로 세 가지로 나누어지는 검술이었다. 정면과 좌우를 동시에 공격하는 검술. 피할 수 있는 방법은 오로지 뒤로 물러서는 것밖에 없었다. 하지만 삼분검법이 펼쳐지는 거리는 승후와 너무도 가까웠기에 이미 뒤로 물러서기에는 너무 늦어 있었다.

쇠라락!

냉천이 펼친 세 개의 검이 승후의 몸을 갈랐다. 순간 냉천의 얼굴에 섬뜩한 미소가 떠올랐다가 사라졌다.

"악!"

예설과 미려진이 크게 놀라며 비명을 질렀다. 또한 풍림장 사람들과 사운화 등도 절망적인 눈으로 승후를 바라보았다. 무방비 상태인 승후에게 머리가 셋인 뱀이 달려드는 것 같은 착각을 일으켰던 것이다.

그러나 냉천의 검이 승후의 몸에 닿는 순간 냉천은 얼굴이 당혹감으로 물들며 뒤로 물러섰다. 검끝에 느껴져야 할 감촉이 전혀 느껴지지 않았던 것이다.

냉천의 삼분검법이 모두 펼쳐지자 조금 전 승후를 노리며 날아가던 세 개의 검은 허공을 가르며 사라졌고 승후의 신형도 사라졌다.

갑자기 승후의 신형이 눈앞에서 사라지자 냉천은 본능적으로 뒤를 살폈다. 그러나 뒤에도 승후는 없었다.

'혹시……'

냉천은 황급히 위를 쳐다보았다. 검은 그림자가 느껴졌다. 그때 누군가가 외쳤다.

"위다!"

모두의 시선이 연무장의 위를 향했다. 승후였다. 승후가 허공에 떠 있었다. 허공의 정점에 선 순간 매가 먹이를 노리는 것처럼 승후의 신형이 냉천에게로 쏟아졌다.

퍼버벅!

쿠당당탕!

한 번의 긴 격타음과 함께 냉천은 또다시 바닥을 나뒹굴며 연무장의 끝으로 날아갔다.

"우와!"

"와!"

비무를 구경하던 사람들은 예상 밖으로 냉천이 승후에게 일방적으로 당하자 환호성을 질렀다. 그것은 내기에 승후에게 걸린 돈이 많았기도 했지만 그것보다는 이곳 연무장에 모여 있는 사람들 대부분이 풍림장의 위사들이거나 아니면 풍림장과 직, 간접적으로 연관되어 있는 사람들이었기에 용문방을 대신해 싸우는 승후가 명성이 자자한 냉천을 손쉽게 다루자 자신들도 모르게 신이 났던 것이다.

쓰러진 자신을 비웃는 듯한 주위의 환호성 때문인지 냉천은 바닥에서 벌떡 일어섰다. 그리고는 재차 승후를 향해 공격해 갔다.

"처, 천리유사(千里流沙)!!"

장양충이 냉천의 초식을 보며 또다시 소리를 질렀다.

냉천의 검은 장양충의 놀람에도 아랑곳하지 않고 환영을 일으켰다. 어느 것이 진검이고 어느 것이 환영인지 갈피를 잡을 수 없었다.

승후는 자신을 향해 쇄도해 오는 검을 보며 얼굴을 찡그렸다.

검이 하나의 곡선을 그리며 승후를 베어왔다. 하지만 승후는 신법을 움직여 검의 틈새를 교묘하게 빠져나갔다. 승후와 냉천의 대결을 지켜보는 사람들은 손에 땀을 쥐었다. 조금 전 승후의 공격에 일방적으로 당하던 냉천이 곧 안정을 되찾고 날카롭게 반격하자 냉천의 삼분검법이 강호에서 위명을 떨치는 이유를 이제야 알게 된 듯 고개를 끄떡였다. 그리고 시간이 흐를수록 승후는 그런 냉천의 검을 더욱 아슬하게 피해다녔기에 비무를 지켜보는 이들의 마음은 더욱 애가 탔다.

"찻!"

기합 소리와 함께 냉천의 검이 다시 한 번 변화를 일으켰다.

"설중기연(雪中奇蓮)!!"

장양충은 냉천이 펼치는 초식을 보며 이제는 더 이상 할 말이 없었다. 냉천이 삼분검법의 마지막 초식인 설중기연까지 펼친다는 것은 그만큼 승후가 강하다는 것을 냉천 스스로가 인정한다는 것이었다. 장양충 자신이 보기에도 냉천으로서는 승후를 어쩌지 못할 것 같았다. 장양충은 냉천이 삼분검법의 마지막 초식인 설중기연을 모두 펼쳤을 때가 더욱 걱정되었다. 아마도 냉천은 그때쯤 진기가 많이 고갈될 것이고 지금은 이렇다 할 반격을 하지 않는 승후가 지친 냉천을 공격한다면 냉천이 꼼짝없이 당하게 될 것은 불을 보듯 뻔했다. 냉천의 삼분검법이 승후의 옷자락도 쫓아가지 못하고 있는 사실이 장양충의 근심을 증명해 주고 있었다. 장양충은 승후가 지닌 무공 내력의 전부를 알 수는 없었지만 그 신법만큼은 자신보다 더 뛰어남을 알 수 있었다.

"헉헉헉!"

삼분검법의 마지막 초식인 설중기연마저 펼친 냉천은 거친 숨을 몰아쉬며 진기가 원활히 유통되지 않는지 얼굴을 부들부들 떨었다. 하지만 냉천은 검을 잡은 손을 더욱 세게 움켜쥐었다. 그런 냉천의 행동에 승후는 냉천이 이번 비무를 포기하지 않을 것임을 알았다. 이어 승후는 냉천을 향해 신형을 움직였다.

픽!

승후의 주먹에 안면을 가격당한 냉천이 뒤로 세 걸음을 물러섰다. 그러나 냉천이 뒤로 물러서는 것보다 승후의 움직임이 더 빨랐다.

파바박!

승후의 발길질과 주먹질이 냉천의 어깨와 옆구리를 연속으로 가격한 거였다.

"컥!"

냉천은 신음을 내뱉으며 옆으로 밀려났다. 그리고 힘겹게 방어 자세를 취했으나 냉천은 또다시 자신의 얼굴로 향해오는 주먹을 막지 못했다.

픽!

"쿨럭!"

붉은 피를 뿜으며 냉천은 뒤로 일 장을 굴렀다. 그리고 연무장의 바닥에 드러누운 채 일어나지 못했다.

연무장의 바닥에 누운 냉천은 가는 경련을 일으켰다. 그리고 승후에게 맞은 얼굴은 부어올라 처음의 차갑지만 준수했던 얼굴을 전혀 알아볼 수 없을 정도가 되었다. 그런 냉천의 모습을 본 승후가 우문후를 향해 말했다.

"더 이상 냉 대주와 비무하기는 힘들 것 같군요."

감정이 실리지 않은 목소리로 승후가 우문후를 향해 말했다. 어제 있었던 비무 때에도 그랬지만 비무가 있을 때면 승후의 마음은 착 가라앉곤 했다. 그리고 평소의 그답지 않게 너무도 냉정해졌다. 그래서 비무장에서 승후를 처음 대하는 사람들은 승후에게 노골적으로 거부감을 표시할 정도였다.

"음……."

우문후는 나직이 신음을 흘리며 자리에서 일어났다. 지금까지 냉천과의 비무를 지켜본 우문후는 극도로 긴장하고 있었다. 그런 긴장감으로 인해 지금까지 느껴보지 못했던 미세한 감각이 머리에서 발끝까지 느껴졌다. 우문후는 최상의 몸 상태로 조금 후 있을 승후와의 비무가 기다려졌다.

우문후가 냉천이 쓰러져 있는 연무장의 가운데로 걸어가 냉천의 옆에 거의 다다랐을 때였다.

"아, 아… 직이… 다……."

힘겹지만 단호한 냉천의 음성이 우문후의 걸음을 제지시켰다. 냉천의 음성을 들은 우문후는 냉천을 한번 돌아보고는 긴 한숨과 함께 떨어지지 않는 발걸음으로 다시 자리로 돌아갔다.

털썩!

힘겹게 일어나던 냉천의 신형이 바닥으로 다시 주저앉았다. 그렇지만 냉천은 자리에서 일어나는 것을 포기하지 않았다. 검끝을 연무장 바닥에 짚은 냉천은 힘겹게 자리에서 일어서려 애썼다. 그렇게 몇 번의 시도 끝에 냉천은 겨우 자리에 설 수 있었다.

"쿨럭!"

일어선 자세에서 냉천은 기침을 하며 또다시 검붉은 피를 토해냈다. 지금까지 냉천이 이렇게 일방적으로 당하는 모습을 본 적이 없는 장양충과 우문후로서는 냉천을 지금과 같이 몰아붙이는 승후의 실력에 끊임없이 놀랐다. 장양충은 가능하면 이번의 비무를 이쯤에서 끝내고 싶었다. 이미 비무의 결과는 나와 있었고 더 이상의 비무는 무의미했기 때문이다. 물론 냉천 자신이 가진 실력을 백분 발휘하지 못했다고는 하지만 승후 역시 그다지 최선을 다한 것 같지 않았기 때문이다. 그리고 우문후의 비무 역시 그만두게 하고 싶었다. 우문후나 냉천의 실력이 크게 차이나지 않음을 알고 있는 장양충으로서는 우문후마저 냉천과 같이 돼버린다면 용문방으로서는 크게 체면을 상하는 일이고 또 용문방의 젊은 세 대들보 중 두 명이나 잃고 싶지는 않았던 것이다. 그래서 장양충은 자신의 옆에 앉아 있는 우문후의 얼굴을 살폈다. 지금까지 무표정한 우문후의 얼굴이 조금 창백해져 있었다. 하지만 두려운 표정은 아니었다. 어쩌면 자신보다 강할지도 모르는 승후와의 비무를 피하고 싶지 않은 표정이었다.

'휴…….'

웅성웅성!

장양충이 복잡한 생각으로 머리를 숙이며 속으로 한숨을 쉬고 있는데 갑자기 주변이 웅성거리기 시작했다. 이에 장양충은 머리를 들어 주위를 둘러보았다. 그리고 주변의 시선이 모두 연무장으로 향해 있자 의아해진 장양충은 연무장의 한가운데를 보고는 이내 흠칫 놀라고 말았다.

냉천의 전신에서 검은 기운이 피어오르고 있었던 것이다. 그런데 그 검은 기운에서는 마기가 느껴졌다. 장양충은 냉천의 전신에서 마기가 느껴지자 크게 당황했다. 용문방이 정사지간을 걷는 문파라지만 그렇다고 용문방의 식솔들이 마공이나 사공을 익히지는 않았기 때문이다. 그리고 장양충 자신이 알기에도 냉천의 심법은 결코 마공이 아닌 정종 심법이었기에 지금 냉천이 보여주는 모습을 이해할 수 없었다. 더구나 지금 자신의 눈앞에서 피어오르는 냉천의 마기는 너무도 확연했기에 어떻게 해야 할지 판단이 서지 않았다.

냉천은 두 다리를 어깨 너비로 벌리고 두 팔을 가슴께로 모았다. 전신을 감싸던 검은 기운이 냉천의 두 손으로 모여들었다. 이어 두 손이 점점 검어지더니 결국 팔목까지 검어졌다.

"크악!"

결국 냉천의 입에서 괴성이 터져 나왔다. 입에서는 끊임없이 피가 솟구쳤고 두 손은 점점 더 검어졌다. 그는 힘겹게 승후에게로 다가갔다.

"암흑마혼장(暗黑魔魂掌)!"

유백청과 함께 있던 소진걸이 한참 만에 기억해 내고는 냉천의 검은 두 손을 보며 자리에서 일어나 놀라 외쳤다. 그러나 소진걸의 주위에 있던 사람들은 소진걸이 외친 암흑마혼장이라는 말에 고개를 갸우뚱거렸다. 그들로서는 전혀 들어보지 못한 장법이었기 때문이다. 그러나 장법의 명칭에서 오는 어감에 흑도나 마교의 장법이리라 짐작할 수 있었고 지금 그들도 확연하게 느낄 수 있는 마기에 냉천의 무공 출처를 대강은 짐작할 수 있었다.

"커악!"

냉천의 괴성과 함께 시커먼 묵광이 승후의 가슴으로 뿜어져 나왔다. 승후는 시커먼 묵광에 흠칫하며 신법을 이용해 자리를 피하려 했다.

하지만 승후의 뒤에는 사운화와 예설 등이 있었기에 자리를 피할 수가 없었다.

승후는 입술을 깨물며 처음으로 전력을 다하여 연환장법을 펼쳤다.

우르릉!

번쩍!

천둥 소리가 있은 직후 갑자기 승후의 장에서 번쩍 빛이 났다. 너무도 강렬한 빛에 승후와 냉천의 비무를 지켜보던 사람들은 순간 눈을 감았다.

콰르릉! 콰쾅!

냉천의 검은 장과 승후의 장이 허공에서 부딪치자 엄청난 굉음이 울렸다.

그리고 잠시 후 요란한 굉음과 함께 눈을 시리게 하던 빛이 사라지자 사람들은 급히 연무장을 살폈다. 그리고 그 순간 사람들은 냉천의 신형이 허공을 날고 있는 것을 볼 수 있었다.

털썩!

영원히 허공에 떠 있을 것 같은 냉천의 신형이 연무장 바닥으로 떨어지더니 더 이상의 움직임을 보이지 않았다. 냉천의 두 팔과 가슴은 승후의 장력에 격중당했는지 시커멓게 변해 있었다.

미동조차 하지 않는 냉천의 모습을 본 장양충과 우문후가 냉천의 곁으로 달려갔다. 장양충이 급히 냉천의 맥을 짚었으나 냉천의 맥은 느껴지지 않았다. 이에 장양충은 자신의 품속에서 흰 옥병을 꺼내어 붉은 환단을 냉천의 입에 밀어넣었다. '꾸르륵' 하는 소리와 함께 붉은 환단이 냉천의 목구멍으로 넘어갔다. 이를 확인한 장양충은 다시 냉천의 맥을 짚었다. 그러나 여전히 냉천의 맥이 느껴지지 않자 장양충은 인상을 찡그렸다.

"제가 한번 살펴보죠."

갑자기 들려오는 음성에 장양충은 목소리의 주인공을 찾았다.

승후가 장양충의 옆 자리에 앉으며 냉천의 맥을 짚었다. 장양충은 그런 승후의 행동을 제지하려고 했지만 이어진 승후의 말에 입을 다물고 말았다.

"냉 대주를 잃고 싶지 않으시면 저의 행동을 막지 마십시오."

승후의 행동이 마음에 들지 않았지만 지금은 자신의 기분보다는 냉천의 목숨이 더 중요했기에 장양충은 승후에게 자리를 내주었다.

승후는 냉천의 맥을 짚으며 인상을 찌푸렸다. 맥은 미약하게나마 뛰고 있어 몇 달 요양하면 자리에서 일어설 수 있을 것 같았다. 하지만 마지막에 냉천이 무리하게 사용한 마공으로 인해 냉천의 단전에는 두 가지의 상이한 기운이 끊임없이 충돌하고 있었다. 이대로 둔다면 냉천은 주화입마에 빠져 폐인이 될 것이 분명했다. 이에 승후는 냉천의 단전 부위의 혈을 눌렀다.

맥을 짚던 승후가 단전의 혈도를 짚자 의아함을 느낀 장양충이 승후의 얼굴을 바라보았다. 맥조차 제대로 뛰지 않는 사람의 상세는 살피지 않고 오히려 단전의 혈도를 누르는 승후의 행동이 이해가 되지 않았던 것이다.

"승 공자, 우선 단전을 다스리는 것보다 먼저 맥을 뛰게 해야 하는 것 아닌가?"

승후의 행동에 장양충이 못마땅한 얼굴로 말했다.

"미약하지만 맥은 정상적으로 뛰고 있습니다. 아마도 장 방주님께서 복용시킨 환단의 효험 때문인 것 같습니다. 그러나 지금 단전에는 두 가지의 이질적인 기운이 충돌하고 있습니다. 이대로 두었다가는 주화입마에 빠질 수도 있습니다. 그래서 그것을 일단 막아두기 위해서 단전의 혈도를 제압하는 것입니다."

승후의 설명을 들은 장양충은 머리를 끄덕였다. 그리고 마지막에 냉천이 펼친 마공이 다시 생각나자 장양충의 얼굴은 더욱 어두워졌다.

승후는 여전히 냉천의 몸 이곳저곳의 혈도를 짚었다. 장양충으로서는 알 수 없는 행동들이었지만 승후의 확신에 찬 모습과 말에 승후를 믿지 않을 수 없었다. 그리고 이러한 승후의 행동을 지켜보는 우문후의 눈이 빛나는 것을 승후도, 장양충도 알아차리지 못했다.

"휴~ 이제 되었습니다. 하지만 완전히 단전의 기운이 가라앉은 것은 아니기 때문에 당분간 요양이 필요합니다. 그리고 냉 대주가 깨어나면 즉시 운기조식을 시키십시오."

장양충에게 냉천에 대한 당부를 마친 승후는 자리에서 일어나 일행이 있는 곳으로 걸어갔다. 사운화와 예설은 활짝 웃으며 승후를 맞았으나 사운화의 옆에 있던 미려진은 조금 전의 충격이 남아 있는지 안색이 창백했다. 그런 미려진이 안쓰러워 승후는 미려진에게 다가가 볼을 가볍게 꼬집어 흔들었다. 승후의 손이 자신의 볼에 닿자 미려진은 흠칫하며 뒷걸음질쳤으나 곧 그 행동의 주인공이 승후인 것을 알아차리고는 큰 두 눈에 눈물이 그렁거렸다. 그리고 힘없이 승후의 품속으로 무너졌다. 승후는 그런 미려진의 작은 어깨를 안으며 토닥거렸다.

"걱정 마, 이젠 그런 일이 없을 테니……. 하지만 앞으로는 상대를 너무 핍박하는 말은 하지 않도록 노력해."

승후는 가엾게 어깨를 떨며 울고 있는 미려진을 가슴에 안으며 위로했다. 그러자 미려진은 승후에게 안긴 채 머리를 끄덕였다.

미려진의 행동을 지켜보던 미무진은 처음 보는 딸의 행동에 무척 놀랐으나 발정난 망아지처럼 천방지축이던 성격이 이제야 조금 여성스러워진 것 같아 안도의 한숨이 나왔다. 그리고 그런 자신의 딸을 변하게 만든 승후를 다시 보게 되었다. 그러나 승후의 주변에 여인들이 많이 몰려 있는 것을 보더니 미무진은 자신도 모르게 이마를 찡그렸다.

용문방의 무사들이 풍림장 위사들의 도움을 받아 부상당한 냉천을 옮겼다. 그리고 풍림장의 총관은 장양충, 우문후와 함께 잠시 이야기하더니 곧 유백청에게로 돌아왔다.

"장주님, 용문방주께서 비무를 그만 하기를 원하십니다."

"흠… 할 수 없군."

소진걸, 유백청과 친분이 있던 사람들은 안도의 한숨을 내쉬었다. 그들로서는 아무래도 유백청과 장양충의 비무가 유백청에게 불리해 보였기 때문이다. 그랬기에 지금 총관의 말은 너무도 고마웠다. 또한 풍림장을 대신한 승후가 용문방의 냉천을 꺾어준 것만으로도 체면을 세웠다는 생각이 들었기에 비무의 중단이 크게 아쉽지 않았다.

총관의 말을 들은 유백청도 마음속으로 안도의 한숨을 내쉬었다. 그러나 다른 한편으로는 장양충과 비무할 수 없는 것이 조금은 아쉽기도 했다. 자신보다 강한 자와의 비무는 그렇게 쉽게 얻을 수 있는 기회가 아니기 때문이었다.

"그래, 그럼 총관이 비무가 끝났음을 알리게."

유백청은 총관에게 당부하고는 연무장을 떠나고 있는 장양충 일행을 보다 비무장을 떠났다.

연무장에 모인 사람들은 장양충과 유백청이 자리에서 떠나자 웅성거렸다. 그들은 이번 한 번의 비무로 모든 것이 끝났음을 짐작할 수 있었다. 두 번의 비무를 모두 구경할 수 없는 것이 조금 아쉬웠지만 마지막 냉천이 펼친 마공의 마기를 느낀 그들도 갑작스런 마공의 출현이 걱정되었기에 비무의 중단을 이해할 수 있었다. 사람들은 아무런 불만 없이 발걸음을 돌렸다.

똑똑.

후두둑!

갑자기 빗방울이 떨어졌다. 처음에는 한 방울씩 떨어지던 것이 이내 빗줄기가 굵어졌다.

"자, 우리도 이만 돌아가자."

승후가 자리에서 일어나며 말하자 모두들 승후의 뒤를 따랐다.

승후와 그 일행이 연무장을 떠나자 비는 더욱 거세게 내리기 시작해 이내 텅 빈 연무장에는 시원스런 빗소리만 가득했다.

"형님, 그 암흑마혼장이란 게 어떤 무공입니까?"

유백청은 후원으로 들어서자마자 소진걸에게 물었다. 그러자 다른 사람들도 조금 전 소진걸이 외친 암흑마혼장이라는 마공이 생각나 궁금한 표정으로 소진걸을 바라보았다.

"글쎄… 나도 자세히 아는 것은 아니네. 오십 년 전 아주 우연히 들었을 뿐. 당시 나의 사부님이 그렇게 불렀었던 것으로 기억나네."

"오십 년 전이라……. 그래서 다른 사람들은 모르는 것이었군요?"

"혹시 암흑마혼장이 출현했던 적이 있습니까, 소 장로님?"

옛날의 기억을 되살리려는지 아미를 찡그리고 있는 소진걸에게 미무진이 물었다.

"글쎄, 그런 적은 없었던 것 같군. 스승님께서도 그런 말씀은 하지 않으셨던 것 같고… 게다가 마교의 발호가 있은 지 근 백 년이 지나지 않았나? 그동안 마교가 출현하지 않았다는 것은 자네들도 잘 알 것이고……."

소진걸의 말에 좌중은 머리를 끄덕였다.

"그럼 아무도 암흑마혼장의 위력을 모르는 것입니까?"

"위력? 글쎄, 직접적인 평가는 힘들겠지만 그 위력을 짐작할 수 있는 일이 오십 년 전에 있었다고 들었네."

"아니, 어떤 일입니까?"

"스승님의 말씀으로는 오십 년 전에 마교에 내분이 있었다고 하네. 백 년 전 마교와 정파의 결전으로 양쪽 다 많은 피해를 입었던 것은 자네들도 들어 잘 알고 있을 거야."

소진걸의 말을 들은 방 안의 사람들은 이야기에 빠져들며 머리를 끄덕였다.

"오십 년 전 마교는 정파와 결전이 있기 전의 성세를 거의 회복했었다고 하네. 그리고 그때 마교의 내부는 오십 년 전의 일에 대한 복수를 주장하는 주전파와 아직은 시기가 이르다는 신중론을 주장하는 파로 나누어져 있었다고 하네. 당시 주전파의 대표 인물은 마교의 교주를 비롯한 젊은 마교의 무력 단체 수장들이었지. 하지만 그 반대파 역시 만만치 않았네. 그 대표적 인물이 조금 전 비무에서 냉천이 보여준 암흑마혼장이라는 마공을 익혔다는 흑왕 종작우라는 인물이었지. 종작우는 당시 마교의 우사라는 신분을 가지고 있었고 그를 지지하는 세력은 마교의 장로들과 전대의 호법들이었지. 주전파는 숫자는 많았지만 가진 개개인의 무공 능력은 종작우 쪽이 훨씬 우세했다고 하네. 그랬기에 마교의 발호를 막을 수 있었다고 하더군. 한데 어느 날 마교의 분타와 지단이 한순간에 사라지는 일이 있었네. 당시 나의 신분으로는 그 사실을 자세히 알 수 없었지만 스승님의 심부름을 하면서 몇 가지 알게 된 사실이 있었네. 마교에 내분이 발생한 것이지. 결국 주전파와 그 반대파가 충돌하고 말았던 것이네. 그 일로 마교는 백 년 전에 입었던 피해보다 더욱 큰 피해를 보게 되었고 뛰어난 무위를 가진 마교의 장로들과 젊은 인재들을 많이 잃게 되었지. 그리고 그 틈에 당시 우사였던 흑왕 종작우 역시 숙청당했다는 소문이었네."

소진걸의 긴 이야기가 끝나자 좌중은 이미 식어버린 찻잔을 매만지며 소진걸의 이야기를 곱씹기 시작했다.

"……."

"그럼 지금에서야 암흑마혼장이 출현하게 된 이유가 무엇일까요?"

일 다경 동안 계속되던 침묵을 깨고 마일기가 소진걸을 보며 그동안 궁금했던 점을 물었다.

"글쎄, 아마도 흑왕 종작우의 후손이 살아남았던지 아니면 숙청당했던 종작우가 소문과는 달리 무사히 마교에서 몸을 빼 살아남았을 수도 있겠지. 당시 소문으로는 종작우의 무공이 교주보다도 뛰어나다는 말이 들릴 정도였으니…….”

“흠…….”

소진걸의 말을 들은 사람들은 얼굴을 굳혔다.

근 백여 년 동안 강호에는 별 사건이 없었다. 물론 크고 작은 문파들 간의 다툼은 있었지만 그 어디에도 마교의 출현을 의심케 할 만한 사건은 없었다. 그런데 오늘 비무 중 오십 년 전 마교의 우사인 종작우의 독문무공이 갑자기 출현한 것이다. 이에 사람들은 조금씩 걱정되었다.

“용문방주도 자신의 수하가 마공을 익힌 것을 알고 있었을까요?”

냉천이 펼친 암흑마혼장을 생각하던 문일상이 갑자기 떠오른 듯 소진걸을 향해 물었다.

“아마도 아닌 듯하네. 비무장에서 놀라는 모습을 보아하니 장 방주도 몰랐던 것 같네. 자신이 부리는 아랫사람이라고 해서 그 사람의 모두를 아는 것은 아니니……. 그리고 용문방이 정사지간을 걷는 문파라 그들의 무공이 패도적이기는 하나 마공이나 사공을 익혔다는 소리를 지금까지 들어보지 못했고… 내 생각이네만 용문방 내부에 문제가 있는 게 아닌가 싶네.”

“문제라면?”

“내분일 테지.”

“용문방과 같은 대문파에서 내분이 일어나면 강호에 피바람이 불 수도 있겠군요?”

“그래, 그럴 거야. 자네들도 집안 단속을 잘 해두게나. 용문방의 일이 자네들, 아니, 나에게도 일어나지 말라는 법은 없으니.”

“예…….”

소진걸의 말에 대답하는 사람들의 목소리에는 힘이 없었다. 내분이라니, 생각하고 싶지도 않은 단어였다. 그리고 모두들 지금까지의 대화가 모두 기우이기만을 바랐다.

"우문 대주, 자네는 알고 있었나?"

장양충은 숙소로 돌아오자마자 우문후와 서문혜경을 자신의 방으로 불러들여 냉천의 일에 대해 물었다. 그러나 우문후는 장양충의 어떤 말에도 긍정도, 부정도 하지 않았다.

"자네 오늘 왜 그러나? 이곳 풍림장에 올 때부터 지금까지 자네답지 못한 행동만을 보여주니 난 이해할 수 없네. 그리고 서문 대주는 왜 그렇게 앉아만 있는 게야?! 자네는 우리 용문방의 정보를 총괄하는 수장이 아닌가? 그런데도 냉천의 일을 몰랐단 말인가?"

"……."

장양충의 역정에도 우문후와 서문혜경은 아무런 말이 없었다.

자신의 추궁에도 아무런 대답이 없는 우문후와 서문혜경의 태도에 장양충은 더욱 화가 났다.

"방주님……."

무겁게 영원히 닫혀 있을 것만 같던 우문후의 입이 열렸다. 이에 장양충은 기대의 눈빛으로 우문후를 바라보았다. 그러나 곧 우문후의 입에서 흘러나온 말에 장양충은 이마를 찡그렸다.

"즉시 방으로 돌아가야 할 것 같습니다, 방주님."

"그건 또 무슨 말인가?"

"……."

"허허, 자네 정말 이러긴가? 이유를 알아야 방으로 돌아가든지 할 게 아닌가? 그리고 마공을 사용하긴 했으나 냉천은 아직도 우리의 가족이네. 그런 중환자를 두고 어디를 간단 말인가?"

장양충은 이해할 수 없는 우문후의 말에 짜증이 치솟았다.

"방 내에 변고가 있을 듯싶습니다."

"변고라니?"

뜻밖의 말에 장양충은 자리에서 벌떡 일어섰다.

"근거가 있는 말인가?"

"……."

장양충의 반문에 우문후는 말문을 닫았다. 그러자 장양충은 우문후의 맞은편에 앉아 있는 서문혜경에게 물었다.

"서문 대주가 말해 보게. 우문 대주의 말에 어떤 근거가 있는가?"

"예, 그러한 움직임이 보……."

쾅!

드디어 장양충은 노기를 참지 못하고 주먹으로 앞에 놓인 탁자를 내려쳤다.

"그런 중요한 보고를 나에게 하지 않은 이유가 뭔가, 서문 대주?"

장양충은 분노로 몸을 부들 떨며 얼굴을 붉혔다.

"죄송합니다."

머리를 숙이며 사죄하는 우문후와 서문혜경을 바라본 장양충은 애써 마음을 가라앉히려 애쓰며 다시 자리에 앉았다. 그리고 차가운 눈으로 우문후를 쳐다보았다.

"혹 교영 때문인가?"

장양충은 무겁게 말을 꺼내면서도 자신의 짐작이 틀리기만을 바랐다. 그러나 우문후의 입에서 나온 한마디는 그런 장양충의 기대를 무참히 무너뜨렸다. 믿었던 우문후에게 배신당했다는 생각에 장양충은 극심한 공허감을 느꼈다.

"죄송합니다."

서문혜경은 복잡한 눈으로 장양충에게 사죄하는 우문후의 모습을 바라보았다. 우문후의 마지막 죄송하다는 말에 그녀의 눈가에 눈물이 맺혔다. 그 눈물을 장양충과 우문후에게 보이지 않으려 서문혜경은 머리를 급히 옆으로 돌렸다.

"언젠가?"

"정확한 시일은 알 수 없습니다."

"알 수 없다?"

"예, 그동안 제가 시간을 끌어왔기에……."

"그럼 군영에게 사찰을 방문하게 한 이유가 방 내에 있을지도 모르는 변고 때문이었나?"

"……."

장양충의 말에 우문후는 이번에도 대답을 하지 못했다.

"허~ 철저하게 준비했군. 그래, 그렇다면 이번 풍림장의 일도 자네가 몰랐을 리는 없겠군. 아니, 경아 그 녀석의 성격을 잘 아는 자네가 녀석을 부추겼을 테고. 그래, 내 말이 맞나, 우.문.후?"

장양충은 이제 더 이상 우문후를 대주라 부르지 않았다. 그것은 이제부터 우문후를 용문방의 가족으로 생각지 않는다는 뜻이었다. 게다가 장양충은 지금 우문후를 향해 적의와 살의를 일으키고 있었다.

"자네를 너무 믿은 나의 잘못이겠지……."

나직하게 말을 내뱉은 장양충은 자리에서 일어나 창가에 서 자신의 속마음과는 달리 시원하게 내리고 있는 비를 보았다. 막힌 가슴을 뚫어버릴 만큼 쏟아 붓는 빗소리에도 장양충의 마음은 무겁기만 했다.

"나가보게."

뒤도 돌아보지 않는 장양충의 무거운 음성에 우문후는 장양충의 뒷모습을 바라보다 머리를 숙여 인사하고는 힘겨운 걸음으로 방문을 나섰다. 우문후가 방에서 나가고도 한참 동안 침묵이 계속되었다.

쏴아!

"……"

시원한 빗소리가 장양충과 서문혜경의 무거운 침묵을 힘겹게 식혔다.

"서문 대주, 자네는 어디까지 알고 있었나? 이번에는 얼버무릴 생각말게. 아는 사실을 전부 말하게."

장양충의 말을 들은 서문혜경은 긴 한숨을 쉬고는 그동안 비연대가 파악한 내용을 하나씩 말하기 시작했다. 서문혜경의 입에서 한마디 한마디 나올 때마다 장양충은 주먹을 움켜쥐더니 나중에는 깊은 탄식을 터뜨렸다.

"하~ 나의 잘못이야. 너무 자네들을 믿고 내버려 두었기에 이런 일들이 일어난 것이지. 그래, 결국 내 잘못이지."

혼잣말 같은 장양충의 탄식에 서문혜경은 가슴이 미어졌다. 고아인 자신을 키워 지금의 자신을 있게끔 만들어준 아버지와도 같은 장양충이었기에 그 미안함은 더욱 컸다. 그리고 지금 이 순간에도 우문후를 잡아주기를 바라는 자신의 복잡한 마음 때문에 장양충에게 더욱 미안했다.

"그래, 그럼 교영의 병세는 좀 나아졌나?"

"아닙니다. 점점 더 악화되고 있습니다. 아마도 이번 달을 넘기지 못할 것이라고 들었습니다."

"멍청한 녀석, 배신을 했으면 교영의 목숨이라도 살릴 것이지. 휴… 나만큼 불행한 녀석인가? 우문후 말야."

"예……."

누군가에게 답을 얻기 위한 말이 아니었음에도 서문혜경은 자신도 모르게 장양충의 혼잣말에 대답하고 말았다. 장양충은 자신의 혼잣말에 대답하고는 얼굴을 붉히고 서 있는 서문혜경을 바라보았다.

"서문 대주, 아니, 혜경, 너는 나보다 더 불쌍하구나. 쯧쯧……."

장양충은 창가에서 돌아서 서문혜경을 바라보았다. 서문혜경은 차마 장양충의 시선을 대할 수 없어 시선을 피했다.

"……."

"인연이 아닌 게지……."

"……."

장양충의 말에 서문혜경은 고개를 떨구며 손톱을 매만졌다. 우문후와는 인연이 아니라고 생각하면 모두가 편한 것이었다. 하지만 그렇게 치부하기에는 서문혜경의 가슴에 우문후가 차지하고 있는 비중이 너무도 컸다. 그것을 누구보다도 잘 알고 있는 장양충이었기에 서문혜경이 더욱 안쓰러웠던 것이다.

"가지."

"예?"

"방이 어렵다고 하니 어서 가봐야 하지 않겠나?"

"하지만 방주님, 지금 우리가 돌아간다고 해도 방 내의 일을 단번에 해결하기는 힘들 것입니다. 지금 우리는 누군가의 도움이 필요합니다."

"도움이라……? 지금까지 내가 용문방을 세우면서 많은 어려움을 겪었지만 한 번도 난 누군가에게 손을 벌려본 적이 없네. 그것은 자네도 잘 알고 있지 않나?"

"물론 잘 알고 있습니다. 하지만 지금의 상황은 많이 다릅니다. 방 내에 숨어 있는 적의 세력을 정확히 파악하기 어렵습니다. 그리고 만약 사모님께서 방 내에 계시기라도 한다면 큰일이지 않습니까?"

"무슨 소린가? 군영이 방으로 돌아오려면 며칠 더 있어야 할 텐데……."

"물론 그렇습니다. 하지만 사모님이라고 방 내에 있는 문제를 전혀 모르시겠습니까? 아마도 방 내의 일을 듣는다면 제일 먼저 달려오실 분이 사모님이십니다. 그러니 최악의 상황과 만약을 대비하셔야 합니다."

서문혜경의 말을 들은 장양충은 한동안 생각에 잠겼다. 지금까지 용문방을 키우면서 한 번도 남의 도움을 받지 않았다. 그런데 방 내의 문제로 도움을 청하자니 영 내키지 않았다. 그러나 자신이 키운 기업보다 사랑하는 옥군영을 생각하자 장양충은 조바심이 생겼다.

한참을 갈등하며 생각하던 장양충은 서문혜경의 조언을 듣기로 했다.

"그래, 자네가 생각하는 것이 있는 것 같으니 자네 생각을 한번 말해 보게.”

“예, 풍림장의 도움을 청하는 겁니다.”

“무슨 소린가? 풍림장 내원의 무사들을 빌린다 하더라도 우리 용문방 삼대 세력의 최하위 단체인 백야대조차 대적할 수 없거늘……”

“물론 그렇습니다. 하지만 도움이 전혀 없는 것보다는 낫지 않겠습니까? 게다가 화산의 군자검 일행의 도움을 받을 수 있다면 적잖이 도움이 될 것입니다.”

“그 승후라는 자 말인가?”

“예.”

“음, 좋네. 그럼 풍림장의 장주를 먼저 만나봐야겠군.”

서문혜경의 충고를 따르기로 한 장양충은 유백청 등이 있는 곳으로 향했다.

“승 공자님!”

예설과 미려진, 그리고 하려군의 수다에 정신이 없던 승후는 문밖에서 자신을 부르는 소리가 반갑기 그지없었다. 그러나 문밖의 소리가 들리지 않는지 방 안에 모인 여자들은 여전히 소란스러웠다.

“설아야.”

승후가 나직한 목소리로 예설의 이름을 부르자 한순간 조용해지며 모두들 승후의 얼굴을 쳐다보았다. 그때 승후를 부르는 소리가 문밖에서 한 번 더 들렸다.

“승 공자님!”

방 안의 소란스러움이 조용해지자 문밖에서 시비의 음성이 다시 들려왔다.

"저… 승 공자님을 뵙고자 하는 분이 계십니다."

"누가 승후 오라버니를 보자고 했지, 매향?"

유소미가 시비에게 물었다.

"소생 우문후이오이다."

뜻밖의 음성에 승후는 물론 함께 있던 여인들도 놀랐다. 승후는 문을 열고 우문후를 맞았다.

"우문 대주께서 어인 일이십니까?"

"몇 가지 여쭤볼 말이 있어서 실례를 무릅쓰고 오게 되었습니다. 그리고 가능하다면 부탁드리고 싶은 일이 있어서입니다."

"중요한 이야기입니까?"

"예."

"그래요? 그럼 일단 제 방으로 가시죠."

"죄송합니다."

"별말씀을……."

"운화야, 설아야, 내 방에 가 있을 테니 일이 있으면 찾아오너라."

"예."

갑자기 찾아온 우문후의 목적이 궁금했지만 이유를 묻지 않고 방문을 나서는 승후를 보며 사운화는 그저 승후의 말에 대답할 뿐이었다.

"그래, 무슨 부탁입니까?"

숙소에 도착한 승후가 자리에 앉기가 무섭게 우문후를 향해 물었다. 한동안 주저하던 우문후는 한숨을 쉬며 자신의 신상 내력을 이야기하기 시작했다. 우문후의 이야기가 길어질수록 승후의 얼굴은 점점 굳어 졌다. 현재 용문방의 방 내 사정과 우문후와 교영, 그리고 서문혜경의 일을 설명하던 우문후는 얼굴을 붉혔다. 그러나 우문후의 이야기를 듣는 승후는 점점 마음이 무거워져 왔다. 부탁을 하러 왔다는 사람이 대뜸 자신의 신세 내력을 이야기하자 그 부탁이라는 것이 결코 평범하지 않을 것임을 직감적으로 알아차렸기 때문이다. 그리고 자신의 전부를 솔직히 이야기하는 우문후의 부탁을 차마 거절하지 못하게 될 것을 직감한 승후는 우문후의 이야기를 들으면서도 마음이 편치 않았다. 그러나 우문후의 이야기는 이미 끝을 보이고 있었고 아무 말도 못하고 부탁을 들어주게 만드는 우문후의 수단에 승후는 입맛이 썼다.

길고 긴 우문후의 이야기가 끝이 났다. 그동안 가슴에 담아두고만 있던 자신의 이야기를 하게 되어 가슴이 후련했는지 우문후의 얼굴은 아주 밝았다. 하지만 우문후의 많은 비밀을 알게 된 승후의 마음은 결코 가볍지 않았다.

"우문 대주께서 그렇게까지 이야기하시니 제가 그 부탁을 들어드리지 않으면 천하에 못된 사람이 될 것 같군요."

우문후는 자신의 이야기를 들으며 부담스러워하는 승후의 표정에 미안해했다. 그러나 우문후로서는 너무도 절박한 상황이었기에 승후가 비꼬는 말에도 달리 할 말이 없었다.

"죄송합니다. 저로서는 시간이 많지 않습니다. 지금으로서는 지푸라기라도 붙잡고 싶은 심정입니다. 그런 제 입장을 이해해 주십시오, 소협."

"휴~ 일단은 알겠습니다. 우문 대주의 지금 현재 처해 있는 상황을 말입니다. 그러니까 용문방의 일을 해결하는 데 도움을 달라는 것과 조금 전 말씀하신 교영이라는 여자 분을 진맥해 달라는 겁니까?"

"예, 그렇습니다."

"우문 대주께서 그렇게까지 말씀하시니 저도 도움을 드리고 싶습니다. 아니, 도와드려야겠지요. 하지만 과연 저 혼자만으로 도움이 되겠습니까? 그리고 말씀을 들어보니 용문방주께서는 더 이상 우문 대주를 방의 사람으로 보지 않는 것 같은데……. 그리고 저는 의원이 아닙니다. 어떤 이유로 그 여자 분의 상세를 살펴달라시는지 이해하기 힘들군요."

승후는 우문후를 돕고 싶지만 몇 가지 걸리는 부분이 있어 우문후에게 그 부분을 물었다.

"방주님께서 저를 내치시더라도 이번 일이 있게 된 직접적인 이유가 저 때문이기에 이대로 물러날 수는 없습니다. 방주님께서는 제가 방을 찾는 것이 내키지 않으시겠지만 지금은 한 사람이라도 도움이 더 필요하기 때문에 마지못해서라도 승낙하실 것입니다. 그리고 승 소협과 방주님이라면 방 내에 숨어 있는 흑천회의 당주들을 능히 제압하실 수 있을 것입니다."

"그렇습니까? 그럼 우문 대주님의 말씀대로 용문방의 일을 돕기로 하죠. 그럼 다음 문제가 남았군요."

"예, 냉 대주와 비무 후 소협께서 냉 대주를 치료하시던 것을 보며 소협께서 의술을 알고 있는 것 같아 혹시나 해서 말씀드리는 것입니다. 이미 말씀드렸지만 교영에게는 남은 시간이 없습니다. 겨우 보름도 남지 않았습니다. 게다가 제가 할 수 있는 일은 모두 다 했고 또 흑천회가 저에게 넘기기로 한 환단을 복용시키면 교영이 회생할 수는 있겠지만 이지를 상실해 버리고 흑천회의 꼭두각시 노릇을 하게 될 것이 뻔합니다. 그래서 저는 소협이 지닌 의술로 죽기 전에 한 번만이라도 교영의 상세를 살펴봐 주시를 청한 것입니다. 진맥의 결과가 나쁘더라도 상관없습니다. 제발 맥이라도 한번 짚어봐 주시기를 바랄 뿐입니다."

"흠… 진맥을 하는 거야 어렵지 않습니다만 제가 가진 의술이 그다지 뛰어나지 않고 더군다나 전 환자들을 치료한 경험이 전혀 없습니다. 이론으로 알고 있더라도 실제와는 많이 다른 것이 질병의 치료입니다. 그런 저를 믿으실 수 있겠습니까?"

"설사 그렇더라고 저에게는 다른 선택의 여지가 없습니다. 제가 모셔온 모든 의원들이 두 손을 들었기 때문입니다. 그리고 약물로 겨우 숨을 이어가는 교영을 위해서 죽기 전에 마지막으로 부탁드리는 것입니다."

"혹시 저에게 부탁하는 것이 우문 대주님의 마음을 편하게 하기 위해서입니까?"

"예?"

갑작스런 승후의 말에 우문후는 반문했다.

"아, 아닙니다. 신경 쓰지 마세요. 제가 참견하기 좋아하다 보니 또 그 버릇이 나오고 말았습니다. 그런데 우문 대주께서 말씀하시는 흑천회라는 조직은 어떤 단체입니까?"

"예? 예, 사실… 저도 자세한 것은 모릅니다. 그저 교영의 목숨을 살리기 위해 그들의 몇 가지 조건을 들어주기로 했을 뿐입니다. 그리고 항상 지시는 냉 대주에 의해 전해졌기에 저로서는 흑천회의 자세한 사정은 모릅니다."

"음… 그래요? 그럼 냉천 대주는 흑천회의 사람이겠군요."

"예."

"그럼 일단 여기까지 이야기하고 자세한 것은 일을 처리한 후에 듣기로 하죠. 한시라도 서둘러야 조금이라도 빨리 일을 해결할 수 있으니까요."

"예? 예."

"그럼 전 유 장주님께 가서 잠시 자리를 비우겠다는 얘기를 하고 오겠습니다. 그리고 가능하면 다른 도움을 주실 분들도 구해보도록 하겠습니다. 우문 대주께서도 준비하고 기다리시기 바랍니다."

"예, 승 소협. 감사합니다."

"별말씀을요. 일이 무사히 해결되면 그때 술이나 한잔 사세요."

"겨우 술 한잔이 문제겠습니까? 그보다 더한 부탁도 들어드릴 수 있습니다."

"하하, 알겠습니다. 그럼 서두릅시다."

승후와 우문후가 자리에서 일어나려는데 밖에서 승후를 부르는 소리가 들렸다.

"오라버니!"

문이 열리며 예설이 들어왔다. 그리고 예설의 뒤로 문일상이 들어서고 있었다.

"갑자기 웬일이세요?"

지금쯤 유백청과 함께 있을 것으로 생각한 문일상이 갑자기 들어서자 의아해하며 승후가 물었다.

"용문방에 문제가 생겼다더구나. 그래서 용문방주께서 도움을 청해 오셨다. 그래서 승후 너의 생각을 들어볼까 해서 왔는데 보아하니 너도 이미 알고 있는 듯하구나."

문일상은 서론은 생략하고 급히 승후를 찾게 된 연유만을 말했다. 그리고 승후의 옆에 우문후가 있는 것을 보고는 이미 짐작했는지 고개를 끄덕였다.

"예, 여기 우문 대주께 들어 대충은 알고 있습니다."

"그럼 말하기가 쉽겠구나. 장 방주께서 도움을 청해오셨다. 그래서 여기 풍림장에 머무르고 계시는 몇 분들이 도움을 주시겠다는구나. 지금 출발하려고 하는데 함께 가지 않겠느냐?"

"그거 다행이군요. 저는 아저씨께 도움을 청하려고 했는데……. 그리고 다른 분들도 함께하신다고 하니 걱정이 많이 줄어듭니다."

승후가 웃으며 문일상의 말에 대답했다.

"그래, 그럼 가자꾸나. 지금 용문방 사람들이 의사청에서 기다리고 있단다. 너도 준비하고 그곳으로 오너라."

"예."

문일상이 자신의 할 말을 다 했는지 금방 자리를 떠나자 예설은 용문방에 무슨 일이 생겼는지 궁금해했다. 하지만 승후는 시간이 촉박한지라 자세한 이야기를 해줄 겨를이 없었다. 그래서 예설의 머리를 쓰다듬으며 말했다.

"자세한 것은 다녀와서 다 이야기해 줄 테니 너무 궁금해하지 말아라. 그리고 문 아저씨와 내가 돌아오기 전까지는 모두 한곳에 모여 있어야 한다. 아마도 유 장주님도 함께 가시는 것 같으니 소경과 미아와도 함께 있도록 해라."

"예……."

승후의 말에 예설은 마지못한 듯 대답했다. 하지만 얼굴은 궁금증으로 가득했다.

"우문 대주님, 그만 가십시다."

"예."

걱정스런 눈빛으로 승후를 바라보는 예설을 뒤로하고 승후와 우문후는 방을 빠져나갔다. 예설은 그런 승후의 뒷모습을 말없이 바라보았다.

창밖의 비는 예설의 마음을 아는지 모르는지 너무도 시원스레 내리고 있었다.

풍림장을 떠난 용문방의 장양충 일행과 승후 등은 잠시도 쉬지 않고 용문방이 있는 복건성의 천주로 달렸다. 그리고 복건성 내에서 가장 큰 하천인 민강에 이르러서야 겨우 숨을 돌렸다. 근 두 시진 동안이나 전력을 다해 달려온 사람들은 많이 지쳐 있었다.

유백청과 소진걸, 화산의 문일상, 악양제일장의 미무진, 황산 마가장의 마일기와 그의 아들 마평, 그리고 팽가의 패도 팽문호 등이 이번 장양충의 도움 요청에 흔쾌히 응했다. 그리고 언상연도 이번 일에 참여할 것을 강력히 주장했지만 그의 두 아들 모두 승후와의 비무로 인해 많이 다쳐 누군가 보살펴 줄 사람이 필요했기에 유백청과 소진걸이 만류했다. 그래서 언상연만이 풍림장에 남아 유백청 대신 풍림장의 일을 보기로 결정했다. 장양충은 승후 일행과 풍림장의 내원 무사들 정도의 도움만을 바랐으나 뜻하지 않은 세가 가주들의 도움에 내심 마음이 든든해졌다. 정사지간인 용문방의 특성상 강호의 타 문파와는 그다지 교류가 없었기에 이번 기회에 많은 인연을 만들어두는 것이 용문방의 장래를 봐서라도 나을지 모른다는 생각이 드는 장양충이었다.

"후~"

승후는 두 시진 만에 처음으로 긴 숨을 들이켰다. 두 시진 동안 전력으로 달리는 동안 말은 하지 않았지만 가슴이 터질 듯 답답했었다. 하지만 누구 하나 먼저 쉬자고 입을 여는 사람이 없었다. 그래서 결국 내력이 약한 용문방의 무사들은 뒤로 처지고 말았다. 그리고 지금 민강을 보며 가쁜 숨을 들이키고 있는 사람들도 승후의 제안이 아니었으면 아마 서로의 자존심 때문에라도 용문방까지 쉬지 않고 달렸을 것이다. 만약 그랬다면 적과 손 한번 섞어보지 못하고 패했을 것이다. 그런 점을 상기시킨 승후의 중재로 겨우 용문방이 있는 천주와 이각 정도 떨어진 민강 상류에서 잠시 쉬기로 한 것이다. 다들 드러내 놓지는 않았지만 그런 승후의 중재를 무척이나 고마워하는 표정들이었다. 그러나 그들은 승후처럼 드러내 놓고 급한 숨을 몰아쉬지는 않았다. 사람들은 전력을 다하여 경공을 펼칠 때와 같이 지금도 서로의 눈치를 보고 있었다.

"쿡."

승후는 아이와도 같이 별일도 아닌 것에 서로를 견제하고 눈치를 보는 다 큰 어른들의 행동이 우스웠다. 예설과 사운화로부터 무림 인물들이 체면을 중시한다는 말은 들었지만 이 정도일 줄은 몰랐다. 게다가 지금 마평은 얼굴이 붉어질 대로 붉어져 바로 숨넘어가기 직전이었다. 그런데도 마평은 승후와 우문후의 얼굴을 살피며 또한 아버지인 마일기의 눈치를 보고 있었다.

그런 그들을 뒤로하고 승후는 우문후를 끌고 그들과 조금 멀어졌다. 그러자 다른 사람들도 몇 명씩 짝을 이뤄 흩어졌다. 아마도 경쟁자라고 생각되는 사람들의 시선이 미치지 않는다고 판단되면 그들은 모두 급한 숨을 몰아쉴 것이 틀림없었다.

"여기서 얼마나 더 가야 용문방이 있는 천주가 나옵니까, 우문 대주?"

"헉헉, 예… 대, 대략 이각 정도면… 도착할 것입니다."

급한 숨을 몰아쉬던 우문후는 승후의 물음에 겨우 대답했다. 그리고는 자신과 비교도 되지 않을 만큼 호흡이 차분한 승후를 놀랍다는 듯이 쳐다보았다.

"하하, 너무 그런 눈으로 보지 마세요. 저도 지금 숨이 많이 차답니다. 다만 우문 대주보다 조금 편한 것은 제가 쌓은 내공이 뛰어나기 때문이 아니라 제가 익힌 호흡법이 강호의 일반 호흡법과는 조금 달라서 그러는 것입니다."

승후는 웃으며 우문후의 궁금증을 해결해 주었다.

"예? 예……."

승후의 말대로였다. 처음 승후는 다른 일행들과 경공을 펼쳤을 때 대략 두 시진 정도 지났을 때부터 호흡이 가빠왔다. 그런데 다들 멈춰 쉬려고 하지 않아 어쩔 수 없이 거친 숨을 참아가며 경공을 펼칠 수밖에 없었다. 그러나 다시 일각이 채 지나지도 않아 더욱 호흡이 가빠져 혹시나 하는 생각에 일행의 맨 마지막으로 처져 뇌령심법을 운기해 보았다. 처음에는 경공을 펼치며 내력을 운기한다는 것이 생각처럼 그렇게 간단하지 않았다. 하지만 궁하면 통한다고 곧 시간이 지날수록 익숙해지더니 한 시진이 지나서는 완전히 몸에 익게 되었다. 그래서 승후는 다른 사람들보다 편하게 달릴 수 있었던 것이다. 하지만 지금 승후의 생각을 일반 무림인들이 들었다면 까무라치며 놀랄 것이다. 경공을 펼치며 또 다른 심법을 운기한다는 것, 아니, 한 번에 두 가지 심법을 운용한다는 것은 그들로서는 상상도 못할 일이었기 때문이다. 만약 무당의 양의심법처럼 마음을 둘로 나눌 수 있는 심공이 아니라면 승후의 생각처럼 될 리 만무했기 때문이다.

"우문 대주!"

"……."

잠시 동안의 침묵을 깨며 승후가 우문후를 불렀다. 그러자 이제는 호흡이 많이 편해졌는지 우문후는 한결 편안한 얼굴로 승후를 올려다보았다.

"용문방에 흑천회의 당주가 있을 것이라고 했는데 몇이나 있는지 혹시 알고 있습니까?"

"냉 대주의 말에 따르면 두 명이라고 합니다."

"두 명이라……. 그런데 지금 이곳에 모여 있는 인원이면 조금 과하지 않나 하는 생각이 드는군요."

승후의 말에 우문후도 머리를 끄덕였다. 하지만 곧 우문후의 입에서 나온 말에 이번에는 승후가 머리를 끄덕였다.

"승 소협의 말씀대로 두 명이 확실할 것입니다. 하지만 흑천회의 당주가 두 명이지 그보다 강한 고수가 얼마나 있을지, 또 그 당주들이 과연 혼자서 용문방에 침투했을지 지금 그것을 확인할 아무런 근거가 없습니다."

"흠… 그런가요?"

"예."

"그럼 흑천회의 그 당주라는 자들이 누구인지 알아볼 수 있는 방법은 있습니까?"

"저로서는 없습니다. 하지만 비연대의 서문 대주라면 아마도 가능할 것입니다. 이미 비연대에서는 냉천 대주와 접촉이 잦은 인물들을 대충 파악했을 테니까요."

"하지만 단순히 접촉이 잦다고 해서 그 사람이 반드시 흑천회의 인물이라고 의심하기에는 조금 무리가 있지 않을까요?"

"승 소협께서는 냉천 대주를 잘 몰라서 하시는 말씀입니다. 용문방 내에서 냉천 대주와 친분이 있는 사람은 손을 꼽을 만큼 적습니다. 그리고 냉천 대주는 우리 비연대의 능력을 너무 낮게 평가하는 실수를 했습니다. 방 내에서 비연대의 눈을 피하기란 거의 불가능합니다. 아마도 지금쯤 제가 계획한 일들 모두 비연대의 대주가 알고 있을 겁니다. 그리고 또 방주님께도 보고되었겠지요."

마지막 말에 우문후는 씁쓸히 웃으며 머리를 숙였다. 우문후의 이야기를 들은 승후는 긴 한숨을 내쉬었다. 사랑하는 자신의 여인을 위해 은혜를 베푼 장양충을 배신할 수밖에 없었던 우문후가 안쓰럽게 느껴졌다. 더불어 그런 우문후의 어깨가 그렇게 힘들어 보일 수 없었다. 되도록이면 그 교영이라는 여자를 살려주고 싶었다. 자신의 능력만 따라준다면……. 이제는 용문방에도 머무를 수 없는 우문후였기에 그에게서 그의 여인마저 빼앗아간다면 더 이상 세상을 살아갈 힘이 우문후에 게는 남아 있지 않을 것 같았다. 그리고 서문혜경과도 잘되었으면 하는 생각이 들었다. 지금도 승후와 우문후의 눈을 피해서 어깨가 축 처진 우문후를 보는 서문혜경의 기척을 우문후는 모르고 있었지만 승후는 느끼고 있었다.

"우문 대주."

"……."

"내 우문 대주의 부탁을 모두 들어줄 테니 우문 대주께서도 제 부탁 한 가지만 들어주세요."

"예? 부탁이시라면……?"

"자, 이제 그만 출발하십시다!"

우문후가 승후의 부탁이라는 것이 궁금해 묻는 순간 장양충이 모두에게 들릴 정도로 큰 목소리로 말하는 것이 들렸다. 그러자 주위에 흩어져 있던 사람들이 장양충의 주위로 하나둘씩 모여드는 것이 보였다. 이에 승후와 우문후의 대화는 더 이상 이어지지 못했다.

"그 부탁은 모든 일이 해결되고 난 다음에 말씀드리지요."

"예?"

승후의 부탁이라는 것이 무척이나 궁금했지만 이미 장양충에게로 신형을 날리고 있는 승후였기에 더 이상 자세한 것을 물을 수 없었다. 우문후는 승후가 자신에게 할 부탁이 무언지를 생각하며 승후의 뒤를 따랐다.

"앞으로 대략 이각이면 천주에 도착할 것입니다! 그리고 혹시 모르니 천주에 들어서면 경계를 단단히 해주시기 바랍니다!"

주위를 둘러보며 장양충이 말하자 장양충과 시선이 부딪친 사람들이 가볍게 머리를 끄덕였다. 그리고 마지막으로 장양충과 우문후의 눈이 마주쳤다. 우문후는 장양충과 시선이 마주치자 잠시 당황하는 듯하더니 먼저 시선을 피해 승후의 옆에 섰다.

"그럼 출발하겠습니다!"

장양충이 서문혜경과 함께 먼저 출발했다. 그리고 그 뒤를 이어 유백청과 소진걸, 그리고 미무진 등이 따랐다. 맨 마직막으로 처음과 같이 승후와 우문후가 그 뒤를 이었다.

"장로님, 냉천이 풍림장에서 암혹마혼장을 사용했다 합니다."

"뭣이!"

목취산(木就山)은 풍림장의 일을 보고하는 수하를 보며 노성을 질렀다. 이에 찔끔한 흑의를 입은 수하가 뒤로 주춤 물러섰다.

"이런 죽일 놈, 도대체 무슨 이유로 완성하지도 못한 암혹마혼장을 사용했단 말이냐? 그래, 그 이유가 무엇이라더냐?"

"예… 그, 그게……."

쾅!!

"더듬지 말고 속 시원히 말하지 못할까!"

말을 더듬는 수하가 못마땅한지 목취산은 앞의 탁자를 내려치며 수하를 꾸짖었다.

"예, 옛, 그, 그게 비무 도중 그랬다고 합니다."

"비무라니? 이번 풍림장과의 협상에는 비무에 관한 내용이 없었지 않느냐?"

"예, 그렇습니다. 그런데 갑자기 냉 대주께서 풍림장의 인물에게 비무를 청했다고 합니다."

"뭐라! 에~잇! 죽일 놈! 그놈 때문에 이번 일이 어렵게 되지 않았느냐! 이제 마공 출현이 소문날 테고 그러면 우리의 거사는 앞으로 몇 년을 뒤로 미루어야 한단 말이냐?!"

냉천의 경솔함을 질책하는 것인지 자신들의 거사가 미루어지게 된 것이 안타까워서인지 목취산은 퍼붓는 빗속의 검은 하늘을 노려보았다.

"무슨 일 있습니까, 목 장로?"

노한 눈으로 창밖 하늘을 보며 주먹을 불끈 쥐어 보이는 목취산 뒤로 흑의를 걸친 젊은 청년이 나타났다. 청년의 갑작스런 출현에 놀란 목취산은 황급히 흑의청년에게 읍했다. 그러자 목취산에게 풍림장의 일을 보고하던 흑의무사 역시 청년을 보며 길게 읍했다.

"예는 거두시구려, 목 장로. 그보다 무슨 일이기에 그렇게 분노하시는지 이유를 말씀해 보시오."

"그, 그게……."

"하하하! 왜 그러십니까? 평소의 목 장로답지 않게 말을 더듬고 말입니다."

흑의를 입은 청년은 무엇이 자신의 눈앞에 선 목취산이 말을 더듬게 하는지 그 이유가 무척이나 궁금했다. 평소에 얼음장 같은 얼굴을 하고 있어 수하들이 함부로 다가서기 힘들어하는 사람이 목취산이었기에 평소와는 다른 모습에 의아했던 것이다.

"휴~ 말씀드리지요, 어차피 곧 아시게 될 테니……. 백야대의 냉천이 풍림장에서 암흑마혼장을 사용했다고 합니다."

"뭐, 뭣이!"

목취산이 그랬던 것처럼 흑의를 입은 젊은 청년도 냉천의 일을 듣고는 크게 놀라 외쳤다.

"……."

"그럼 앞으로 어떻게 해야 되는 겁니까?"

그러나 흑의청년은 목취산처럼 노하고만 있지는 않았다. 곧 노한 마음을 가라앉히며 앞으로의 일을 걱정했다. 이를 지켜본 목취산은 자신이 모시는 소주의 신중한 모습에 흡족한 미소를 지었다. 아직 어려 혈기를 이기지 못할 것을 우려했던 것이 기우로 그쳤던 것이다.

"일단은 그동안 준비해 온 것도 있고 하니 용문방을 손에 넣어야 합니다. 일이 급하게 되었지만 풍림장의 수뇌부와 장로원의 장로들은 이미 우리가 제압한 상태이기 때문에 아마도 쉽게 해결될 것입니다. 장양충이 돌아오는 대로 재빨리 거사를 시행한다면 예상했던 것보다 피를 적게 흘릴 수 있을 것입니다."

"하지만 장양충의 철혈검법은 어떻게 하실 생각입니까? 아무리 저라도 단시간 내에 장양충을 제압하기는 힘들 텐데요. 아니, 어쩌면 오히려 제가 당할 수도 있습니다."

"예, 소주 혼자라면 힘들 것입니다. 하지만 저와 소주, 그리고 두 명의 당주가 합공한다면 쉽게 제압할 수 있을 것입니다."

"물론 그렇겠지요. 그럼 나머지 수뇌들은 어떻게 합니까?"

"칠정산을 쓸 작정입니다."

"흠, 칠정산이라……. 그렇군요. 일단 해약을 얻기 위해서라도 장양충은 우리에게 협조하지 않을 수 없겠군요."

"그렇습니다. 그리고 만약을 위해서 지금 이곳으로 오고 있는 옥군영도 제압해 둘 생각입니다. 장양충이 공처가인 것은 모두가 잘 알고 있습니다. 아마도 옥군영만 제압해 두면 모든 일은 우리의 뜻대로 쉽게 이루어질 것입니다."

"그렇군요. 하지만 그렇게 되면 영원히 장양충을 우리 사람으로 만들 수 없지 않습니까?."

"아쉽지만 그것은 포기해야지요. 그게 다 냉천……."

"장로님!"

목취산은 문밖에서 들려온 수하의 말에 얼굴을 구겼다. 그가 모시는 소주가 대화 중인데 방해하는 수하가 못마땅했던 것이다. 하지만 다급한 목소리에 냉천의 일도 있고 해서 화를 참으며 물었다.

"그래, 무슨 일인가?"

"장양충과 그 일행이 이곳 천주에 들어섰다고 합니다."

"뭐? 그게 무슨 말이냐?! 이렇게 비가 퍼붓는 날씨에 급히 방으로 돌아와야 할 이유라도 있었던 게냐?"

"그것은 모르겠습니다. 장양충과 대략 십여 명으로 추정되는 인물들이 곧 방 내에 들어설 것이라는 보고입니다."

"혹시 우리의 정체를 눈치 챈 것이 아닐까요?"

수하의 보고에 흑의청년이 목취산을 보며 물었다.

"그럴 리가요. 우문후를 비롯한 냉천은 우리의 진정한 정체를 모르고 있습니다. 게다가 냉천마저도 이곳에 당주급이 두 명 정도 있다는 사실만 알 뿐 저와 소주님의 존재도 모르고 있습니다."

"하지만 용문방에도 첩보 조직인 비연대가 있지 않습니까?"

"비연대……. 그럴 수도 있습니다만 비연대의 대주가 우문후에게 가지고 있는 감정을 소주께서도 잘 아시지 않습니까? 설사 비연대의 대주가 그 사실을 알았다 하더라고 그 사실을 장양충에게는 보고하지 않았을 것입니다."

"……."

"장로님!"

목취산과 흑의청년이 잠시 침묵을 유지하고 있는데 다시 문밖에서 목취산을 찾는 음성이 들렸다.

"장로님, 장양충이 지금 방 내에 들어섰다는 보고입니다. 그리고 지금 의사청으로 향하고 있다고 합니다."

"아니, 벌써? 허참, 도대체 풍림장에서 무슨 일이 있었기에……. 그래, 다른 일은 없고?"

"예, 모두 피곤한 기색이었습니다. 특히 우문후와 서문혜경의 얼굴이 평소와는 많이 달라 보였다고 시비들이 전했습니다."

"흠……."

"목 장로, 우리 회의 사람들을 한곳으로 모아두세요, 아무래도 일이 틀어진 것 같으니."

"큼, 알겠습니다."

목취산은 흑의청년의 말에 침음을 삼키며 대답했다. 그는 속으로 이번 일을 망친 냉천을 수십 번도 더 갈기갈기 찢어 죽이고 있었다. 하지만 여전히 분은 풀리지 않고 이번 일이 실패할 것 같은 불안한 생각이 드는 목취산이었다.

"서문 대주, 지금 즉시 방 내의 동향을 알아보게."

"예, 방주님."

장양충은 용문방에 도착하자마자 의사청으로 직행했다. 그리고는 비연대의 대주인 서문혜경에게 방 내의 흐름을 조사하게 했다.

"옷이 젖어 많이 불편하실 테니 갈아입고 조금 쉬시지요."

장양충이 자신을 도우러 온 세가의 가주들을 돌아보며 말했다.

"아닙니다. 아직 용문방에 어떤 세력이 숨어들었는지 알 수 없는데 도우러 온 저희들만 편히 쉴 수는 없지요. 옷만 갈아입고 바로 이곳으로 오겠습니다."

유백청이 장양충의 말에 조금 지친 기색으로 말했다.

"그렇게 해주신다면 저야 고맙습니다만 먼 길을 쉬지 않고 달려오셨는데 다들 괜찮겠습니까?"

장양충이 웃으며 유백청 등을 둘러보았다.

다들 지친 기색이기는 했지만 유백청의 말처럼 지금 용문방 내의 사정을 정확히 모르는지라 마음 편히 쉴 수만은 없는 입장이었다. 그리고 지금의 피로는 운기조식을 하면 곧 나아질 것이기에 다들 유백청의 말에 머리를 끄덕였다.

"밖에 있는 시비들이 여러분들이 갈아입을 옷들을 전해 드릴 것입니다. 밖에 누구 있느냐?"

"예, 소녀 미향이옵니다."

"그래, 미향아, 너는 손님들의 갈아입을 옷을 내드리도록 하거라."

"예, 방주님."

유백청과 승후 등은 미향이라 불린 시비를 따라 두 명씩 짝을 이뤄 옷을 갈아입으러 방으로 향했다.

"음… 그러니까 장로원과 각 무력단 백인대장들의 움직임이 심상치 않다고?"

"예, 대주님."

"그럼 우리 비연대에 숨어든 첩자들의 동향은 어떠냐?"

"조금 전까지만 해도 별 움직임이 없었습니다. 그런데 대주님께서 이곳 비연각에 들어설 때부터 첩자들뿐 아니라 방 내의 장로들과 무력단의 일부 백인대장들이 어디론가 움직이고 있습니다."

"흠… 그곳이 어디인지는 알고 있느냐?"

"아직입니다. 그곳을 알려면 조금 시간이 필요합니다."

"빨리 알아내도록 하게. 그리고 장로들은 어느 정도 포섭된 것 같은가?"

"대략 반 이상이 적에게 포섭된 것 같습니다. 뿐만 아니라 세 개의 무력단 중 백야대는 거의 적에게 장악된 것으로 보여집니다. 적멸대와 흑풍대 역시 한 개의 백인대 정도가 적의 세력에 넘어간 것 같습니다."

"흠, 그럼 우리가 믿을 만한 사람 수는?"

"장로원의 도움을 기대하기는 힘들 것 같습니다. 적에게 포섭된 일곱 장로를 제외한 다섯 장로들은 어찌 된 일인지 며칠 전부터 전혀 움직이지 않고 있습니다. 아마도 모종의 금제를 당한 것 같습니다. 그래서 방주님 직속의 호법 다섯 분과 적멸대 세 개의 백인대와 흑풍대 두 개의 백인대 정도가 동원 가능한 최대 인원일 것 같습니다."

"그래, 일단은 수적으로는 우리의 우세인가?"

"하지만 적의 무력이 어느 정도인지 알 수 없기 때문에 단순히 숫자가 많다고 해서 마음 놓을 수 없는 상황입니다."

"그래, 자네 충고 새겨듣지. 그만 나가서 새로운 정보가 없는지 알아보게."

"예, 대주님."

서문혜경은 비연각으로 달려가 자신이 챙기지 못한 새로운 정보를 살폈다. 그리고 예상외로 많은 수가 적에게 포섭되었거나 제압된 상태인 것을 알고는 마음이 무거워졌다. 그녀가 우문후를 생각해 주저하는 동안 적은 어느새 용문방의 수뇌부와 주 무력단을 장악하고 있었던 것이다. 그리고 강호에서 대문파로 이름난 용문방을 단시일 내에 이토록 빨리 장악한 정체를 알 수 없는 적이 두려웠다.

"하… 별일없이 넘어가야 될 텐데……."

"대주님! 큰일 났습니다."

"큰일이라니?"

서문혜경은 수하의 다급한 음성에 심장이 '철렁' 내려앉는 듯했다. 그리고 불안한 기분이 강하게 들기 시작했다.

"사모님께서 적들과 교전 중이라는 보고입니다."

"뭐얏! 사모님이?"

"예."

"사모님께서 돌아오시려면 아직 기일이 남지 않았느냐?"

"저도 어찌 된 영문인지 모르겠습니다."

바라지 않았던 최악의 상황이 벌어졌다. 이에 서문혜경은 낮은 신음을 흘렸다.

"음… 그래, 지금 어디에서 교전 중인가?"

"황보산에서 그리 멀지 않은 곳이라 합니다."

"알았다. 너는 비연대를 동원해 황보산 주위를 다시 살펴라. 나는 방주님께 가봐야겠다."

"예, 대주님."

서문혜경은 급히 신형을 날려 장양충이 있는 의사청으로 몸을 날렸다.

"아직 적의 세력을 알아내지 못했습니까?"

운기조식을 마친 유백청이 조금 전보다는 편안한 얼굴로 장양충에게 물었다.

"예, 하지만 서문 대주가 갔으니 곧 소식이 올 것입니다. 그동안 차를 마시며 쌓인 피로나 푸시기 바랍니다."

"예."

"그나저나 정말 대단합니다, 장 방주님."

"예? 무엇이 말씀입니까?"

"일단은 방의 규모가 제가 생각했던 것보다 정말 크군요. 강호 제일의 문파라는 말에 조금의 손색이 없습니다. 뿐만 아니라 용문방의 무사들 행동거지 하나하나가 명문정파의 제자들에 비해 전혀 손색이 없습니다. 심혈을 기울여 키운 장 방주님의 노고가 눈에 보이는 듯합니다. 하하하!"

미무진이 부럽다는 듯이 장양충을 바라보며 말했다. 미무진의 말을 들은 장양충의 얼굴에 미소가 떠올랐다. 악양제일장이라는 세가의 가주가 자신이 이룩한 기업을 인정하는 말을 하자 기뻤던 것이다.

용문방은 정사지간을 표방하면서 그동안 많은 질시와 모함을 받아왔었다. 하지만 미무진의 경우와 같이 가슴속에서 우러나오는 감탄과 호의를 받아보지 못한 장양충이었기에 방 내의 상황만 좋았더라면 미무진에게 자신이 일군 용문방의 이곳저곳을 안내하고 싶은 것이 지금 장양충의 솔직한 심정이었다.

"감사합니다, 미 장주님. 하지만 악양제일장도 저희 용문방 못지않지 않습니까? 허허허."

"무슨 말씀을요. 악양의 본 가를 어찌 용문방과 비교하겠습니까? 본가와 용문방을 언뜻 비교해 봐도 대략 네 배 이상 차이가 나 보이는데… 장 방주님의 겸손이 지나치시군요. 하하하!"

"허허허, 단순히 규모가 조금 더 크다고 해서 내실마저 튼튼하다고는 할 수 없지요."

"물론 장 방주님의 말씀이 맞습니다. 하지만 용문방은 그 내실마저도 아주 단단해 보이니 말입니다."

"이거 미 장주님의 칭찬에 얼굴을 들기 힘듭니다."

말은 그렇게 하고 있었지만 장양충은 연신 웃음을 터뜨렸다. 그런 장양충과 미무진의 대화를 듣는 사람들도 얼굴에 웃음이 가득했다. 그들은 마음속으로 이번의 일로 용문방과 많은 교류를 가졌으면 하는 생각을 가졌다.

"방주님!"

미무진과 장양충의 대화로 방 안은 분위기가 화기애애해졌다. 그때 다급한 서문혜경의 음성이 들려왔다.

"왜 그러나, 서문 대주? 방 내에 침입한 적의 움직임을 파악해 냈나?"

"그건 조금 시간이 걸릴 것입니다. 그보다 지금 사모님께서 적들과 교전 중이시랍니다."

"뭣이? 군영이? 돌아오려면 아직 시일이 남아 있지 않느냐?!"

서문혜경의 말에 장양충은 자리에서 벌떡 일어나 큰 소리로 서문혜경에게 반문했다.

"하지만 지금 사모님께서 교전 중이신 것은 사실입니다. 아직은 사모님께서 적을 막고 계시지만 적의 주력이 사모님 쪽으로 몰리면 힘들어지실 겁니다."

"그, 그래, 어디쯤이라던가?"

"황보산 부근이라고 합니다."

"그럼 지금 즉시 동원 가능한 무사의 숫자는 얼마나 되겠는가?"

"예, 흑풍대 오십여 명과 적멸대 일백여 명 정도가 지금 동원 가능합니다."

"숫자가 조금 모자라는군."

"하지만 더 이상 시간을 늦출 수는 없습니다."

"그래, 그럼 지금 출발하지."

"예, 방주님."

장양충의 말에 대답한 서문혜경은 급히 문밖으로 나섰다.

"여러분!"

"장 방주님, 앞장서시지요. 저희는 신분이 노출되지 않게 장 방주님

뒤를 조심해서 따르겠습니다."

"예, 감사합니다, 유 장주님."

"별말씀을요. 서두르시지요."

"예."

장양충이 유백청과 그 일행에게 가볍게 읍하곤 먼저 방을 나섰다. 그리고 그 뒤로 유백청 등이 장양충의 뒤를 따랐다.

"음……."

"백호 네놈 실력으로는 날 어찌할 수 없다!"

옥군영은 자신의 일검을 맞고 신음을 흘리고 있는 청년을 향해 싸늘하게 외쳤다.

옥군영은 남해 보타문에 불공을 드리러 갔다가 용문방의 이야기를 듣고 급히 돌아오는 중이었다. 그런데 용문방이 있는 천주에 거의 도착했을 즈음 백호와 백야대의 무사 이십여 명과 만났다. 처음 옥군영은 백호 등이 자신을 마중 온 것으로 알았지만 곧 백호 등이 칼을 겨누며 공격하자 방 내의 일이 생각보다 큰 것임을 짐작할 수 있었다. 그리고 지금 백호와 백야대의 무사들을 제압하고 싸늘하게 노려보고 있는 것이었다.

"네놈이 무엇이 부족해 방주님과 나를 배신했는지 그 이유는 묻지 않겠다. 너의 실력은 내가 모두 알고 있으니 이쯤에서 포기하고 그만 돌아가거라."

한때 수하로 부리던 사람이 지금 자신에게 칼을 겨누다 쓰러져 있었지만 옥군영은 전혀 당황하거나 하지 않았다.

"죄, 죄송합니다, 사모님. 하지만⋯⋯."

옥군영에게 일검을 맞고 쓰러진 백호라 불린 청년은 상처를 감싸며 힘겹게 일어서 말했다. 그리고 옥군영에게 무언가 할 말이 있는지 주저하다 무슨 이유에선가 말을 잇지 못했다.

"그동안의 정도 있고 하여 더 이상은 핍박하지 않을 테니 그만 물러가거라. 그리고 앞으로 내 앞에 나타나지 말거라!"

옥군영은 백호에게 싸늘하게 말한 후 등을 돌렸다.

"사모님!"

백호가 옥군영을 다급하게 불렀다. 이에 옥군영이 멈춰 서며 자신을 부른 백호를 돌아보았다.

"그곳으로 가시면 안 됩니다. 적의 매복이 있습니다."

백호의 말을 들은 옥군영의 얼굴에 잠시 의아한 빛이 나타났다 사라졌다. 그리고 백호를 향해 따뜻한 미소를 지어 보이며 말했다.

"그래, 고맙구나, 백호."

옥군영의 따뜻한 미소를 받은 백호는 얼굴을 붉히며 옥군영의 시선을 피했다.

"자, 우리는 빨리 용문방으로 돌아가도록 하자!"

옥군영은 자신의 시비들과 호위무사들에게 말하고는 백호가 말한 반대 방향으로 달려갔다.

"죄송합니다, 사모님."

옥군영과 그 일행들이 사라져 가는 모습을 본 백호는 눈물을 흘리며 연신 죄송하다는 말을 했다.

"장로님, 옥군영이 이곳과 반대 방향으로 용문방을 향해 가고 있다고 합니다."

"뭣이? 그럼 그년이 이곳에 매복이 있다는 것을 알아차렸단 말이냐?!"

"아마도 그런 것 같습니다."

"어떻게 말이냐? 지금 그년은 반드시 이곳을 통과해야 할 텐데… 혹시……?"

목취산은 갑자기 떠오르는 생각이 있어 급히 수하들을 돌아보았다.

"누가 처음으로 옥군영과 교전했나?!"

"백호라고 용문방의 백야대 백인대장이었습니다."

"갈! 완전히 회유하지 못한 것인가? 하지만 아직은 우리에게 승산이 있다. 귀명당주(鬼鳴黨主)!"

목취산은 자신의 뒤에 서 있던 귀명당주를 불렀다.

"예, 사… 장로님."

"자네가 옥군영을 잡아와야겠네."

"알겠습니다."

귀명당주라 불린 중년인은 목취산에게 대답하고는 수하들과 함께 자리를 떴다.

"휴… 왜 이리 꼬이는 일이 많은 건지……."

목취산은 오늘 용문방을 벗어나면서 가지게 된 불안한 마음이 더욱 커져 갔다. 그리고 자신의 뜻과는 자꾸 어긋나는 일련의 일들에 마음이 답답했다. 하지만 귀명당주가 사라져 간 곳을 보며 그나마 무겁던 마음이 조금은 놓이는 듯했다.

"목 장로, 너무 근심하지 마세요. 귀명당주가 갔으니 옥군영을 무리 없이 제압할 수 있을 것입니다."

"예……."

목취산은 귀명당주의 무공을 누구보다도 잘 알고 있었다. 귀명당주 손서명(孫栖命)은 자신이 직접 키운 제자였기 때문이다. 그리고 목취산 자신의 독문절기를 전해주었고 강호를 주유하며 그가 적혈자(赤血子) 라는 명성을 얻게 만들어준 자신의 독문무기인 귀적편도 물려주었다. 그렇기에 귀명당주의 실력을 누구보다도 믿었다. 하지만 처음 자신이 계획한 것보다 일이 너무도 커져 버렸기에 지금 이 상황에서 용문방을 접수하더라도 흑천회의 목적을 이루기 위해서는 다시 수년의 세월이 더 필요할 듯해 마음이 편치 못했다.

"장로님, 장양충 일행이 이곳 황보산으로 다가오고 있습니다."

"음, 그래, 숫자는?"

"대략 백오십여 명이라고 합니다."

"호~ 급했을 텐데 용케도 그만큼 끌어 모았군."

"알았다. 너희들도 준비하고 있거라."

"예, 장로님."

"소주, 소주께서도 대비하셔야겠습니다. 아무래도 귀명당주가 옥군 영을 제압해 이곳에 도착하는 것보다 먼저 장양충 일행과 조우하게 될 가능성이 더 클 것 같습니다."

"……."

소주라 불린 청년은 목취산의 말에 아무런 말 없이 그저 머리만 끄 덕여 보였다.

"우문 대주, 어째서 이곳으로 가는 겁니까? 지금은 장 방주님과 행동을 같이해야 하지 않습니까?"

승후는 황보산에 다다랐을 때 장양충과는 전혀 다른 방향으로 이끄는 우문후의 행동에 의아했다. 그러나 우문후의 입에서 나온 말은 너무도 뜻밖이었다.

"아마도 사모님께서는 이곳으로 오고 계실 겁니다."

"아니, 정말입니까? 그렇게 생각하시는 이유라도 있습니까?"

우문후의 말에 승후는 놀라 우문후를 잡아 세우며 급히 물었다.

"예."

"그렇다면 장 방주님께 미리 말씀드려야 하지 않습니까?"

승후는 우문후의 행동이 이해되지 않는지 인상을 찡그리며 우문후를 바라보았다. 그러나 승후를 바라본 우문후는 전혀 동요하는 기색 없이 담담히 말했다.

"저도 그러고 싶었습니다. 하지만 제가 지금 방주님께 그런 말을 해도 저의 말을 믿지 않으실 겁니다."

"예?"

"이미 한번 배신한 사람을 승 소협이라면 다시 믿으실 수 있겠습니까?"

자조적인 웃음을 지으며 우문후는 승후를 보며 말했다.

"그야… 우문 대주께서는 피치 못할……."

"하지만 배신했다는 사실은 달라지지 않습니다."

"흠……."

승후는 씁쓸한 웃음을 짓고는 달려가는 우문후의 뒷모습을 보며 자신도 모르게 신음을 삼켰다. 그리고 힘없는 우문후의 어깨에 더욱 우문후를 도울 생각을 굳히며 뒤를 바싹 좇았다.

"잠시 멈춰라!"

옥군영이 경공을 거두며 말했다. 그러자 옥군영의 시비들과 호위무사들이 그녀를 방원으로 둘러싸며 주위를 경계했다. 옥군영은 눈앞에 보이는 넓은 공터의 좌측을 노려보며 말했다.

"그만 모습을 보이시지?"

옥군영의 일갈에 좌측의 숲이 잠시 춤을 추듯 흔들렸다. 그리고는 곧 피를 뒤집어쓴 듯 붉은 혈의를 입은 귀명당주 손서명을 선두로 삼십여 명의 적의인들이 뒤를 따라 나타났다. 이를 지켜본 옥군영은 예상 밖으로 적의 숫자가 많자 당황했다.

"우리의 앞길을 막아서는 이유가 뭐죠?!"

옥군영이 손서명을 노려보며 말했다. 그러나 손서명은 옥군영의 말에는 대답하지 않고 옥군영에게로 다가왔다. 이에 흠칫한 옥군영은 뒤로 주춤 물러섰다.

"더 이상 접근하면 나의 검이 가만있지 않을 거예요!"

순간 옥군영의 협박이 통했는지 손서명이 걸음을 멈추며 옥군영을 쏘아보았다. 너무도 날카로운 손서명의 시선에 옥군영은 이번에도 흠칫 뒤로 물러섰다.

"얌전히 항복하시오. 그러면 당신의 호위무사들과 시비들의 목숨만큼은 살려주겠소."

고저가 없는 손서명의 목소리에 옥군영은 얼굴을 찌푸렸다.

"흥, 당신이 그렇게 할 동안 나는 가만히 지켜보고만 있을 것이라고 생각하는 건가요?"

"물론 아니지. 하지만 당신의 실력으로는 어쩌지 못할 거야. 어서 선택하시오. 항복인지 아닌지."

"항복 좋아하시네. 쳐랏!"

손서명의 말에 자존심이 상한 옥군영은 손서명을 향해 달려들며 외쳤다. 이에 옥군영의 호위무사들과 시비들도 적의인들에게 달려들었다.

촤르르릉!

차창!

채채챙!

순식간에 병장기 부딪치는 소리가 숲을 가득 메웠다. 검과 검이 부딪칠 때마다 불통이 튀며 양측은 서로를 향해 무섭게 공격해 대었다. 그렇게 매섭게 퍼붓던 빗줄기도 이 순간만큼은 긴장했는지 가늘어져 있었다.

"합!"

기합 소리와 함께 옥군영이 검을 아래에서 위로 올려 그었다. 특이한 옥군영의 순간적인 발검에 손서명은 매우 흥미롭다는 표정을 지으며 뒤로 두 걸음 물러서 옥군영이 펼치는 검술을 살폈다.

"찻!"

쐐애액!

강력한 발검에 옥군영의 검은 그 힘을 이기지 못하고 허공으로 치솟았다. 이를 지켜보던 손서명은 비릿한 웃음을 지으며 옥군영에게 다가섰다.

"흥! 계집, 소문과는 영 실력이……."

혈의인은 다음으로 이어지는 옥군영의 초식에 크게 놀라며 급히 뒤로 물러섰다.

"선풍천격(禪風天擊)!"

옥군영의 신형이 핑그르르 한 바퀴 돌았다. 그리고 허공으로 치솟던 검이 거대한 기세로 혈의중년인을 향해 맹렬히 달려들었다.

쇄아악!

급작스런 옥군영의 검의 변화에 혈의중년인은 급히 검을 들어 방어했으나 옥군영의 검을 막기에는 너무 늦었다. 그리고 방심한 대가치고는 너무 큰 부상을 입고 말았다.

"컥!"

손서명의 가슴에는 어느새 긴 검상이 나 있었다. 상처에서 붉은 피가 흘러나왔다. 하지만 손서명은 가슴의 상처를 지혈할 생각은 하지 않고 옥군영을 죽일 듯이 노려보았다.

"흥, 실력도 없는 주제에 날 잡아가겠다고? 보아하니 날 잡으려면 십 년이 지나도 힘들 것 같은데 당신이 나에게 곱게 잡히는 것이 어떤가? 그럼 당신의 수하들을 살려줄 수도 있는데……."

조금 전 손서명이 말한 것을 옥군영이 고스란히 돌려주었다. 이에 손서명은 얼굴에 노기를 띠며 달려들었다. 그러자 손서명의 가슴에서 흘러나오던 피가 옥군영에게 튀었다. 옥군영은 손서명의 피를 피하기 위해 뒤로 물러섰다가 손서명이 펼치는 장법에 그만 뒤로 밀리고 말았다.

휘익!

손서명의 형체가 보이지 않는 장이 옥군영의 왼쪽 귀를 스치고 지나갔다.

"앗!"

깜짝 놀란 옥군영이 급히 손서명과 거리를 벌리고 자신의 귀를 만졌다. 그녀의 귀고리를 한 귓불이 찢어진 것이 느껴졌다. 이에 옥군영은 손서명과는 비교가 되지 않을 정도로 매서운 살기를 흘리며 노려보기 시작했다.

옥군영과의 거리가 생기자 손서명은 즉시 가슴의 상처를 지혈했다. 한순간의 방심으로 상처를 입은 것에 화가 났지만 예상외로 옥군영의 실력이 뛰어나자 손서명의 얼굴이 절로 찡그려졌다. 자신이 전력을 다한다면 옥군영을 제압할 수도 있겠지만 그렇게 되면 시간이 필요하기에 한순간 방심한 것이 너무도 후회되었다.

옥군영과 손서명의 시선이 허공에서 부딪쳤다. 서로 죽일 듯이 노려보고 있었지만 표독한 옥군영의 표정에 손서명은 잠시 흠칫하지 않을 수 없었다. 그러나 손서명은 옥군영의 왼손에 들려 있는 귀고리를 보고는 비릿한 웃음을 흘렸다.

"이번에는 조심해야 할 것이다! 계집 너의 얼굴을 보기 흉하게 만들어 버릴 작정이니!"

"흥, 그전에 너의 못난 그 얼굴에 한 번 더 칼질을 해줘야겠구나!"

"호~ 계집치고는 입이 상당히 걸구나! 네 서방도 네년의 입이 이토록 더러운 걸 알고 있을지 궁금하구나."

"남의 가정사에 그토록 관심을 가지는 것을 보니 네놈은 사내도 아니구나!"

"뭣이? 이 계집이!"

손서명은 옥군영의 마지막 말에 화를 내며 옥군영을 향해 달려들었다.

팟!

손서명의 신형이 흐려지더니 옥군영의 왼쪽으로 나타났다. 갑자기 자신의 왼쪽에 나타난 손서명을 본 옥군영은 놀라 황급히 검을 그었다. 하지만 이내 손서명의 신형이 사라지더니 다시 손서명의 일장이 옥군영의 얼굴로 날아왔다. 당황한 옥군영은 급히 뒤로 물러섬과 동시에 가까스로 왼팔을 들어 손서명의 장력을 막았다.

퍽!

"아앗!"

손서명의 장력에 격중된 옥군영의 왼팔에 칼에 베인 것과 같은 상처가 났다. 이어 옥군영의 미끈한 팔에 흉측한 상처가 생기더니 붉은 혈사(血蛇)가 지나가듯 상처에서 피가 흐르기 시작했다.

"이익!"

옥군영은 상처를 입은 자신의 왼팔을 살피더니 노기 띤 얼굴로 손서명을 노려보았다.

"악!"

"으악!"

"컥!"

옥군영이 부상당한 몸으로 손서명의 얼굴을 노려보고만 있자 옥군영의 호위무사들과 시비들은 옥군영의 안위가 걱정돼 잠시 주춤거렸다. 이에 가까스로 균형을 이루고 있던 형세가 적의인들 쪽으로 기울기 시작했다. 그리고 이 기회를 놓치지 않고 적의인들은 재빠르게 공격해 들어와 옥군영의 호위무사들과 시비들을 하나둘씩 쓰러져 갔다. 갑작스런 상황의 변화에 옥군영은 당황해 어쩔 줄 몰라 했다.

"흥, 계집! 이쯤에서 항복하시지. 더 계속하다가는 네년의 수하들은 하나도 살아남지 못할 것이다!"

쇠를 긁는 듯한 목소리가 손서명의 입에서 흘러나왔다. 손서명의 목소리에 옥군영은 얼굴을 찡그리며 상처를 입고 쓰러져 있는 그녀의 시비들을 살펴보았다. 그리고 그런 시비들을 음흉한 눈으로 보고 있는 적의인들을 본 옥군영은 발끈해 그대로 적의인들에게 달려들었다.

"혈선표!"

신형을 날리며 옥군영은 검을 버렸다. 그리고 그녀의 독문암기인 혈선표를 뿌리기 시작했다. 전혀 예상치 못한 옥군영의 공격에 이번에는 조금 전과 반대로 적의인들이 혈선표에 맞아 목숨을 잃어갔다. 이에 대경한 손서명은 급히 옥군영을 막아섰다. 하지만 옥군영이 매섭게 던져 대는 혈선표 때문에 가까이 접근할 수가 없었다.

"망할! 계집년!"

옥군영이 손을 한번 떨칠 때마다 자신의 수하들이 하나씩 쓰러지는 것을 본 손서명은 발을 구르며 노성을 질렀다. 그러나 그런 손서명의 행동과는 상관없이 그의 부하들은 하나둘씩 줄어들 뿐이었다.

손서명은 재차 옥군영을 공격하기 위해 다가섰다. 하지만 옥군영에게 근접하기도 전에 혈선표의 공격으로 다시 주춤 물러서지 않을 수 없었다.

"갈!"

미꾸라지처럼 적의인들 사이를 누비며 수하들을 쓰러뜨리는 옥군영의 모습에 화가 난 손서명은 옥군영이 자신을 피해 수하들을 공격하는 것처럼 쓰러져 있는 옥군영의 시비들과 호위무사들을 향해 공격하기 시작했다.

"악!"

"컥!"

갑자기 들려오는 시비들의 비명 소리에 옥군영은 적의인들을 공격하는 것을 그만두고 비명이 들리는 곳을 돌아보았다. 손서명이 부상당해 쓰러져 있는 자신의 시비들을 잔인하게 죽이고 있는 것을 본 옥군영의 얼굴은 노기로 인해 시뻘겋게 변했다.

"내 네놈을 죽이지 않으면 사람이 아니다!"

쉬익!

옥군영의 혈선표가 손서명에게로 쇄도했다. 쓰러져 있던 옥군영의 시비들을 공격하고 있던 손서명은 갑자기 등 뒤에서 들려오는 암기 소리에 황급히 물러섰다. 그러나 옥군영의 세 개의 혈선표 중 하나가 손서명의 어깨를 스치고 지나갔다.

"윽!"

옥군영은 자신의 시중을 들던 시비들이 처참하게 죽어 있는 것을 보고는 분노로 눈물을 흘렸다. 그러나 곧 눈물을 훔치고는 손서명을 쏘아보았다.

"그러게 내가 뭐라고 그랬나, 계집! 쯧쯧쯧… 진작 항복했으면 그런 일은 없을 것 아니냐?"

손서명은 옥군영의 행동을 지켜보며 빈정거렸다. 하지만 옥군영은 손서명의 말에 아무런 말도 하지 않고 오른손을 가슴 속으로 가져갔다.

"호~ 실력으로 안 되니 이번에는 나를 유혹해 보겠다는 심산인가?"

손서명의 말에 발끈한 옥군영은 손서명에게 달려들며 가슴 속에 집어넣었던 오른손을 손서명을 향해 떨쳤다.

촤촤촤!

붉은 다섯 개의 혈선표가 손서명의 전신으로 날아갔다. 그러나 손서명은 혈선표를 보며 코웃음 쳤다. 그리고는 유령 같은 신법으로 혈선표를 피해 허공으로 치솟았다. 그러나 이미 그런 손서명의 행동을 예상하고 있던 옥군영은 즉시 허공으로 그녀의 남은 혈선표를 모두 던졌다.

"혈선망(血旋網)!"

순간 붉은 그물이 비가 내리는 어두운 하늘을 모두 가두듯 펼쳐졌다. 처음 옥군영이 하나씩 던지던 혈선표와는 비교가 되지 않는 혈선표의 숫자에 손서명은 허공에 떠 있는 상태로는 막아낼 재간이 없었다. 이에 손서명은 그의 사부인 적혈자 목취산의 독문병기인 귀적편을 꺼내 옥군영의 쏟아지는 혈선표들을 막아냈다.

휘리릭!

창! 창! 창!

옥군영이 펼친 혈선표와 손서명의 귀적편으로 인해 검은 하늘이 순간적으로 붉은 혈선을 그리며 갈라졌다.

그러나 손서명은 옥군영이 전력을 다해 펼친 혈선표들을 모두 피할 수 없었기에 바닥으로 내려서며 나직한 침음을 흘렸다. 그리고 자신의 가슴과 왼팔에 박혀 있는 옥군영의 혈선표를 노려보았다.

"음……."

다행히 가슴에 박힌 혈선표는 심장에서 조금 벗어나 있었다. 그러나 왼팔의 혈선표는 요혈에 박혀 당분간 왼팔을 쓰기는 힘들 것 같았다.

"대단하군, 계집. 과연 혈선자라는 명호가 틀리지 않는군."

"헉헉! 네, 네놈에게 치, 칭찬을 들은 이유가 어, 없다."

옥군영은 전력을 다해 펼친 혈선표들로도 손서명에게 치명적인 상처를 입히지 못했다. 오히려 옥군영은 진기를 과하게 소진해 거친 숨을 몰아쉬고 있었다.

"방금 펼친 것이 한계인 것 같은데 이만 포기하시지?"

"헉헉! 어림없다!"

자꾸만 주저앉으려는 몸을 추스르며 옥군영은 손서명의 장에 맞아 상처를 입은 왼손을 축 늘인 채 힘겹게 말했다.

"계집, 너의 의기가 여타의 사내들보다 뛰어남을 인정하겠다마는 거기까지가 너의 한계다. 더 이상 나에게 대적한다면 이번에는 정말로 너뿐 아니라 너의 수하들 모두를 이곳에 뼈를 묻게 만들어 버릴 것이다."

손서명의 말에 옥군영은 주춤하며 자신의 뒤에 선 두 명의 시비와 네 명의 호위무사들을 돌아보았다. 그러나 그녀와 시선이 마주친 시비와 호위무사들은 전혀 흔들림이 없었다. 지금 이들의 행동이 옥군영은 너무나 부담스러웠다. 자신만 항복하면 이들 여섯은 살 수 있을 것이고 또 자신의 능력으로는 눈앞에 선 손서명을 당할 수 없기에 그만 항복하고 싶었다. 하지만 자신이 인질로 잡히면 자신의 남편이자 용문방의 방주인 장양충은 제대로 대항도 하지 못할 것을 알기에 항복도 할 수 없었다. 옥군영은 이러지도 저러지도 못하고 한숨을 내쉬었다.

"휴……."

"사모님, 저희는 사모님의 뜻에 따를 것입니다. 하지만 적들에게 항복하는 것만은 말아주십시오."

자신들의 안위 때문에 주저하는 옥군영의 심정을 읽었는지 호위무사들 중 하나가 한숨을 쉬는 옥군영을 향해 말했다.

"고맙구나. 하지만……."

"얏!"

옥군영의 말이 끝나기도 전에 옥군영을 힘겹게 부축하고 있던 시비 하나가 손서명을 향해 달려들었다. 이에 크게 놀란 옥군영은 다급히 이름을 부르며 시비의 행동을 저지하려 했다. 하지만 너무도 지쳐 버린 옥군영이었기에 시비의 행동을 저지하기에는 너무 늦었다.

"소영아!"

퍽!

"악!"

손서명의 장력을 고스란히 몸으로 받은 시비는 사 장이 넘게 날아갔다. 그러자 옥군영과 시비, 호위무사들은 비명을 지르며 날아가는 시비의 모습을 차마 지켜볼 수 없어 시선을 돌리고 말았다. 그러나 옥군영 등과는 달리 손서명과 적의인들은 그런 시비의 모습에는 아무런 관심이 없는지 오로지 옥군영만을 노려보고 있었다.

잠시 침묵이 흘렀다. 그런데 시간이 지나도 손서명에게 장력을 격중당한 시비가 바닥에 떨어지는 소리가 들리지 않았다. 이에 이상하게 여긴 옥군영뿐 아니라 손서명도 시비가 날아갔던 방향을 살폈다. 뜻밖에도 그곳에선 승후가 시비를 안고 상세를 살피고 있었다. 그런 승후의 옆으로는 우문후가 부상당한 옥군영과 풍림장의 무사들을 바라보고 있었다.

"우문 대주!"

"우문 대주님!"

옥군영과 호위무사들의 입에서 동시에 외침이 나왔다. 사지에서 구원의 빛을 발견한 것처럼 사람들은 우문후의 출현에 반가워했다. 그런 그들의 반김에 우문후 역시도 밝은 얼굴로 옥군영에게 다가갔다.

"죄송합니다, 사모님. 제가 조금 늦었습니다."

"아니네. 자네가 와준 것만으로도 마음이 놓인다네. 그래, 방주님은 어디에 계신가?"

"아마도 지금쯤 적의 주력과 조우했을 것입니다."

"그런데 자네는 어떻게 여기에⋯⋯?"

"그야 당연한 것 아니겠소. 이미 우문 대주는 우리에게 포섭되었기 때문이지."

손서명이 우문후의 출현에 옥군영보다 더 반가워하며 우문후를 향해 다가갔다.

촤락!

우문후는 자신을 향해 다가오는 손서명을 향해 검을 펼쳤다. 갑작스런 우문후의 공격에 당황한 손서명은 급히 뒤로 물러섰다. 그러나 우문후의 공격이 너무도 빨랐기에 옥군영의 혈선표에 당했던 가슴 쪽에 또다시 상처를 입고 말았다.

"윽! 이게 무슨 짓인가, 우문후?"

"죄송합니다, 사모님."

"죄송하다니……?"

우문후의 갑작스런 사과에 영문을 모르겠다는 듯이 옥군영이 우문후를 쳐다보았다.

"네놈은 또다시 배신할 참이냐? 평소에 네놈이 마음에 들지 않더니만… 네놈의 행동에 책임을 져야 할 것이다! 그리고 네놈의 여자는 더 이상 살아갈 수 없을 것이다!"

흥분한 손서명은 우문후를 향해 소리쳤다. 손서명의 말에서 어느 정도 사실을 알아차린 옥군영은 무겁게 머리를 끄덕이며 앞에서 머리를 숙이고 있는 우문후를 바라보았다.

"교영은……?"

"죄송합니다."

"안됐구나……."

그 말을 끝으로 옥군영과 우문후 사이에 잠시 침묵이 흘렀다. 우문후는 옥군영의 앞에 묵묵히 머리를 숙인 채 서 있었다. 그러기를 한참여, 누군가 우문후의 어깨를 다독였다. 우문후는 자신의 어깨를 다독이는 손의 주인공을 찾기 위해 시선을 들었다. 옥군영이 연민이 가득 담긴 눈으로 우문후의 어깨를 다독이고 있었다. 순간 우문후는 가슴속에서 왈칵 치밀어 오르는 것이 있었다. 그리고 두 눈시울이 붉어지며 굵은 눈물이 떨어졌다. 그런 우문후를 옥군영은 말없이 끌어당겨 가슴에 안았다. 자신의 키보다 훨씬 큰 우문후였지만 작은 키의 옥군영에게 안겨 흐느끼고 있는 우문후의 모습이 전혀 어색해 보이지 않았다.

"그래… 모두 교영 때문이겠지……."

"……."

우문후는 옥군영의 말에 아무런 대답도 하지 못하고 흐느끼기 시작했다. 자신을 신임하던 장양충을 배신한 것에 대한 사죄의 눈물인지 방을 배신하면서까지 살리려 했던 교영의 죽음이 임박한 안타까움 때문인지……. 시간이 갈수록 우문후의 흐느낌은 더욱 격렬해졌다.

"도저히 못 봐주겠군. 마치 한 편의 경극을 보는 것 같군 그래. 사랑하는 여인을 위해 방을 배신하고 그 방의 주인은 그런 사내의 마음을 알고 용서하는… 상당히 많은 관중에게 인기를 끌겠군 그래. 그럼 난 악역인 셈인가?"

옥군영과 우문후의 행동을 보며 손서명이 예의 고저가 없는 목소리로 옥군영과 우문후의 행동을 비꼬기 시작했다.

"배신자 하나가 돌아섰다고 해서 달라지는 일은 없다. 단지 시간이 조금 더 걸릴……."

퍼버벅!

"크악!"

갑작스런 공격에 손서명은 고통에 찬 비명을 질렀다. 하지만 그것은 손서명이 질러야 할 비명의 시작일 뿐이었다.

퍼벅! 픽! 퍼버버벅!

승후가 손서명에게 부상당한 시비를 안은 채 손서명의 온몸을 구타하기 시작한 것이다. 그럴 때마다 손서명은 비명을 질러대며 승후의 공격에서 벗어나려고 발버둥 쳤다.

"으악! 컥!"

철썩!

승후는 비명을 지르며 뒤로 물러서는 손서명의 뺨을 후려쳤다. 그러자 손서명의 몸 어딘가에서 뼈가 부서지는 소리가 들렸다.

빠각!

쿵!

승후에게 뺨을 얻어맞은 손서명은 얼굴을 감싼 채 이 장을 날아갔다. 그리고는 온몸에 경련을 일으키며 움찔거렸다.

한순간에 일어난 믿을 수 없는 사실에 모두들 황당한 눈으로 승후를 바라보았다.

갑자기 주위의 시선이 닿자 승후는 잠시 얼굴을 붉히고는 이내 굳은 얼굴을 하고 옥군영과 우문후에게로 다가왔다.

"여기 이 소저는 상태가 아주 중합니다. 제가 응급 처치를 했지만 앞으로 무공을 사용하기는 힘들 것 같습니다. 하지만 요양만 잘 하면 생명에는 크게 지장이 없을 겁니다."

승후가 옥군영에게 자신이 안고 있는 시비를 넘기려고 했다. 하지만 곧 부상당한 옥군영의 왼팔과 상세를 살핀 승후는 그것을 포기하고 옥군영의 뒤에 서 있던 두 명의 시비에게 조심스럽게 넘겼다.

"가, 감사합니다, 공자님."

승후에게서 부상당한 시비를 안아 든 다른 시비 하나가 눈물을 흘리며 승후에게 인사했다. 눈물로 범벅된 아직 어려 보이는 시비의 어깨를 다독여 준 승후는 다시 바닥에 쓰러져 꿈틀거리고 있는 손서명에게로 다가갔다. 그런데 손서명에게 다가가는 도중 너무도 처참하게 죽어 있는 두 시비의 모습을 본 승후의 안색이 순간 험악하게 일그러졌다. 이에 움찔한 적의인들은 자신도 모르게 뒤로 한 걸음 물러섰다. 적의인들은 눈앞의 승후가 극도로 분노하고 있다는 것을 온몸으로 느낄 수 있었다.

"너희들이 한 짓이냐?"

북풍의 한설보다 차가운 승후의 음성이 적의인들을 향했다. 승후의 말을 들은 적의인들은 본능적으로 손서명에게로 시선을 돌렸다. 이를 눈치 챈 승후가 손서명에게로 한 걸음씩 다가갔다. 승후가 말없이 자신들 속으로 들어섰음에도 적의인들은 승후에게 공격할 생각을 못했다. 조금 전 자신들이 속해 있는 귀명당의 당주인 손서명을 삼복에 개 패듯 하는 모습을 보았기 때문이다. 그리고 승후에게서 뿜어져 나오는 기도에 접근하는 것은 위험하다고 그들의 몸이 반응하고 있었다.

"서, 서랏!"

주저앉은 채 뒷걸음질치며 손서명은 자신에게 다가오는 승후를 향해 말했다. 그러나 손서명의 외침은 자신의 바람일 뿐 승후의 발걸음을 멈추게 하지는 못했다. 손서명의 수하들인 적의인들 또한 승후를 막을 엄두를 내지 못했다.

"뭐, 뭣들 하느냐! 어서 저자를 막아라!"

손서명의 명령에 적의인들은 움찔했다. 그러나 누구 하나 먼저 승후를 공격하려 하지 않았다.

"나의 명령에 불복할 셈이냐!"

그러나 이어 들려온 손서명의 말에 적의인들은 어쩔 수 없이 승후를 공격하기 시작했다.

적의인들이 속해 있는 흑천회는 철저한 상명하복(上命下服)의 단체였다. 우두머리의 명령을 어기면 자신의 목숨은 물론 그들의 가족들까지도 살아남지 못했다. 그야말로 자신의 상관이 자신은 물론 가족의 생사여탈권까지 쥐고 있었던 것이다.

"합!"

적의인들이 일제히 승후에게 공격하기 시작했다. 그러나 승후는 자신에게 이십여 명이 넘는 인원이 동시에 공격하는데도 전혀 흔들림이 없었다. 그리고 적의인들의 병장기가 승후의 신형을 베어옴에도 승후는 손서명에게로 가는 발걸음을 멈추지 않았다. 적의인들의 검이 승후의 신형에 막 닿으려는 찰나 승후는 신법과 연환장법을 동시에 펼치기 시작했다.

우르릉!

연환장법이 펼쳐지자 예의 천둥소리가 울렸다. 그리고 때마침 하늘의 빗줄기가 굵어지면서 번개가 쳤다.

번쩍!

마치 승후의 장력이 번개를 몰고 온 것처럼 보였다. 승후의 장력이 한번 떨쳐질 때마다 어김없이 번개가 검은 하늘을 가르며 그때마다 적의인들이 승후의 장력에 맞아 쓰러졌다.

일각도 지나지 않아 모든 적의인들이 바닥으로 널브러졌다. 이런 적의인들의 모습을 본 손서명은 경악하여 더욱 빠르게 뒷걸음질쳤다. 손서명의 행동을 끝까지 지켜보고 있던 승후는 손서명을 향해 달려갔다.

빠각! 뚝!

"카아악!"

손서명을 향해 달려간 승후는 곧장 손서명의 옆구리를 걷어찼다. 그러자 뼈가 부서지는 소름 끼치는 소리가 들렸다. 손서명은 그런 고통을 온몸으로 느껴야 했다. 너무도 생생하게 자신의 갈비뼈와 척추뼈가 부러지는 것을 느낀 손서명은 연신 비명을 질렀다. 그러나 여전히 삶에 대한 집착이 남았는지 힘겹게 기어가며 승후를 피하려 했다. 그런 손서명의 모습을 본 승후는 더욱 화가 났다. 다른 사람들의 목숨은 벌레같이 취급하면서 정작 자신의 생에는 이토록 지저분하게 집착하는 손서명의 행동이 역겹게 느껴졌던 것이다. 이에 또 한 번 손서명이라는 인간에 대해 분노한 승후는 옆에 떨어져 있던 검을 들어 손서명의 목을 향해 내려쳤다. 그때,

"공자, 잠시만……."

옥군영의 다급한 음성에 승후는 손서명을 향해 내려치던 검을 멈추고 옥군영을 돌아보았다.

"그만 보내주세요. 그런 자의 피가 공자의 검에 묻기 시작하면 공자도 그자와 크게 다를 바 없어요."

자신을 걱정하는 옥군영의 말에 승후는 문득 미래에 계신 부모님의 얼굴이 떠올랐다. 그리고 옥군영의 근심 가득한 얼굴을 대하는 순간 검을 잡은 손에서 힘이 빠졌다.

챙강!

승후의 손에서 검이 바닥으로 떨어졌다. 승후의 시야에 자신을 피해 꿈뜰꿈틀 기어 겨우 도망하는 손서명의 모습이 보였다.

퍽!

승후는 도망가는 손서명을 붙잡아 그의 단전을 파괴했다. 앞으로 다

시는 악행을 저지르지 못하게 방지한 것이었다. 순간 손서명의 두 눈이 더 이상 커질 수 없이 치떠졌다. 원망과 분노가 복잡하게 어울러진 손서명의 시선에서 승후는 또 한 번 인간의 추악한 심성을 보아야 했다. 그러나 승후의 싸늘한 시선을 접한 손서명은 조금 전 지옥과 같은 기억이 떠올랐다. 승후에 대한 분노는 어디에 갔는지 손서명은 승후에게 벗어나기 위해서 필사적으로 버둥거렸다. 그런 손서명의 행동에 얼굴을 찌푸린 승후는 손서명을 놓아주며 말했다.

"앞으로 다시는 악행을 저지르지 못할 것이다. 그리고 네가 벌레 취급한 사람들과 똑같은 삶을 살아가며 너에게 당한 사람들의 심정이 어떠했는지를 한번 겪어봐라."

승후의 손에서 벗어나자마자 손서명은 승후의 말에 뒤도 돌아보지 않고 기어가기 시작했다. 이런 손서명의 모습에 승후는 한숨을 내쉴 수밖에 없었다. 그리고 자신을 지켜보고 있는 옥군영과 우문후가 있는 곳으로 걸어갔다.

"잘하셨어요, 공자."

옥군영이 승후가 다가오자 대견하다는 듯 말했다. 그런 옥군영의 말에 승후는 얼굴을 붉히며 뒷머리를 긁적였다.

"부인 덕분입니다. 깨우쳐 주서서 감사합니다."

옥군영은 자신 앞에서 쑥스러워하는 승후를 보며 얼굴에 미소를 지었다. 마치 막내 동생처럼 여겨지는 순진한 청년이라는 생각이 들자 괜히 골려주고 싶은 생각이 드는 옥군영이었다.

"공자……."

그러나 옥군영의 말보다 승후의 말이 더 빨랐다.

"아니, 상처가 심하지 않습니까?"

"앗!"

승후가 급히 옥군영의 왼팔을 잡아 들자 옥군영은 그동안 잊고 있던 통증에 비명을 질렀다. 옥군영의 비명에 승후는 옥군영의 상처를 자세히 살피기 시작했다. 그리고 아직도 옥군영의 왼팔에서 흘러나오는 붉은 피를 보며 인상을 썼다.

"조심하셔야지요. 그리고 상처를 입었으면 그 즉시 지혈을 하셨어야지 이토록 상처를 방치했다가 덧나기라도 하면 어쩌시려고 그럽니까?"

옥군영의 무신경함을 책하며 승후는 옥군영의 대답은 듣지도 않고 상처 입은 팔의 혈도를 짚어 지혈하기 시작했다. 그리고 품속에서 금창약을 꺼내 상처에 바르고 소매를 찢어 상처를 감쌌다.

"아~ 하세요."

갑작스런 승후의 말에 영문을 몰라 의아해하며 옥군영은 승후를 따라 입을 벌렸다.

"아~"

그런 옥군영의 입속으로 승후는 내상약을 넣었다. 자신의 의지와는 상관없이 내상약을 삼킨 옥군영은 처음 접하는 승후의 치료법에 황당해했다.

"조금만 더 늦었으면 큰일 날 뻔했습니다. 앞으로는 주의하세요. 그리고 팔에는 작은 흉터가 남을 겁니다."

상처를 입은 사람은 옥군영이었는데 그 상처를 치료한 승후가 오히려 옥군영의 부주의에 화를 냈다.

"예, 앞으로 조심하지요."

안색을 굳힌 승후의 말에 옥군영은 자신도 모르게 대답했다. 하지만 승후의 행동에 기분이 나쁘거나 하지는 않았다. 승후의 행동에서 막내 동생이 큰누나를 걱정하는 것과 같은 정이 느껴졌기 때문이다.

"호호호! 고마워요, 공자."

옥군영은 무엇이 그리 즐거운지 승후의 얼굴을 보며 웃기 시작했다.

갑작스런 옥군영의 웃음에 승후는 우문후를 보며 눈빛으로 그 이유를 물었다. 하지만 우문후 역시 옥군영이 갑작스레 웃는 이유를 몰랐기에 고개를 갸우뚱거렸다.

"그런데 공자는 여기 우문 대주와는 어떤 사이인가요?"

"예, 사실은……."

"친굽니다."

우문후가 대답하기도 전에 승후가 옥군영의 말에 대답했다. 승후의 말을 들은 옥군영은 머리를 끄덕이며 자세히 승후의 얼굴을 살폈다. 옥군영의 시선이 얼굴에 한참 동안 머물러 있자 승후는 얼굴을 붉히며 옥군영의 시선을 피했다. 그런 승후의 행동을 보며 옥군영은 또다시 얼굴에 미소를 지었다.

"공자는 무공이 상당히 뛰어난 것 같던데 어느 문파의 제자인지 알 수 있을까요?"

"예? 예, 뇌문이라고 알려지지 않은 일 인 전승문의 제자입니다."

"그래요? 그런데 의술도 아주 뛰어난 것 같군요."

"그다지 뛰어나다고는 할 수 없습니다. 이론만 익혔기에 직접 환자를 치료한 적은 손을 꼽을 정도입니다."

"그래도 대단하군요. 난 사실 나의 시비가 저기 쓰러져 있는 혈의인의 장력에 맞아 날아갈 때는 안타까웠지만 목숨을 포기했었는데… 오히려 공자께서는 그런 시비를 살려내다니… 대단하다고밖에 할 말이 없군요."

옥군영의 말을 들은 승후의 얼굴이 다시 붉어졌다. 이번에는 옥군영의 칭찬에 부끄러워서가 아니라 조금 전 손서명이 잔혹하게 시비들을 죽인 것이 생각난 때문이었다. 이런 승후의 변화를 눈치 챈 옥군영은 더욱 잔잔한 미소를 지었다. 지금 옥군영이 살고 있는 시대는 남녀 차별이 아주 심했다. 그리고 일반 사회에 비해 강호에서는 그 차별이 조금 덜했지만 그래도 남녀의 차별은 여전히 존재하고 있었다. 또 이 시대의 대다수 남자들은 여자들을 자신의 소유물 정도로 생각하기에 한낱 시비의 목숨조차도 귀하게 여기는 승후의 행동은 지금까지 한 번도 보지 못해 옥군영은 이런 승후가 더욱 마음에 들었다.

"사모님, 저와 승 소협은 방주님이 계신 곳으로 달려갈 생각입니다. 사모님께서는 방으로 먼저 돌아가시지요."

옥군영이 승후를 보며 즐거운 미소를 지은 채 생각에 빠져 있자 우문후가 옥군영의 상념을 깨우며 말했다.

"그게 무슨 말인가, 우문 대주? 방 내의 일인데 내가 어찌 모른 척한단 말인가?"

"지금 사모님께서는 상처를 입고 계시지 않습니까? 그리고 내상도 있는 듯한데……."

"괜찮네. 승 공자가 건네준 내상약도 있고 하니 곧 나아질 테고 뭐, 위험하면 여기 승 공자가 지켜줄 것 같은데?"

옥군영이 미소하며 승후를 쳐다보았다. 옥군영의 말을 들은 승후는 머리를 끄덕이며 옥군영의 말에 대답했다.

"예, 함께 가시죠. 부군께서 방을 위해 고생하고 계신데 무공을 익힌 부인께서 그런 부군을 돕지 않는다면 누가 돕겠습니까? 그리고 제가 최대한 안전을 지켜 드릴 테니 함께 가시도록 하죠."

승후의 시원한 대답에 옥군영은 미소하며 우문후를 돌아보았다.

"자, 그럼 가볼까?"

"예."

옥군영과 승후의 뜻에 밀려 우문후는 할 수 없이 장양충이 있는 곳으로 신형을 날렸다. 그리고 그 뒤를 옥군영과 승후가 이었다.

쐐아악!

차창!

챙! 챙!

잠시 주춤하던 빗줄기가 이내 굵어졌다. 그리고 장양충과 유백청 일행은 흑천회의 주력과 조우하자마자 혼전을 거듭했다. 수적으로는 거의 대등했지만 각 세가의 가주들이 돕고 있는 용문방 쪽이 유리하게 전개되었다.

창!

"어떻게 된 건가?"

유백청의 공격을 막으며 목취산이 그의 수하에게 책하듯 물었다.

목취산은 용문방주와 용문방을 돕는 뜻밖의 조력자들의 출현에 당황했다. 그로서는 각 세가 가주들의 출현이 너무도 뜻밖이었던 것이다. 그가 알기로 용문방주인 장양충은 타 문파와 그다지 교류가 없었

다. 게다가 용문방과 풍림장은 유소경의 납치 건으로 충돌이 있었음에
도 풍림장의 장주인 유백청이 장양충을 돕고 있는 사실이 믿어지지 않
았다.

촤락!

"윽!"

순간 유백청의 무위를 가볍게 본 목취산은 어깨에 상처를 입고 말았
다. 유백청이 무공을 익혔을 것이라고 예상은 했지만 무당의 제자일
줄은 생각지 못했던 것이다. 게다가 지금 유백청이 펼치는 검법은 무
당에서도 몇 익히지 않은 양의검법이었기에 목취산의 놀라움은 더욱
컸다.

'도대체 어디부터 잘못된 거야?'

유백청에게 상처를 입은 어깨를 감싸며 목취산은 뒤로 물러섰다. 그
리고 지금 전개되고 있는 혼전을 살폈다. 목취산과 두 명의 장로가 용
문방에 침투해 장악한 백야대는 세가의 가주들에 의해 일방적으로 밀
리고 있었다. 그리고 자신이 속해 있는 흑천회의 승혈당 무사들 또한
매화검법을 펼치고 있는 문일상에 의해 계속해서 쓰러지고 있었다. 그
뿐 아니라 승혈당의 당주인 오독부 태영경은 장양충에게 연신 밀리고
있었다. 태영경이 잇달아 절초를 펼쳤음에도 장양충을 막기에는 힘들
어 보였다. 다만 목취산이 소주라 칭한 흑의청년만이 마일기와 마평
부자의 연수 공격에도 우위를 차지하고 있을 뿐이었다. 그리고 그 역
시도 유백청과의 대결에서 우위를 차지하지 못하고 있었다.

"금침도겁(金針渡怯)!"

유백청이 자신과 거리를 벌리고 주위를 두리번거리는 목취산의 빈

틈을 향해 양의검법의 절초를 펼쳤다. 날카로운 유백청의 검에 목취산은 신법을 이용해 아슬하게 피했다. 하지만 도망치듯 피하는 목취산의 신법을 쫓아 유백청의 검이 목취산의 뒤를 빠르게 쫓았다.

"초벽단운(草璧斷雲)!"

"음차양착(陰差陽錯)!"

쇄애액! 촤라락!

연이은 유백청의 검의 변화에 손발이 어지러워진 목취산은 오른쪽 가슴이 유백청의 검에 관통당했다. 그 순간 그는 오른손에 들고 있던 흑편을 유백청에게 내던졌다.

목취산이 병기를 던지자 당황한 유백청은 뒤로 물러섰다. 그러면서 목취산의 가슴에 꽂혀 있던 검을 뽑아내자 검붉은 피가 사방으로 퍼졌다.

푸악!

그때 목취산의 부상을 본 흑의청년이 자신을 연수 공격하던 마일기 부자를 떨치고는 목취산을 향해 신형을 움직였다.

"풍뢰횡격(風雷橫擊)!"

유백청은 강력한 칼바람이 뒤에서 불어오자 목취산의 몸에서 거둔 검의 방향을 바꾸어 자신에게 날아오는 흑의청년의 검을 막았다.

창!

검이 부딪치며 불똥이 튀었다. 그러나 전력을 다해 펼친 흑의청년의 검에 유백청은 가벼운 내상을 입으며 뒤로 물러서야 했다.

목구멍에서 비릿한 것이 치밀어 올라왔지만 유백청은 그것을 그대로 삼켜 버렸다. 그리고 유백청은 자신을 기습한 적이 젊은 청년이라는 것에 크게 놀랐다. 겨우 약관의 나이로 보였기 때문이다. 그럼에도 일순간 자신이 밀렸다는 것이 도무지 믿기지 않았다. 승후만큼이나 자신을 놀라게 한 젊은 고수의 출현에 유백청은 세월의 무상함마저 느껴졌다.

"허… 세월이 벌써 이렇게 흘렀나?"

나직한 유백청의 목소리는 곧 들려오는 태영경의 힘찬 목소리에 묻혔다.

"천지유하(天地流河)!"

장양충과 대결하고 있던 오독부 태영경이 그의 절초를 연속으로 펼치기 시작했다.

"낙일분설(落日芬雪)! 월하풍파(月河風波)! 영풍산림(榮風山林)!"

연이은 절초들이 장양충을 향해 파고들었다. 그러나 상대는 강호의 양대 문파인 소림과 무당의 장문인들과 비교해도 손색이 없는, 아니, 어쩌면 그보다 더 실력이 뛰어날지도 모르는 철대협 장양충이었다.

"철혈무적변(鐵血武敵變)!"

장양충의 철혈검법이 펼쳐졌다. 모두 백여덟 가지의 변화를 가지는 패도적인 검법이었다. 그리고 한번 펼쳐지면 반드시 상대를 제압한다는 무적의 검법이었다.

처음 태영경은 도끼라는 강호인들이 잘 사용하지 않는 무기로 장양충과의 대결에서 어느 정도의 형세를 유지할 수 있었다. 하지만 시간이 지날수록 그가 지닌 무기의 이점을 살리지 못했다. 그것은 장양충의 무공이 그가 생각했던 것보다 최소한 두 단계 이상은 뛰어난 때문이었다. 그리고 지금 장양충의 독문검법이 펼쳐지자 점점 수세에 몰리기 시작했다.

장양충의 철혈검법의 일변식이 거의 끝나갈 무렵이었다. 그 순간 태영경은 자신의 성명절기인 오독부를 장양충을 향해 힘껏 내던지고는 급히 뒤로 물러섰다.

쨍!

쐐액!

태영경의 오독부와 장양충의 검이 부딪쳤다. 그러나 장양충의 검은 태영경의 도끼를 튕겨내고는 뒤로 도망가는 태영경의 허리를 찔러갔다.

푸욱!

자신을 집요하게 노리는 장양충의 검을 떨쳐 내기 위해 태영경은 신법에 변화를 주었다. 결국 장양충의 검은 처음 노린 태영경의 허리가 아닌 엉덩이에 깊숙이 박히고 말았다.

"으가각!"

경박한 비명을 지르며 태영경은 장양충의 검에서 급히 벗어났다. 하지만 엉덩이의 상처가 제법 깊어 뒤뚱거리며 목취산이 쓰러져 있는 곳으로 걸어갔다. 사람들은 비대한 태영경이 뒤뚱거리며 걷는 모습에 실소를 흘렸다. 그 모습이 마치 살찐 돼지의 뒷모습 같았기 때문이다.

"목 장로, 괜찮소?"

흑의청년이 목취산을 부축하며 상세를 살폈다. 목취산은 흑의청년의 물음에는 대답하지 않고 자신의 가슴에 상처를 안긴 유백청을 노려보았다.

유백청은 자신을 노려보는 목취산의 시선을 담담히 받아넘겼다.

"제법이군. 아무리 내가 방심했다고는 하지만. 옥명의 제자인가?"

목취산은 조금 전 유백청이 펼친 양의검법을 생각해 내고는 유백청을 향해 물었다. 목취산의 입에서 갑자기 스승의 존함이 흘러나오자 유백청은 잠시 당황하다 이내 싸늘히 노려보았다. 그의 스승이 무당의 옥명진인인 것은 지금까지 아무도 알지 못했기에 단번에 자신의 사문 내력을 알아보는 목취산에 대해 잔뜩 경계심이 인 것이다.

"그렇게 볼 것 없다. 예전에 옥명과도 한번 겨루어본 적이 있다. 그때도 내가 패했는데… 그 제자에게 다시 패하다니…….'"

목취산은 스승과 제자에게 모두 패하게 되자 그동안 자신이 쌓아 올린 명성이 일순간에 무너지는 것을 느꼈다.

"목 선배께서는 어떻게 흑도의 무리들과 함께하는 거요?"

그동안 목취산과 유백청을 지켜보던 소진걸이 목취산을 향해 걸어나오며 물었다.

"흥! 개방의 냄새 나는 거지에게 그런 이유를 말할 까닭은 없다!"

"글쎄요, 여기 있는 후배들은 적혈자 선배가 무슨 이유로 용문방에 침투한 적들과 함께하고 있는지 그 이유를 무척이나 궁금해할 것 같습니다만…….'"

"네, 네놈이!"

목취산은 자신의 신분을 밝혀 버린 소진걸에게 화를 냈다. 지금 이 자리에 모인 이들 중 목취산의 신분을 아는 이는 거의 없었다. 개중에는 자신을 의심하는 사람도 한둘은 있겠지만 소진걸이 끼어들기 전에는 아무도 목취산의 명호조차도 몰랐다. 그는 이미 사십여 년 전에 잊혀진 인물이었기 때문이다.

"적혈자!"

뒤늦게 사람들은 소진걸의 말에 적혈자라는 명호를 기억해 냈다. 그는 오십 년 전 약관의 나이로 강호에 출도해 수많은 무인들과 비무를 했었다. 적혈자라는 명호를 얻게 된 이유는 목취산이 즐겨 입는 옷이 붉은색이었고 또 비무 때마다 상대방이 과다한 피를 흘리며 죽어 나갔기에 무림인들이 그를 꺼리며 적혈자라 부른 데서 기인했다. 그러던 그가 사십 년 전에 홀연히 사라졌다. 그런데 뜻하지 않은 곳에서 용문방과의 일에 얽혀 다시 나타나게 된 것이다. 적혈자 목취산이 사람들을 함부로 죽이거나 하지는 않았지만 그의 명호가 가지는 무게 때문에 이번의 사태를 쉽게 생각할 수 없었다. 적혈자까지 용문방의 일에 관여하게 되었음을 알게 된 일행의 안색은 더욱 무거워졌다.

"목 선배, 선배가 정사지간의 인물로 사람들이 꺼려했던 일은 있었지만 흑도에 몸담고 있을 줄은 몰랐습니다."

"흥! 누가 흑도라는 것이냐?"

"그럼 용문방의 주인이 버젓이 살아 있음에도 강호 제일의 방파인 용문방을 삼키려는 목 선배의 의도를 우리보고 좋게 보란 말씀입니까?"

"네놈들이 나를 흑도로 보든 마교로 보든 상관없다! 나는 나의 뜻과 나의 길을 가면 될 뿐!"

단오한 목취산의 말에 소진걸은 얼굴을 찡그렸다.

"하!"

"그게 무슨 말씀이시오? 용문방의 방주는 엄연히 본인이거늘 어찌 목 선배가 집어삼키려 한단 말이오?"

소진걸과 목취산의 대화를 지켜보고 있던 장양충이 화가 난 목소리로 소진걸의 앞으로 나서며 말했다.

"흥, 네놈은 방주 자격도 없다. 네놈이 믿고 맡긴 수하들 중 반수가 이미 나에게 포섭되었다. 이것이 무엇을 의미하는지 모른단 말이냐? 이것은 네놈이 방주로서의 자격뿐 아니라 자질이 없다는 말이 아니겠느냐? 그런 용문방을 내가 접수해 강호를 위해 쓰겠다는데 오히려 기뻐해야 할 일이 아니냐?"

"닥치시오! 분명 당신이 나의 수하들을 제압한 것은 정당하지 못한 방법이 당연할 터, 난 당신의 그런 말을 들을 필요가 없소! 아니, 당신으로 인해 방 내의 많은 젊은 인재들이 목숨을 잃었으니 그 책임을 물어야겠소!"

"호, 그래? 자신이라도 있단 말이냐? 내 비록 지금은 상처를 입고 있지만 이것은 어디까지나 방심해 당한 것이다!"

"선배라는 사람이 패배를 시인할 줄 모르다니 후배들이 보는 앞에서 부끄럽지도 않소?"

"뭐, 뭣이!"

장양충의 말에 대노한 목취산이 흑편을 들고 장양충을 향해 달려들었다. 하지만 흑의청년의 제지로 목취산은 뜻을 이루지 못했다.

"소주, 어째서 날 막는 것이오? 설마 소주도 내가 저 장가 놈에게 패할 것이라 믿는 것이오?"

그동안 늘 자신을 챙겨주며 공대하던 목취산이 화난 얼굴로 말하자 흑의청년은 잠시 당황했다. 하지만 곧 목취산을 향해 조용히 말을 이었다.

"아니오. 누구보다도 목 장로의 실력을 잘 알고 있는 나인데 그럴리가 있겠소. 다만 지금 입은 상처가 가볍지 않으니 후일 겨루어도 늦지 않는다는 말을 하고 싶을 뿐이오."

"그렇지만……."

"됐습니다. 제가 한번 상대해 보죠."

"예? 소주께서?"

"왜요? 걱정되십니까?"

"아, 아닙니다. 하지만 소주의 실력이 드러나면……."

"괜찮습니다. 어차피 이번 용문방의 일은 틀어진 것 같으니 그 빛이라도 받아내야 하지 않겠습니까?"

목취산에게 말한 후 흑의청년은 싸늘한 얼굴로 장양충과 각 세가의 가주들을 노려보았다.

"철대협이라는 명호만큼 실력이 있는지 모르겠소이다."

흑의청년이 장양충의 앞으로 나서며 싸늘한 음성으로 말했다.

"뭐라? 젊은 놈이 간이 배 밖으로 나왔구나. 가진 실력이 조금 있다고 낄 자리와 그렇지 못할 자리조차도 구별하지 못하다니… 쯧쯧쯧, 네놈의 아비가 누군지 참으로 한심스럽구나."

장양충이 흑의청년의 말에 대꾸하며 그의 아버지를 걸고넘어지자 흑의청년의 얼굴이 더욱 싸늘히 굳어갔다.

"실력이 있는지 없는지는 검을 섞어봐야 알겠지. 찻!"

말을 마치기가 무섭게 흑의청년이 장양충을 향해 공격해 들어왔다. 이것을 신호로 흑천회의 무리들이 용문방의 무사들을 향해 공격하기 시작했다. 다시금 혼전이 시작되었다.

"풍뢰횡격!"

흑의청년의 검이 횡으로 장양충을 베어왔다. 장양충은 거대한 바람을 일으키는 칼날을 유유히 피하며 그의 독문검법인 철혈검법을 펼쳤다.

"제일변식!"

장양충의 검이 스물일곱 번의 변식을 일으키며 흑의청년의 칼날을 뚫고 쇄도해 갔다. 이에 잠시 당황한 흑의청년은 뒤로 물러서며 장양충의 연속 공격에 대항해 자신의 절초를 펼쳤다.

"풍뢰하발(風雷下發)! 풍뢰격파(風雷擊破)! 풍뢰훈벽(風雷暈壁)!"

연이어 삼 초가 펼쳐졌다. 무서운 바람의 장벽이 장양충을 집어삼키는 듯했다. 그러나 대적 경험이 많은 장양충은 처음 접하는 흑의청년의 초식에도 결코 주저하지 않았다.

"합! 철혈무적변!"

예의 장양충의 철혈검법이 펼쳐졌다.

사락!

차차창!

장양충의 검이 흑의청년의 바람 같은 칼날을 베었다. 그러자 곧 검과 검이 부딪치는 소리가 들렸다.

"윽!"

내력에서 밀린 흑의청년이 나직한 신음을 흘리며 뒤로 물러섰다. 흑의청년으로서는 장양충을 대적하기에는 아무래도 아직은 손색이 있었던 것이다.

"소주!"

흑의청년이 장양충의 검에 신음하는 것을 본 목취산이 대경해 흑의청년에게 다가섰다. 그러나 흑의청년의 제지에 목취산은 상처를 감싼 채 어정쩡하게 서고 말았다.

"괜찮습니다, 목 장로."

목취산을 향해 말은 그렇게 했지만 흑의청년의 얼굴은 그렇게 밝지 못했다. 흑의청년은 입술을 깨물며 검을 잡은 손에 힘을 주었다.

"찻!"

다시 흑의청년의 바람 같은 칼날이 장양충을 향해 쇄도했다. 그러나 조금 전과 전혀 다를 바가 없는 흑의청년의 초식은 장양충에게 어떤 위협도 주지 못했다.

콰르릉!

갑자기 흑의청년의 검에서 굉음이 들려왔다. 이에 놀란 장양충은 철혈검법을 극성으로 펼쳤다. 하지만 한순간의 방심으로 장양충은 검법을 모두 펼치지 못했다.

"음……."

"쿨럭."

장양충은 뒤로 한 걸음 물러섰고 흑의청년은 다섯 걸음이나 물러섰다. 이번의 대결로 흑의청년과 장양충과의 실력 차는 확연해졌다. 그리고 흑의청년의 전력을 다한 공격에도 장양충은 나직한 신음만 흘릴 뿐이었고 흑의청년은 입으로 붉은 피를 토해내고 있었다.

"소주!"

흑의청년은 장양충으로부터 받은 일격으로 정신을 잃었다. 그러자 흑의청년의 부상으로 흑천회 무리들의 사기는 급속히 떨어졌다. 게다가 흑천회의 수뇌부마저 흑의청년의 상처를 살피기 위해 혼전 중에 몸을 빼버리자 목숨을 잃는 흑천회 무사들의 수는 급속히 늘어났다.

"악!"

"컥!"

그러나 지금 흑천회 수뇌부들의 눈에는 수하들의 죽음이 눈에 들어오지 않았다. 지금 그들의 머리 속에는 오로지 소주인 흑의청년의 안위에 대한 염려만이 가득했다. 그러는 와중에도 용문방의 무사들과 장양충을 돕기 위해 온 세가 가주들의 일방적인 살육은 계속되었다.

"멈추어라!"

웅혼한 음성이 장내에 들려온 뒤 흑천회의 수뇌부가 모여 있는 곳으로 한 명의 중년인이 내려섰다. 중년인을 본 흑천회의 수뇌부들은 머리를 조아리며 급히 예를 취했다.

"회주님을 뵈옵니다!"

"일어들 나시오."

"감사합니다."

중년인은 부상당해 쓰러져 있는 흑의청년과 그런 흑의청년을 부축하고 있는 목취산을 보며 얼굴을 찌푸렸다. 이런 중년인의 모습을 발견했는지 목취산과 승혈당의 당주 태영경이 머리를 조아리며 사죄했다.

"죄송합니다, 회주님. 저희들의 부주의로⋯⋯."

"되었네, 태 당주."

"⋯⋯."

그는 태영경의 말을 중간에 끊으며 쓰러져 의식을 잃고 있는 흑의청년에게로 다가섰다. 그리고는 흑의청년을 진맥하였다.

"쯧쯧쯧, 그렇게 경거망동하지 말라 일렀거늘……. 목 장로와 태 당주도 부상이 있는 것 같으니 이곳은 나에게 맡기고 본 회로 돌아가시오."

"예? 하지만 회주님, 눈앞의 이들만……."

"그 몸으로 이들을 어찌할 수 있다고 생각하는 겁니까, 목 장로?"

나직하지만 단호한 중년인의 음성에 목취산은 머리를 푹 숙였다.

"내 목 장로의 노고를 누구보다 잘 압니다. 하지만 용문방의 일로 목 장로를 잃을 수는 없소이다."

중년인의 말을 들은 목취산은 더욱 얼굴을 들지 못했다.

"귀하는 누구시오?"

장양충이 이들이 하는 양을 보며 중년인을 향해 물었다.

"……."

중년인은 자신에게 말을 건 장양충을 한동안 말없이 살폈다.

"당신이 용문방주요?"

자신의 물음에는 대답하지 않고 오히려 장양충 자신에게 물어오는 중년인의 행동에 장양충은 이마를 찡그리며 대답했다.

"그렇소. 귀하는 누구시오?"

"나는 흑천회의 회주인 종문학이라 하오."

뜻밖에도 중년인이 자신의 신분을 밝혀오자 장양충과 그 일행은 당황했다. 장양충은 비록 자신을 흑천회의 회주라 밝힌 종문학에게 신분을 물었지만 크게 기대하지는 않았다. 그것은 적혈자 목취산 등이 용문방을 자신들의 손아귀에 넣기 위해 해온 지금까지의 행동을 미루어 그들이 결코 신분을 알리지 않을 것이라고 생각했기 때문이다.

"대단한 자신감이오."

"글쎄……."

"당신 혼자서 우리 모두를 어찌할 수 있다고 생각하는 모양이오만 그것은……."

"누가 혼자라고 했소?"

"뭐……."

장양충이 종문학의 말에 반문하기도 전에 종문학의 뒤로 혈의를 입은 두 명의 인영이 나타나 종문학에게 읍했다.

"마혈당(魔血堂)의 당주 군백진(君白診)이 회주님을 뵈옵니다!"

"봉시당(鳳矢堂)의 당주 차유인(車柔靭)이 회주님을 뵈옵니다!"

두 당주의 출현과 함께 장양충 등을 둘러싸며 이백여 명의 적의인들이 나타났다. 그리고 그중 반수는 피보다 붉은 혈시를 가지고 있었다.

갑작스런 적의인들의 등장에 장양충은 당황했다. 적의인들 중 혈시를 든 적의인을 본 장양충의 얼굴은 더욱 굳어졌다.

"이만하면 당신들을 능히 제압할 수 있다고 생각하오만……."

"큼……."

종문학의 호언에 장양충과 세가의 가주들은 얼굴을 굳혔다. 단지 적의 인원이 많아서가 아니라 활을 든 적의인들이 백여 명이나 되는 것에 당황했기 때문이다.

"휴……."

장양충은 자신의 뒤에 있는 세가의 가주들을 살폈다. 자신이야 용문방의 방주이니 이곳에서 죽더라도 상관없었지만 자신을 돕기 위해 온 세가의 가주들이 여기에서 목숨을 잃게 된다면 그들의 장원들은 설립 기반마저 흔들리게 될 것이 뻔했기 때문이다. 그래서 장양충은 이들 세가의 가주들만이라도 이곳에서 무사히 빠져나갈 수 있도록 하고 싶었다. 그런 장양충의 마음을 알았음인지 세가의 가주들은 굳은 얼굴로 장양충을 바라보았다.

"장 방주님, 우리에게도 숨겨놓은 전력이 있다는 것을 잊지 마십시오."

문일상의 말에 장양충은 의아한 눈으로 문일상을 바라보았다. 장양충의 시선을 받은 문일상은 그의 뒤를 향해 고개짓했다. 이에 장양충도 문일상의 뒤를 살폈다. 그러나 처음과 다른 점은 하나도 없었다. 개방의 소 장로와 악양제일장의 미무진, 황산 마가장의 마일기 부자, 패도 팽대악 등 자신을 돕기 위해 온 세가의 가주들뿐이었던 것이다. 서문혜경이 구원군이라도 이끌고 이곳으로 오고 있는지 귀를 귀울였으나 다른 움직임은 전혀 없었다. 이에 더욱 의아한 장양충은 다시 한 번 문일상을 쳐다보았다. 문일상은 장양충과 시선이 부딪치자 걱정하지 말라는 눈빛을 보내며 자신의 가슴을 두드렸다.

'허… 무슨 일인지……. 자신을 너무 과신하는 것은 아닌지……."

장양충은 뜻 모를 문일상의 행동에 어이가 없었다. 문득 문일상의 자신감 넘치는 행동에 풍림장에서의 승후가 떠올랐다.

장양충은 다시 문일상의 뒤를 살펴보았다. 다시 살펴도 문일상이 확신할 만한 점이 보이지 않았다. 그때 장양충의 귓가로 익숙한 목소리가 들려왔다. 이제야 장양충은 문일상의 걱정 말라는 말이 어느 정도 이해가 되었다. 하지만 아무리 그들의 무공이 뛰어나다 하더라도 백여 명이 쏘는 화살을 모두 막기에는 불가능했다. 이에 장양충은 잠시 안색이 밝아졌지만 이내 곧 안색이 어두워졌다.

"용문방에서 숨겨놓은 마지막 수가 무엇인지 궁금하기는 하지만 그렇다고 백 명이나 되는 우리 봉시당의 화살을 모두 막을 수 있다고는 생각되지 않소이다, 장 방주."

"……."

종문학의 말에 장양충은 얼굴을 굳히며 종문학에게 아무런 대꾸도 하지 않았다.

"이만 항복하는 게 어떻소?"

"항복이라……. 그것은 조금 더 지켜봐야 할 일 아니겠습니까?"

문일상이 장양충의 앞으로 나서며 종문학을 보며 말했다. 이때 갑자기 적의인들 중 활을 든 봉시당의 인물들이 하나씩 주저앉기 시작했다.

털썩! 털썩!

갑작스런 봉시당원들의 행동에 종문학은 물론 봉시당의 당주인 차유인도 당황했다.

"어찌 된 일이냐?"

차유인의 일갈에도 봉시당의 옆에 서 있는 마혈당 당원들은 그 영문을 몰랐다. 그리고 갈수록 쓰러지는 봉시당 당원들의 숫자가 늘어나자 종문학은 급히 활을 쏠 것을 명령했다.

"쏴라!"

종문학의 외침에 봉시당 당원들은 용문방의 무사들과 장양충, 그리고 세가의 가주들에게 화살을 쏘았다. 하지만 백여 명의 봉시당 당원

중 제대로 활을 쏜 당원은 스무 명도 되지 않았다.

휘익!

"윽!"

몇몇 무공이 약한 용문방의 무사들이 흑천회의 봉시당이 쏜 화살에 맞기는 했지만 이십여 발 정도의 화살로는 장양충과 세가의 가주들 모두를 공격하기에는 어림도 없었다.

지금 자신의 눈앞에서 벌어지고 있는 일들을 보고 있는 종문학은 어이가 없었다. 영문도 모른 채 봉시당의 당원들이 하나씩 쓰러져 겨우 스무 명만이 화살을 쏘았기 때문이다. 게다가 지금도 봉시당의 당원들은 계속 쓰러지고 있었다.

털썩!

보다 못한 종문학이 일갈했다.

"누군지 쥐새끼처럼 숨어 있지 말고 모습을 보여라!"

그러나 노한 종문학의 성난 외침에도 불구하고 봉시당의 당원들은 계속 쓰러져 갔다. 결국 봉시당의 당주인 차유인이 지금 막 쓰러지고 있는 봉시당 당원을 향해 신형을 날렸다. 그러나 차유인은 자신의 눈앞에서 싸늘히 식어가는 수하의 시신을 살피고는 당황했다. 시신의 어디에서도 상처를 찾아볼 수가 없기 때문이었다.

털썩!

차유인이 숨진 수하를 붙잡고 있을 때 마지막 하나 남은 봉시당 당원마저 쓰러졌다. 백여 명이나 되던 봉시당 당원들이 활 한번 제대로 쏘아보지 못하고 전멸당한 것이었다. 이 믿을 수 없는 상황에 차유인은 망연자실했다. 그러나 뜻하지 않은 봉시당의 전멸에 장양충을 비롯한 용문방 일행과 세가의 가주들은 기쁘기 그지없었다. 꼼짝없이 목숨을 잃을 것이라 생각했는데 구명의 빛줄기가 보이는 듯했기 때문이다.

사사삭!

봉시당 당원들이 쓰러진 곳에서 두 명의 인영이 풀숲을 헤치며 걸어나왔다. 그러자 장양충은 갑자기 나타난 두 명 중 한 사람을 발견하고는 크게 기뻐하며 급히 달려갔다.

"영 매!"

두 명의 인영은 우문후와 장양충의 부인인 옥군영이었다. 옥군영과 우문후의 뒤로 승후와 옥군영의 호위무사들이 흑천회와 용문방이 대치하고 있는 곳으로 들어섰다. 우문후와 승후의 등장에 용문방도를 비롯한 세가의 가주들은 그들을 크게 반겼다.

"승후야, 조금 늦었구나."

문일상이 승후를 보고 웃으며 반겼다. 승후는 그런 문일상의 얼굴을 보며 마주 웃었다.

"영 매, 괜찮소?"

장양충은 흑천회와 대치 중인 것을 잊었는지 옥군영의 옆에서 연신 그녀의 상처를 살피며 그동안의 안위와 궁금한 점을 물었다. 처음 장양충의 물음에 옥군영은 웃으며 대답했지만 시간이 지날수록 장양충의 팔불출 같은 행동에 그만 얼굴을 붉혔다.

"사, 상공, 그만 하세요. 사람들이 지켜보잖아요."

옥군영이 얼굴을 붉힌 채 기어들어 가는 목소리로 말했다.

"응? 사람들?"

옥군영의 말에 장양충은 주위를 살폈다. 그리고 주위의 모든 시선이 자신을 향해 있는 것을 보고는 얼굴을 붉히며 멋쩍은 듯 헛기침을 했다.

"험, 험."

이런 장양충의 어색함을 해결해 주듯 문일상이 종문학을 향해 서며 말했다.

"당신이 준비한 것 중 하나가 이미 쓸모없게 됐습니다."

종문학은 잠시 전의 상황을 기억해 내고는 문일상과 승후 등을 노려보았다.

"험, 험, 이보시오!"

아직도 주위의 시선에 어색한 듯 장양충이 헛기침을 하며 옥군영에게서 떨어졌다. 순간 종문학의 눈이 먹이를 노리는 매의 눈처럼 매섭게 빛났다. 그러더니 순간 장양충을 향해 신형을 날리는 것이었다. 갑작스런 종문학의 공격에 당황한 장양충은 검을 뺄 들 사이도 없이 황급히 장을 들어 막아갔다.

쉬익!

그러나 장양충의 장은 애꿎은 허공만 가를 뿐이었다. 이에 장양충은 급히 종문학의 신형을 눈으로 쫓았다. 그리고는 곧 종문학이 옥군영을 공격하려는 것을 알아차리고는 놀라 종문학의 뒤를 쫓았다.

종문학의 목표는 처음부터 장양충이 아니라 장양충의 뒤에 서 있던 옥군영이었던 것이다. 종문학은 수하들의 보고를 통해 장양충이 그의 아내를 지극히 사랑한다는 것을 알았고 옥군영을 위해서라면 그가 평생을 바쳐 이룩한 용문방도 포기할 수 있다는 보고를 받았던 것이다. 그리고 그러한 사실을 조금 전 눈앞에서 확인했기에 옥군영을 제압하기 위해 신형을 날린 것이었다.

"펑!

장과 장이 부딪치며 커다란 소리가 들렸다.

"크흠……."

"우웩!"

장력이 부딪치는 소리가 끝나기가 무섭게 한 사람의 입에서는 침음성이 흘러나왔고 또 한 사람의 입에서는 고통에 찬 구역질이 토해졌다. 놀랍게도 승후가 두 사람의 앞을 가로막고 서 있었다. 사람들은 순식간에 일어난 이 상황에 크게 놀랐다.

종문학은 옥군영에게서 이 장이나 물러서 침음을 삼켰다. 그리고 자신을 막아선 승후를 죽일 듯이 노려보았다. 그러나 옥군영을 막아선 승후는 구역질을 하며 들끓는 기혈을 힘겹게 다스리고 있었기에 종문학의 눈빛을 읽을 수 없었다.

그때 헛구역질을 해대는 승후의 등을 두드리며 옥군영이 걱정스레 물었다.

"괜찮나요, 승 공자?"

"우웩! 예? 예……."

어렵게 대답은 했지만 승후의 구역질은 쉽게 멈출 것 같지 않았다. 아무래도 이번 한 번의 겨룸으로 내상을 입은 것 같았다.

사실 승후와 종문학의 겨룸에서 승후는 많은 손해를 봐야 했다. 그것은 갑작스런 종문학의 기습에 미처 대처하지 못했고 또 종문학의 장과 부딪칠 때 그 반동을 이용해 뒤로 물러섰으면 지금처럼 이렇게 큰 내상을 입지는 않았을 것이나 그러지 못했기 때문이다. 만약 승후가 내상을 피하기 위해 뒤로 물러섰더라면 승후는 옥군영과 상당히 멀어지게 되었을 것이고 그렇게 되면 종문학의 다음 공격에 옥군영이 무방비로 노출되어 위험에 처할 수도 있는 상황이었는지라 무리하게 버틴 것이었다.

이러한 사실을 잘 아는 옥군영은 더욱 승후에게 미안했다.

"승 공자……."

"하하, 괜찮습니다. 이제 다… 읍… 나았습니다."

이마의 식은땀을 닦으며 승후는 옥군영에게 말했다.

"젊은 나이에 제법 성취를 이뤘군."

종문학은 기혈을 다스리고 있는 승후를 쏘아보며 냉랭히 말했다.

"쳇, 조금 실력이 있다고 마치 하수 대하듯 하는구만. 이보세요, 당신의 능력이 얼마나 뛰어난지는 몰라도 그런 말은 승부가 명확히 나고 난 뒤에 해도 늦지 않을 것 같습니다만……."

승후가 코웃음 치며 씹어뱉듯 종문학을 향해 말했다.

"광오한 놈이로군. 네놈이 나를 대적할 수 있다고 생각하는 것이냐?"

"허참, 망할 영감탱이 같으니라구. 당신이 나보다 더 광오하다 생각지 않소? 방금 전의 일격이 내 실력의 전부라 생각하고 있다면 분명히 아니라고 말해 주고 싶소만."

승후의 말이 점점 거칠어지자 흑천회 무사들의 얼굴이 일그러졌다. 그들은 금방이라도 검을 빼어 들고 승후를 공격할 태세였다.

"갈! 네놈은 입이 무척이나 걸구나!"

"이보세요, 오는 말이 그 따위인데 가는 말이 고울 리 있겠소? 먼저 남을 무시해 놓고 어찌 좋은 말을 들으려 한단 말이오? 허참, 나이도 먹을 만큼 먹은 양반이 하는 행동이라고는……."

승후의 이죽거림에 종문학의 눈썹이 역팔자를 그렸다. 그러나 곧 얼굴을 펴며 승후를 보며 냉랭히 말했다.

"그래, 네놈은 네놈이 가지고 있는 내력을 믿고 그토록 건방진 것 같다만 겨우 삼 갑자가 조금 넘는 내력으로는 나에게 어림도 없다. 뭐, 젊은 나이에 그만큼 내력을 쌓았다는 것은 칭찬해 주고 싶다만 그렇다고 이곳에서 살아 나갈 생각은 말아라!"

종문학의 말에 승후는 움찔했다. 그리고 종문학의 말을 들은 장양충과 세가의 가주들을 비롯한 흑천회의 무리들 모두가 놀랐다. 승후의 모습을 아무리 살펴도 서른 전으로 보였다. 그럼에도 삼 갑자에 달하는 내공을 쌓았다니 그들로서는 선뜻 믿을 수 없었던 것이다. 삼 갑자의 내력이라면 무당이나 소림과 같은 대문파에도 그 숫자가 그리 많지 않았기에 놀란 눈으로 승후를 바라보았다. 사람들은 승후와 종문학의 얼굴을 번갈아 보며 누군가의 입에서 좀 더 자세한 설명이 나오기를 기대했다.

"흠… 대충 댁의 추측이 맞다고 칩시다. 하지만 무공의 우위는 단순히 내력이 많고 적음으로 판별되는 것이 아니라는 것쯤은 당신도 잘 알 텐데요?"

"물론 그렇지. 하지만 확연한 내력의 차이라면 이야기가 달라지지 않겠나?"

"호~ 그래요? 그럼 어디 증명해 보시구랴."

"뭐라? 네놈이 아주 죽고 싶어 작정을 했구나!"

계속해서 승후가 자신을 도발하자 종문학은 참았던 화를 터뜨리고 말았다. 그러나 자신이 이곳에 온 목적을 상기한 종문학은 힘겹게 마음을 가라앉히며 승후에게 말했다.

"네놈 정도는 내가 나서지 않아도 처리할 수 있다. 차 당주!"

"예, 회주님."

그동안 종문학과 승후의 대화를 지켜보고 있던 봉시당의 당주인 차유인이 종문학의 부름에 대답했다.

"자네가 저 광오한 놈을 처리하게."

"예, 회주님."

종문학의 말을 들은 차유인은 즉시 승후를 향해 덮쳐 갔다. 하지만 승후는 차유인의 공세를 피하며 종문학을 계속 도발했다.

"쳇, 자신없으면 없다고 사내답게 이야기할 것이지 애꿎은 수하의 목숨을 버리려 하다니, 그리고도 당신이 한 단체의 수장이라고 할 수 있소?"

명백한 승후의 도발임에도 종문학은 이마만 찡그릴 뿐 승후에게 그 어떤 대꾸도 하지 않았다.

"태 당주와 목 장로는 명아를 데리고 이곳에서 벗어나게. 그리고 전투가 가능한 모든 흑천회의 무사들은 적들을 공격하라!"

말을 마친 종문학은 장양충을 향해 달려들었다. 이런 종문학의 행동을 시작으로 흑천회와 용문방의 혼전이 다시 시작되었다.

차차창!

"윽!"

"컥!"

쐐액!

"커억!"

요란한 병장기 부딪치는 소리와 함께 곳곳에서 목숨을 잃는 자들의 비명 소리가 온 숲을 뒤덮었다. 수적인 열세로 용문방도들은 계속 목숨을 잃어갔다.

"합!"

차유인은 승후를 향해 공격을 퍼붓고 있었다. 하지만 승후는 차유인의 공격을 유유히 피하며 혼전이 벌어지고 있던 장내의 상황을 살폈다. 시간이 지날수록 용문방 무사들의 숫자가 줄어들자 승후는 인상을 찡그렸다. 종문학과 장양충의 대결은 지금까지 누가 우세하다고 꼬집어 말할 수 없었다. 하지만 단시간 내에 승부가 날 것 같지는 않았다. 그리고 세가의 가주들이 펼치는 검은 갈수록 무뎌졌다. 아무래도 풍림장에서 이곳까지 쉬지 않고 달려오느라 쌓인 피로가 이제야 나타나기 시작하는 것 같았다.

그렇다고 용문방 측이 절대적으로 불리한 것만은 아니었다. 우문후는 흑천회의 무사들 사이를 종횡무진 누비며 흑천회의 무사들을 베고 있었고 문일상은 마혈당의 당주인 군백진을 여유롭게 상대하고 있었다. 또 한 켠에서는 부상당한 몸으로 옥군영이 지친 용문방의 무사들을 돕고 있었다.

"얏!"

차유인의 왼손에서 나온 세 가닥 빛줄기가 승후의 얼굴을 노리고 날아들었다. 갑작스런 차유인의 암기에 승후는 신법을 이용해 가볍게 피했다. 그리고 그중 하나의 암기를 손으로 잡아챘다.

팟!

금방이라도 살아 움직일 것 같은 붉은 봉황이 새겨진 혈봉시였다. 손바닥보다 조금 작은, 쉽게 볼 수 없는 독특한 화살이었다.

"혈봉시?"

승후는 자신이 잡아챈 혈봉시를 살펴보고는 차유인을 돌아보았다. 그런데 갑자기 승후는 자신을 쏘아보는 차유인의 시선에서 어떤 여인의 얼굴이 떠올랐다. 그 여인이 누구인지 언뜻 생각나지는 않았지만 지금 자신을 매섭게 노려보며 서 있는 차유인이 남자가 아닐 것이라는 생각이 문득 들었다. 마땅한 이유는 떠오르지 않았지만 갑자기 차유인의 고운 얼굴이 눈에 들어왔던 것이다. 이에 승후는 자신의 호기심을 풀기 위해 차유인을 향해 물었다.

"어이, 여자야?"

승후는 생각과는 전혀 다른 말이 튀어나옴에 당황했다. 승후의 말을 들은 차유인은 더욱 승후를 죽일 듯이 노려보았다.

'저 행동을 보니 진짜 여자군. 그런데 갑자기 왜 그런 말투가… 이크!'

승후의 말을 들은 차유인은 잠시 얼굴을 붉히더니 이내 필사적으로 승후를 향해 혈봉시를 뿌려대기 시작했다. 순간 그 혈봉시 중 하나가 승후의 옆구리를 스치고 지나갔다.

"이봐, 난 단지 여자냐고 물었을 뿐인데 방금 공격은 너무한 게… 허걱!"

승후는 따지듯 차유인을 향해 다가서며 물었다. 하지만 곧 차유인의 암기 공격에 바닥을 굴러야 했다.

"흥! 무인의 수치도 모르는 인간이군."

바닥을 구르며 자신의 혈봉시를 피하는 승후를 향해 차유인이 비꼬았다. 그러나 승후는 그런 차유인의 말에 아무런 대꾸 없이 그저 옷에 묻은 진흙을 털어냈다.

"이봐, 혹시 자신이 여자라는 것에 감정이라도 있는 거야?"

"흥! 누가 여자라고……!"

승후의 말에 차유인은 자신이 여자인 것을 부인했다. 그러나 곧 이어진 승후의 말에 입을 다물고 말았다.

"아니, 넌 여자야. 눈매도 그렇고 가는 턱 선도……. 그리고 몸매도 아주… 험, 아니, 그것은 접어두고서라도 무엇보다 남자라면 두드러져 있어야 할 목젖이 보이지 않는 것을 어떻게 설명할 거야?"

"흥! 한데 내 수하들을 어떻게 한 것이지?"

당장이라도 달려들 것 같은 차유인이 뜻밖의 질문을 해오자 승후는 잠시 멈칫했다. 그러나 곧 미소를 지으며 가슴에 손을 넣었다가 펼쳤다. 갑작스런 승후의 행동에 차유인이 승후에게서 한 걸음 물러났지만 승후는 그런 차유인을 향해 미소를 지을 뿐이었다. 이런 승후의 행동에 차유인의 얼굴이 잠시 붉어졌다.

승후가 펼친 손에는 작은 금 조각들이 가득했다. 그리고 간간이 은 조각들이 보였지만 차유인은 승후가 보인 조각들의 용도를 얼른 이해하지 못했다.

"암기로 쓰일 수 있는 것이 생각보다 많다구."

승후의 말에 차유인은 놀랐다. 꽃잎과 나뭇잎으로 암기로 쓸 수 있다고 하지만 그것은 내공이 정심해야 했고 무엇보다도 그런 것을 암기로 사용하기 위해서는 뼈를 깎는 수련이 필요했다. 그러나 눈앞의 승후는 자신과 비교해 그다지 나이 차가 나 보이지 않았다. 이에 차유인은 승후의 말이 거짓말이라 생각했다.

"흥! 실력이 드러나는 게 싫다고 거짓말을 하다니. 그러고도 사내라고 할 수 있나!"

"내가 언제?"

그러나 승후의 대답에도 차유인은 코웃음을 칠 뿐이었다. 그리고 사나운 눈으로 승후를 향해 검을 빼어 들었다.

"이봐! 난 여자와는 싸우지 않는다고!"

승후는 차유인의 공격을 피해 신형을 움직였다. 그러나 차유인은 집요하게 승후의 뒤를 쫓았다. 결국 승후는 차유인을 피하기 위해 흑천회의 무사들 속으로 달려들었다. 그리고는 여전히 뒤를 쫓는 차유인의 움직임을 막기 위해 흑천회의 무사들을 향해 장력을 펼치기 시작했다.

"이익!"

차유인은 승후가 자신을 피해 흑천회의 무사들을 공격하자 발을 구르며 승후의 뒤를 쫓았다. 하지만 차유인으로서는 승후의 신법을 따를 수 없었다. 차유인은 흑천회의 무사들이 승후의 장력에 하나둘씩 쓰러질 때마다 발을 동동 굴렀다.

우르릉!

황금색 장영이 그려질 때마다 흑의인들의 수는 줄어들었다. 마혈당의 당주인 군백진은 수하들의 죽음에 분노하며 승후를 향해 공격하려

했다. 하지만 군백진을 붙들고 있는 문일상은 그의 매화검법으로 군백
진이 몸을 뺄 수 없게 만들었다.

군백진은 자신의 독문장법인 최심장(催心拿)을 펼쳤음에도 쉽게 문
일상을 떼어낼 수 없었다. 지금까지 강호에 나와 한 번의 패배도 모르
는 그의 최심장이었건만 문일상의 매화검법에는 제 위력을 발휘하지
못했다. 이에 마음이 급해진 군백진의 장법은 더욱더 본래의 날카로움
을 잃어갔다.

"붕박구소(鵬搏九昭)!"

이를 악물고 군백진은 최심장의 절초를 펼쳤다. 순간 군백진의 장영
이 변화를 일으키더니 문일상의 얼굴과 목을 향해 동시에 쇄도했다.
하지만 문일상은 놀라지 않고 검을 좌우로 흔들며 검풍을 일으키며 군
백진을 향해 쇄도해 들어갔다.

"매화토염!"

군백진은 자신의 장이 막히자 다음 장을 펼쳤다.

"암하세!"

순간 흑영이 문일상의 검이 그려내는 화려한 매화를 삼켜갔다. 이를
지켜본 문일상 역시 검의 변화를 일으켰다.

"매개이도!"

"큭!"

결국 문일상의 검에 군백진은 오른쪽 어깨를 깊이 베이고 말았다.
그리고 급히 지혈을 하며 뒤로 물러섰다. 그때 문일상과 군백진의 대
결을 힐끔거리고 있던 승후가 부상당해 물러서는 군백진을 향해 달려
들어 혼혈을 짚어버렸다.

"앗!"

갑작스런 승후의 공격에 군백진은 제대로 반격도 하지 못하고 자리에 털썩 쓰러졌다.

"아저씨! 이 사람 좀 맡아주세요!"

승후는 문일상에게 군백진을 넘기고 다시 흑천회의 무사들 사이를 누비기 시작했다.

휙!

또다시 차유인의 암기가 승후를 향해 날아왔다. 하지만 암기가 도착하기도 전에 승후는 신법을 이용해 피해 버렸다. 그러자 차유인의 암기를 미처 피하지 못한 흑천회의 무사 하나가 암기를 맞고는 바닥으로 쓰러졌다.

"윽!"

"망할!"

자신의 암기에 흑천회의 무사들이 쓰러지는 것을 본 차유인은 더욱 승후를 죽일 듯이 쏘아보았다. 그러나 승후는 그런 차유인의 눈빛에는 전혀 아랑곳하지 않았다. 오히려 차유인을 향해 웃으며 손까지 흔들어 보이는 여유를 보였다.

"이익!"

이에 더욱 화가 난 차유인은 승후를 향해 달려들었다. 그러나 승후는 신법을 이용해 또다시 흑천회 무사들 사이로 숨어버렸다.

"풍뢰횡격!"

종문학의 검에서 칼날처럼 날카로운 검풍이 일었다. 장양충은 조금 전 겨룬 흑의청년과는 비교도 되지 않는 거센 검풍에 잠시 당황했다. 그러나 장양충은 침착하게 종문학의 검풍에 대항해 자신의 독문검법을 펼쳤다.

"철혈무적변!"

장양충의 검에서도 검풍이 일었다. 종문학의 검풍이 날카로움을 가졌다면 장양충의 검풍은 폭풍과도 같았다. 그리고 곧 검풍과 검풍이 부딪치는 소리가 들렸다.

쾅!

갑작스럽게 들린 큰 소리에 혼전 중이던 사람들은 모두 소리가 나는 쪽을 돌아보았다. 그리고 장양충과 종문학이 서로를 향해 검을 겨누고 있는 것을 보았다.

"합! 풍뢰탈수(風雷奪壽)!"

기합과 함께 전력을 다한 종문학의 검이 지금까지와는 전혀 다른 기세로 장양충을 향해 달려들었다. 아마도 종문학은 이번의 공격에 자신의 마지막 비기를 사용하는 듯했다. 이에 장양충 역시 자신의 철혈검법의 마지막 변식을 펼쳤다.

"철혈무적변! 탈혼(奪魂)!"

쿠쿵!

엄청난 굉음과 함께 거센 소용돌이가 둘 사이에서 생겼다가 한참 후에야 사라졌다. 그리고 소용돌이가 걷히며 드러난 상황에 흑천회의 무리들은 환호했고 용문방도들과 세가의 가주들은 안색이 굳어졌다.

종문학은 뒤로 세 걸음이나 물러서 입가에 가는 핏줄기를 흘리고 있었고 장양충은 두 다리가 무려 한 자가 넘게 바닥을 파고들어 있었다.

그런데 종문학과는 달리 장양충의 얼굴은 몹시 창백했다.

"쿨럭!"

결국 장양충은 들끓는 기혈을 다스리지 못해 검붉은 핏덩이를 토해 내며 상체가 뒤로 쓰러지고 말았다. 이를 지켜본 옥군영이 놀라 급히 장양충을 향해 달려갔다.

"상공!"

모두들 종문학의 놀라운 신위에 입을 다물지 못했다. 철대협 장양충이 그들이 보는 앞에서 처음으로 패한 것이다. 그러나 그들은 결코 장양충을 얕볼 수 없었다. 그들 자신이라면 종문학과의 맞대결에서 장양충만큼 버틸 수 있을지 확신이 서지 않았기 때문이다.

종문학은 자신을 놀란 눈으로 바라보는 사람들을 훑어보고는 입가에 미소를 띠며 장양충을 향해 걸어갔다. 그러나 누구 하나 그런 종문학의 발걸음을 막아설 엄두를 내지 못했다. 그때 장양충의 신색이 무거움을 살핀 옥군영이 종문학을 향해 검을 빼어 들었다.

창!

"이잇!"

하지만 종문학에게 달려들기도 전에 옥군영은 자신의 허리를 부드럽게 감싸는 손길에 의해 제지당하고 말았다. 옥군영은 자신을 제지한 승후를 발견하고는 눈물을 흘리며 승후의 품에 안겼다.

"승 공자!"

승후는 자신의 품에 안긴 옥군영의 어깨를 다독이며 종문학을 바라보고는 창백한 안색을 하고 쓰러져 있는 장양충을 향해 걸어갔다. 그리고는 장양충의 맥을 짚기 시작했다. 승후의 이런 행동에 문일상과 유백청이 종문학을 경계했다. 그러나 종문학은 호기심이 가득한 얼굴로 승후를 바라볼 뿐이었다.

"흠……."

"어떤가요, 승 공자?"

"……."

옥군영이 승후의 무거운 안색을 살피며 다급하게 묻자 용문방의 방도들도 승후의 굳은 입이 열리기만을 기다렸다.

파파팟!

승후의 손이 무수한 그림자를 남기며 장양충의 가슴의 혈도를 짚어 갔다. 그리고 승후는 장양충의 몸을 뒤집더니 등을 가볍게 한번 쳤다.

"쿨럭! 쿨럭!"

거친 기침을 하며 장양충이 검은 피를 토해냈다. 그리고는 힘겹게 눈을 떠 자신을 바라보는 사람들을 둘러보았다.

"상공!"

장양충이 깨어나자 옥군영이 장양충을 부르며 안겨들었다.

"휴……."

사람들은 장양충이 의식을 차린 것을 확인하고는 안도의 한숨을 쉬었다. 옥군영은 장양충을 가슴에 안은 채 계속 눈물을 흘렸다.

"이쯤에서 그만 돌아가시는 것이 어떻습니까?"

승후는 장양충이 쓰러져 있는 곳의 너머로 시선을 보내며 종문학에게 물었다. 종문학은 미련이 가득한 눈으로 승후의 시선을 좇았다. 그리고 승후가 제압해 둔 마혈당의 당주 군백진을 보며 씁쓸한 미소를 지었다.

"그냥 이대로 떠나기에는 그동안 용문방에 투입한 인력과 시간이 아깝군."

승후더러 들으라는 것인지 혼잣말인지 모를 말을 하며 종문학은 이제는 평온해진 하늘을 올려다보았다.

"……."

"자네 같으면 이대로 물러설 수 있겠나?"

"글쎄요. 하지만 물러설 때를 확실히 아는 것 또한 우두머리의 자질 중 하나 아니겠습니까?"

승후는 미소지으며 종문학을 향해 말했다. 승후의 말을 들은 종문학은 미미하게 머리를 끄덕였다. 그리고는 다시 한 번 승후를 자세히 살폈다. 벌써 두 번이다. 옥군영을 제압하기 위한 자신의 시도를 벌써 두 번이나 막아선 것이다. 그리고 지금 멀리서 용문방의 지원군이 몰려오는 소리가 들렸기에 무산된 두 번의 기회가 너무 아쉬웠다. 승후의 말대로 지금은 물러서야 할 때였다. 그러나 결코 그냥 물러서고 싶지는 않았다.

"하지만 자네와는 조금 전 못다 겨룬 일장을 마저 겨뤄보고 싶군."

"그것은 저도 바라던 바입니다."

사삭!

종문학과 승후가 거리를 벌리고 대치하고 있을 즈음 숲을 헤치며 일단의 무리들이 나타났다. 승후와 종문학은 이미 그들의 정체를 짐작하고 있었기에 아무도 그곳으로 시선을 돌리지는 않았다.

"방주님! 사모님!"

서문혜경이 연락이 닿은 방주 직속의 호법들과 용문방에 남은 무사들을 이끌고 나타났던 것이다. 그러나 사람들은 서문혜경의 등장보다도 지금 벌어질 승후와 종문학의 대결에 온 신경을 집중하고 있었다.

승후는 자신의 앞에 떨어져 있는 검을 집어 들었다. 누가 떨어뜨렸는지 아주 평범한 검이었다. 승후의 뜻밖의 행동에 종문학은 의아해하며 승후를 향해 물었다.

"검사였던가?"

"그렇습니다. 아직 한 번도 펼쳐 보지는 못했지만."

"호~ 자네의 장법이 제법 뛰어나던데 검법 역시 뛰어날 테지?"

승후의 말에 호기심을 느끼며 종문학이 물었다.

"직접 판단하시죠."

종문학에게 간단히 말한 승후는 검을 들어 기수식을 취했다. 아주 흔하게 볼 수 있는 승후의 검식에 종문학은 조금 의아했다. 하지만 시간이 지나자 처음과는 달리 승후가 든 검에서 뿜어져 나오는 기세는 너무도 패도적이었다. 마치 산악을 허물 듯한 기도에 종문학은 그제야 승후가 자신하는 이유를 알 수 있었다.

"흠……."

종문학은 승후의 검을 매섭게 노려보았다. 그리고 승후의 검에 맺히는 뇌령지기를 느낀 종문학은 갑자기 마음이 불안해지기 시작했다. 자신이 질 것이라는 생각은 들지 않았지만 그렇다고 쉽게 이길 수 있을 것 같다는 생각도 들지 않았던 것이다. 대치한 둘 사이에 무거운 침묵이 흘렀다. 이를 지켜보는 사람들도 긴장한 채 승후와 종문학을 바라보았다.

빠지직!

승후의 검이 그가 주입하는 뇌령지기를 이기지 못하고 금 가는 소리가 들렸다. 이를 알아챈 종문학이 입가에 미소를 띠며 검을 펼쳤다.

"풍뢰탈수(風雷奪收)!"

승후는 종문학이 펼치는 검식을 노려보고는 두 손으로 검의 손잡이를 잡더니 순간 신형을 허공으로 띄웠다.

"뇌전만리(雷電萬里)!"

우르릉!

번쩍!

종문학의 검과 승후의 검에서 똑같이 천둥 소리가 들렸다. 하지만 승후의 검에서는 천둥소리와 함께 세상을 단번에 가를 듯한 강력한 번개가 몰아쳤다.

콰르릉! 콰쾅!

엄청난 굉음이 일어났다. 그러나 사람들은 승후와 종문학의 상태를 바로 살필 수 없었다. 조금 전 승후의 검에서 뻗어 나온 강렬한 빛에 잠시 동안 앞을 볼 수 없었기 때문이다.

"음⋯⋯."

승후와 종문학의 입에서 똑같이 무거운 침음이 흘렀다.

승후와 종문학은 일 장을 사이에 두고 서로 대치하고 있었다. 승후의 얼굴은 조금 전 종문학과 겨룬 장양충과 마찬가지로 창백했다. 그리고 종문학의 가슴은 승후의 검에 격중당했는지 벼락을 맞은 듯 새카맣게 그슬려 있었다. 그리고 승후의 검이 부러지면서 생긴 파편들이 종문학의 온몸에 박혀 있었다. 의도하진 않았지만 뜻밖의 결과로 인해 승후는 종문학과의 대결에서 겨우 대등하게 맞설 수 있었던 것이다.

"큼… 대, 대단하군. 이 정도일 줄이야……."

종문학은 승후를 향해 감탄하며 다시 한 번 놀라워했다. 하지만 승후는 종문학의 말에 아무런 대꾸도 하지 못했다.

"차 당주."

"예, 회주님."

"군 당주를 데리고 오게. 그리고 이곳에서 철수하도록 하지. 자네가 지휘하게."

"예, 회주님."

차유인은 종문학에게 대답하며 승후를 쳐다봤다. 승후를 바라보는 차유인의 눈빛이 빛났다. 그러나 승후는 그런 차유인의 반응을 살필 겨를이 없었다. 내상이 너무 심해 지금이라도 쓰러질 것 같았기에 혼신을 다해 내력을 다스리고 있는 중이었던 것이다.

흑천회의 무리들이 모두 장내를 벗어나는 동안에도 사람들은 아무런 말도 하지 못했다. 그리고 마지막으로 종문학이 수하들의 부축을 뿌리치며 힘겹게 걸어갔다.

"자, 잠깐!"

승후가 힘겹게 입을 열어 종문학을 불러 세웠다. 종문학이 승후를 향해 돌아섰다.

"아… 앞으… 로는 오… 올바른 바… 방법으로… 쿨럭! 제기랄!"

승후는 힘겹게 말을 이어가다 붉은 핏덩이를 토하고 말았다. 종문학과는 달리 승후는 내상으로 인해 제대로 말 한마디 못하는 것에 화가 났다. 그러나 종문학은 승후의 말을 이해했는지 씁쓸한 얼굴로 승후에게 대답했다.

"자네의 충고, 가슴에 새겨두겠네."

그렇게 종문학은 승후의 시선에서 완전히 사라져 갔다.

"제기랄! 쿨럭… 쿨럭… 추… 충고는… 무……."

"승후야!"

승후는 연신 피를 토하며 바닥으로 거칠게 쓰러졌다. 그리고 처음으로 패배한 자신이 한심스럽고 화가 났다. 그래서 누구에게인지 모를 욕설을 해댔다.

승후를 바라보는 사람들은 무언가를 말하려는 듯한 행동에 승후의 입으로 바싹 귀를 가져갔다. 그러나 다행히도 승후의 웅얼거림을 아무도 알아듣지 못했다.

第三章
사랑하는 마음과 인연

흑천회와 용문방의 결전은 일단 용문방의 우세로 끝이 났다. 그러나 승리를 한 용문방도들도, 용문방을 도와 흑천회와 맞선 세가의 가주들도 그렇게 즐거워할 수만은 없었다. 용문방의 피해가 상당했던 것이다. 용문방의 무력 단체인 백야대는 거의 전멸에 가까운 피해를 입었고 또 흑풍대는 흑천회와의 결전에서 단 오십여 명만이 살아남았다. 그리고 용문방의 최고 무력 단체인 적멸대 역시 반수 이상의 당원들을 잃어야 했다. 그러나 무엇보다도 용문방도들과 세가 가주들의 안색을 어둡게 만든 것은 용문방주 장양충을 부상케 한 종문학과 흑천회의 출현이었다. 강력한 무공과 세력을 지닌 그의 등장으로 그동안 평온했던 강호에 피바람이 불지 않을까 하는 걱정이 들었기 때문이다.

장양충은 승후의 응급 처치로 다행히 고비는 넘겼지만 당분간 절대적으로 요양이 필요했기에 앞으로 산적한 용문방의 재건 문제를 해결하는 것이 상당히 어려웠다. 또한 용문방의 수뇌부 중 절반이 넘는 수의 배신 행위에 용문방의 식솔들은 간밤의 결전으로 지친 몸보다도 정신적으로 많이 탈진해 있었다. 그러나 그들의 마음이 어둡기만 한 것은 아니었다. 종문학을 힘겹게 막아선 승후라는 신성이 출현했기 때문이다. 그동안 세가의 가주들은 승후의 신위를 어느 정도 예상은 하고 있었지만 직접 대면한 승후의 신위는 그들이 상상한 것 이상이었던 것이다.

"음……."

승후는 신음을 흘렸다. 그리고 여전히 들끓고 있는 기혈에 얼굴이 창백했다. 누군가 승후가 내상을 입었을 때 승후가 장양충에게 했던 것과 똑같은 방법으로 승후의 내상을 치료해 주었더라면 지금보다 나았겠지만 그러지 못했기에 지금 승후는 가슴이 몹시 답답하고 머리마저 어지러웠다.

"승후야!"

승후가 신음을 흘리며 몸을 움직이려 하자 문일상이 승후를 부축하여 일으켜 앉혔다. 그리고 걱정이 가득 담긴 눈으로 승후를 바라보았다.

"무, 물 좀 주세요."

물을 찾는 승후의 메마른 음성에 문일상은 즉시 찻잔을 들어 승후의 입으로 가져갔다. 입가에 닿는 씁쓸한 맛에 잠시 인상을 썼지만 갈증이 심한 탓에 승후는 조금씩 찻잔의 물을 들이켰다.

"후……."

두 잔의 물을 마신 승후는 깊은 한숨을 쉬며 주위를 두리번거렸다. 승후는 걱정스런 얼굴을 하고 있는 문일상의 얼굴을 볼 수 있었다. 그런 문일상의 걱정을 덜어주기 위해 억지로나마 웃는 모습을 보였다. 하지만 승후가 문일상에게 웃는 모습을 보였다고 생각한 것이 문일상이 보기에는 아직도 내상이 심해 얼굴을 찡그리는 것처럼 보였다.

"아직 많이 불편하니?"

'에, 그게 아닌데……'

승후는 자신의 뜻이 제대로 전달되지 않은 것을 알고는 마음속으로 한숨을 쉬었다.

'휴……'

승후는 조금 더 몸을 일으켜 자신이 누워 있던 곳을 살폈다. 그러고 보니 약 달이는 냄새가 방 안에 가득했다. 원체 약이라면 질색했던 승후라 절로 이마가 찌푸려졌다. 그러나 지금 자신이 있는 곳이 더 궁금했기에 승후는 두리번거리며 방의 내부를 살피기 시작했다.

"승 소협, 이곳은 용문방 후원의 별채입니다."

우문후의 목소리가 문일상의 뒤에서 들려왔다. 잠을 편히 자지 못했는지 초췌한 우문후의 모습이 보였다. 그리고 무언가에 쫓기는 듯한 불안한 얼굴을 하고 있는 우문후의 안색을 살피고는 어렵지 않게 교영이라는 여자에게 생각이 미쳤다.

"제가 얼마 동안이나 잤습니까, 아저씨?"

"꼬박 하루 동안 잠들어 있었단다. 그래, 지금은 좀 어떠냐?"

"예… 뭐, 견딜 만합니다. 그런데 장 방주님과 다른 분들은 어떻습니까?"

"장 방주님은 너의 치료 덕분에 고비를 넘겼고 앞으로 요양만 잘하면 크게 걱정할 문제는 없을 거라고 하더구나. 네가 걱정하는 세가의 가주들 또한 조금 피로해서 그렇지 이제는 많이 나아졌단다."

"다행이군요. 아저씨, 저 좀 앉혀주세요."

"응? 운기조식을 하려고 하느냐? 아직 무리하면 내상이 더 심해질 수 있다고 용문방의 의원들이 말했다. 조금 더 쉬지 않고서."

"아니, 괜찮아요. 지금이면 그다지 힘들지 않게 내력을 운용할 수 있을 것 같습니다."

승후의 말에 문일상은 할 수 없이 승후를 침대에 앉혔다. 승후는 눈을 감고 운기조식하기 시작했다.

승후가 운기를 시작하자 곳곳의 기혈이 들끓기 시작했다. 그동안 약 기운에 의해 잠복해 있던 기혈이 승후의 운기에 자극받은 것이었다. 하지만 승후는 천천히 진기를 운용하면서 들끓는 기혈을 하나하나 차근차근 다스려 갔다.

"울컥!"

가슴 부근의 혈을 다스리다 승후는 검은 피를 토해냈다. 승후의 운기를 지켜보고 있던 문일상과 우문후는 승후가 피를 토하자 대경했다. 그러나 그들이 지금 할 수 있는 일은 아무것도 없었다. 만약 지금 승후의 몸을 만지기라도 한다면 자칫 주화입마에 빠질 수도 있기 때문이었다. 지금은 오로지 승후를 믿고 기다리는 일 외에는 아무것도 할 수가 없었다.

"쿨럭!"

또 한 번 승후의 입에서 검은 피가 흘러나왔다. 시간이 흐를수록 승후의 입과 코에서 흘러나오는 검은 피의 양이 많아졌다. 이를 지켜보는 문일상과 우문후의 손에는 땀이 고이기 시작했다.

승후는 지금 들끓는 기혈들과 악전고투하고 있었다. 생각보다 종문학의 일검에 당한 내상이 엄중했던 것이다. 그래서 가슴의 기혈을 다스릴 때에는 잠시 정신을 놓을 뻔했다. 하지만 곧 피를 토해내자 가슴의 혈들이 조금씩 안정되는 것을 느낄 수 있었다. 그리고 또 한 번 피를 토했을 때는 전신이 개운해지는 느낌이 들었다. 위기를 어렵사리 넘긴 다음은 그다지 어렵지 않았다. 아니, 오히려 너무 쉬웠다. 간간이 들끓는 기혈을 만나기도 했지만 그때마다 피하지 않고 정면으로 돌파해 버리는 승후였다. 덕분에 승후는 많은 피를 토해내야만 했다.

승후를 지켜보던 문일상과 우문후는 갈수록 승후가 흘리는 피의 양이 많아지자 걱정되었다. 하지만 승후가 토해내는 피가 검은색이던 것이 언젠부턴가는 선홍빛으로 바뀌어 조금은 마음이 놓였다. 그리고 승후의 표정이 밝아진 것을 확인하고는 더욱 안심되었다.

"휴, 일단은 고비를 넘긴 것 같군."

문일상이 편안한 승후의 얼굴을 보며 그동안 졸였던 긴장을 풀면서 한숨을 쉬고는 말했다. 우문후 역시 승후의 편안한 표정을 확인하고는 그동안 긴장했던 마음을 조금은 놓을 수 있었다.

문일상과 우문후의 걱정을 아는지 모르는지 승후는 계속해서 운기하고 있었다. 운기를 할수록 마음은 편안해졌고 또 종문학에게 입었던 내상도 많이 나아졌다. 모두 세 번의 대주천을 마친 승후가 눈을 떴다. 승후가 눈을 뜨는 순간 눈이 금안으로 변해 번쩍였다. 갑작스런 승후의 변화에 문일상과 우문후는 놀라 자신들도 모르게 뒤로 물러섰다. 그러나 승후는 자신의 변화를 몰랐기에 오히려 문일상과 우문후의 행동에 의아해하면서 침대에서 몸을 일으켰다.

"괘, 괜찮은 게냐?"

"예, 많이 나아졌습니다. 그보다 아저씨, 우문 대주, 그 교영이라는 여자 분에게 가봐야겠습니다."

"아니, 승후야, 일어나자마자 어디를 간다는 게냐? 그리고 지금은 많이 늦었다. 급하지 않은 일이라면 내일 아침 일찍 가는 게 낫지 않겠느냐?"

"하지만 지금 급한 환자가 있어서 지체할 수 없습니다."

문일상에게 대답한 승후는 우문후를 재촉했다. 우문후는 그런 승후의 행동에 무척이나 고마움을 느꼈다. 하지만 계속되는 승후의 도움에 우문후는 마음이 편치 못했다. 그런 우문후의 마음을 읽었는지 승후가 우문후를 향해 말했다.

"우문 대주, 내가 용문방을 돕고 그 교영이라는 여인을 치료하는 것은 절대 공짜가 아닙니다. 내 그 교 소저를 치료한 다음 우문 대주에게 그 사례를 톡톡히 받아낼 생각이니 단단히 준비하고 있어야 할 것입니다."

승후가 웃으며 건네는 말에 우문후는 고개를 들지 못했다. 하루 전적으로 만났음에도 흔쾌히 자신의 부탁을 들어준 승후의 모습에서 우문후는 많은 부끄러움을 느꼈다. 그동안 교영의 상세 때문이라고는 하지만 철저히 방과 자신의 이익을 위해서 행동한 자신의 행동이 승후의 한마디에 너무도 부끄러웠던 것이다.

"자, 가십시다. 이러다 치료 시기를 놓칠 수도 있습니다."

나직한 승후의 말에 우문후는 문을 열고 나섰다. 문일상도 승후와 우문후의 대화를 통해 승후의 행동을 어느 정도 납득할 수 있었다. 하지만 아직 환자의 몸이었기에 문일상은 승후가 걱정되는 것은 어쩔 수 없었다. 하지만 계속되는 승후의 고집에 문일상은 승후의 뜻을 꺾을 수 없음을 알았다.

"그럼 승후야, 갈 때 가더라도 옷이나 갈아입고 가거라."

문일상의 말을 들은 승후는 자신의 모습을 살폈다. 상의는 거칠게 해어져 군데군데 피로 얼룩져 있었다. 순간 다시 기억하기 싫은 장면이 머리 속에 떠올라 이마를 찡그렸다. 마지막 종문학과의 대결에서 패한 기억이 떠올랐던 것이다.

"예."

승후는 동경에 비춰진 모습을 보고는 쓴웃음을 지었다. 우문후만큼이나 승후 역시도 초췌한 모습이었기 때문이다.

'이래서야 누가 누구를 돕겠다는 건지…….'

"흠……."

승후는 온갖 약 냄새가 가득한 교영의 방으로 들어서며 인상을 찡그렸다. 그리고 환자가 있다고는 하지만 사방이 밀폐되었고 밤이라고는 하지만 너무도 짙은 어둠에 승후는 어이가 없었다. 그래서 방에 들어서자마자 창과 문을 활짝 열어 젖혔다.

"아저씨, 창문을 활짝 열어주세요. 그리고 우문 대주는 지금 이 방 안에 있는 약들을 모두 가져다 버리세요."

화난 음성으로 승후는 우문후를 향해 말했다. 우문후는 승후가 갑자기 화를 내자 움찔했다. 그러나 곧 승후의 말대로 방 안에 가득한 약들과 약초들을 밖으로 내가기 시작했다.

　창문을 활짝 열자 달빛을 받은 교영의 모습이 드러났다. 제대로 음식을 섭취하지 못한 교영의 모습은 마치 한 구의 목내이를 보는 것 같았다. 그리고 교영의 손은 햇볕을 제대로 받지 않아서인지 파란 핏줄이 금방이라도 뚫고 나올 듯했다. 그런 교영의 맥을 짚어보니 어찌 된 일인지 맥이 전혀 잡히지 않는 것이었다. 그래서 승후는 처음에는 교영이 이미 죽은 줄 알았으나 교영의 가슴이 아주 천천히, 그리고 미약하게나마 뛰고 있는 것이 느껴졌기에 다시 한 번 집중해서 교영의 맥을 짚었다.

　교영의 맥을 짚기를 일 각여, 승후는 힘겹게 교영의 맥을 느낄 수 있었다. 교영의 맥이 너무 느리고 약해 처음엔 쉽게 느끼지 못했던 것이다. 승후는 이어 교영의 몸에서 이상한 기운을 느꼈다. 처음에는 우문후가 복용시킨 영약의 기운이거나 우문후가 교영에게 주입한 진기로 생각했다. 그러나 그러한 기운치고는 움직임이 이상했다. 마치 뱀처럼 움직이며 교영의 몸 이곳저곳을 누비고 있었기 때문이다. 그리고 그 기운이 지나간 곳이면 어김없이 교영의 몸이 싸늘히 식어가는 것이었다.

　"음……."

　승후는 교영의 몸에서 손을 떼며 생각에 잠겼다. 그런 승후를 우문후와 문일상이 지켜보았다.

　"우문 대주."

"예, 승 소협."

"교 소저에게 복용시킨 약들을 모두 기억할 수 있겠습니까?"

"예? 예. 의원들이 하나같이 교영의 병세는 몸 속의 한기가 너무 강해 그렇다고 해서 양기가 가득한 영약들을 주로 복용시켰습니다."

"그러한 종류 말고 다른 약들을 복용시키지는 않았습니까?"

"예? 무슨 말씀이신지……?"

"교 소저의 몸속에는 기이한 독이 있습니다. 아직도 교 소저의 몸속에서 활발히 움직이고 있는 것으로 보아 복용한 지 얼마 되지 않은 것 같습니만……."

승후의 말을 들은 우문후는 며칠 전의 일을 떠올렸다. 냉천이 어렵게 구한 것이라며 우문후에게 흰색 환약을 건넸었다. 그러면서 교영의 병세를 늦출 수 있을 것이라는 말에 우문후는 그 환약을 교영에게 복용시켰던 것이다.

우문후의 말을 들은 승후는 머리를 끄덕였다. 아마도 교영의 상세가 악화되게 함으로써 우문후를 자신들의 뜻대로 움직이게 하기 위함이었을 것이다.

"후… 대충 어찌 된 일인지 알겠습니다. 그럼 내일 아침부터 치료를 시작하죠."

"예? 고칠 수 있다는 말입니까?"

승후의 말에 우문후는 뛸 듯이 기뻐했다. 승후에게 부탁하면서도 그다지 큰 기대는 하지 않았는데 뜻밖에 승후의 입에서 치료를 시작하자는 말이 나온 것이다.

"의원들이 이제는 가망이 없다고……."

승후에게 다시 한 번 확인하는 우문후의 음성에는 촉촉한 물기가 묻어 있었다. 그동안 자신이 교영을 위해 한 행동들이 떠오른 것이었다.

"세상에 해약 없는 질병이란 없습니다. 만약 의원들이 해약이 없다고 말했다면 그들이 그 해약을 아직 발견하지 못했기 때문입니다."

"그럼 교영의 병을 치료할 수 있는 해약이 있단 말입니까?"

"해약은 필요없습니다."

"예?!"

"뭐?"

승후의 말에 우문후는 물론 문일상까지 놀라며 승후를 바라보았다. 승후는 이 둘의 모습에 가볍게 웃으며 말했다.

"애초에 교 소저의 병은 그리 깊지 않았을 겁니다. 안 그렇습니까, 우문 대주님?"

승후의 말을 들은 우문후는 처음 교영을 만났을 때를 기억하며 머리를 끄덕였다.

"처음 교 낭자는 몸이 무척 약했을 겁니다. 하지만 치료를 요하거나 할 정도는 아니었죠. 그저 몸을 보(保)하는 정도의 약을 썼으면 족했을 겁니다. 한데 계속 교 소저의 몸이 쉽게 냉하고 손발이 무척이나 찬 것을 알고는 걱정되어 의원에게 보였겠죠. 그리고 의원은 교 소저의 몸이 냉한 것을 알고는 대수롭지 않게 여기고 그저 양기를 보충할 약들만 처방했을 겁니다. 하지만 교 소저의 몸속에 있던 순음지기는 보통의 여인들이 가지고 있는 기운과는 그 성질이 많이 다릅니다. 그것을 의원들이 간과하는 바람에 오히려 교 소저는 가끔 정신을 잃는 일이 있었을 겁니다."

잠시 말을 끊은 승후가 우문후를 바라보았다. 우문후는 그런 승후를 보며 놀란 입을 다물지 못했다. 마치 자신과 함께했던 것처럼 우문후와 교영의 일을 자세히 알고 있는 승후가 순간 사람처럼 보이지 않았던 것이다.

"그럴 때쯤 용문방에 들어왔을 테지요. 그리고 어느 날 갑자기 교 낭자는 의식을 잃고 쓰러졌을 것이고 지금까지 이런 상황이 계속되어 왔을 겁니다."

우문후를 향해 말을 마친 승후는 안쓰러운 눈으로 교영을 바라보았다.

"그럼 교영이 이렇게 된 것이 모두 나를 끌어들이기 위한 흑천회의 계략이었단 말입니까?"

"아마도."

"이익!"

우문후는 승후의 말에 분노했다. 자신을 끌어들이기 위해 사랑하는 교영을 이렇게 만든 흑천회가 용서되지 않았다. 그리고 교영을 위해서라며 얼마 전 냉천이 자신에게 건네준 환약을 생각한 우문후는 치를 떨었다.

"앞으로 교 소저는 몸속에 있는 독기들을 제거하고 또 한기와 양기의 충돌만 잘 다스리면 문제가 없을 겁니다."

"예."

분노한 우문후는 다시 들려오는 승후의 말에 대답하며 교영의 곁에 앉아 이마를 쓰다듬었다. 다정한 우문후의 모습을 보며 승후는 미소를 지었다. 그리고는 문일상을 잡아끌고는 둘을 방해하지 않기 위해 방을 나섰다.

"승후야."

"예, 아저씨."

"한데 어떻게 다른 의원들은 치료법을 몰랐을까? 네 말을 들으니 무척이나 간단해 보이는데……."

문일상은 승후를 향해 그동안 궁금했던 점을 물었다.

"아마도 용문방에서 교 소저를 치료하던 의원들이 흑천회의 사람들이었겠지요. 그리고 교 소저의 몸에 잠복하고 있는 독은 그렇게 쉽게 볼 수 있는 것이 아닙니다. 묘강에서도 아주 일부 지역에서만 서식하는 금선사(金線蛇)의 독이기 때문에 진맥하기 쉽지 않았을 겁니다."

"흠… 금선사라……. 처음 듣는 이름이구나."

"그렇게 흔히 볼 수 있는 뱀이 아니죠."

"그래, 치료에 자신은 있느냐?"

"일단은 제가 알고 있는 병이니 해결할 수 있을 것 같습니다. 다만 조금 시간이 걸릴 것 같군요."

"그래, 빨리 날이 밝아야겠구나. 저 우문후라는 청년을 위해서라도 말이다."

"예……."

승후와 문일상이 교영의 처소가 있는 후원에 들어섰을 때 몇몇 용문방 사람들이 모습을 보였다. 그중 옥군영을 발견한 승후는 그녀를 향해 걸어갔다.

"편안히 쉬셨습니까?"

승후가 웃으며 옥군영에게 먼저 인사했다.

"예, 공자 덕분에 상처도 많이 좋아졌답니다."

말을 하며 옥군영은 승후가 치료해 준 왼팔을 들어 보였다.

"다행입니다. 그래도 완전히 낫기 전까지는 무리해서 팔을 이용하는 일이 없도록 하셔야 합니다."

"예, 공자."

승후의 말에 무엇이 그리 즐거운지 옥군영의 얼굴에서는 미소가 떠나지 않았다.

"서문 소저께서도 나와 계셨군요."

승후가 서문혜경을 발견하고는 역시 먼저 아는 체를 했다. 조금은 수척해진 서문혜경의 안색이 안되어 보였지만 승후는 그 이유를 잘 아는지라 서문혜경에게 다른 말을 할 수 없었다.

"승 소협."

"……."

"교 언니를 꼭 치료해 주세요."

애써 밝은 웃음을 지으며 서문혜경이 승후에게 부탁했다. 하지만 서문혜경을 바라보는 승후의 눈은 안타까웠다. 사랑하는 사람의 행복을 위해 배려하는 서문혜경의 행동이 너무 고왔기 때문이다.

"꼭 완치해서 두 분이 웃으며 이야기를 나눌 수 있도록 해드리겠습니다."

"고마워요."

승후의 말에 대답하는 서문혜경의 목소리가 조금 떨렸다. 그리고 이러한 서문혜경의 모습을 바라보는 우문후의 안색도 그렇게 밝지 못했다.

'휴… 어딜 가나 남녀간의 애정 문제는 끊이지 않는군.'

승후는 미래에 있을 때 친구들과 후배들의 연애 상담을 많이 해주었던 기억을 떠올렸다. 정작 승후 본인은 연애 한번 제대로 못해봤지만 주위에 조언을 구하는 사람들이 워낙 많았기에 어느새 연애에는 도가 튼 승후였다. 그래서인지 승후를 따르는 여자들은 많았지만 정작 연인으로 발전하는 대상은 지금까지 한 번도 없었다. 그리고 왠지 이곳에서도 사랑의 해결사 역할을 해야 될 것 같은 생각이 들어 절로 한숨이 나왔다.

방으로 들어선 승후는 교영의 상세를 살폈다. 다행히 어제보다 상세가 더 심해지거나 하지는 않은 것 같았다.

"지필묵이 어디 있습니까, 우문 대주님?"

"예."

승후의 말에 우문후는 얼른 지필묵을 승후의 앞에 내놓았다. 그곳에 승후는 무언가를 적기 시작했다.

"이것은 교 소저가 복용하게 될 탕의 처방전입니다. 구하기 어려운 약재는 아마 없을 겁니다. 그리고 약을 정확히 한 시진 후에 달여 이곳으로 가지고 오세요. 그리고 제가 교 소저를 치료하는 동안은 누구도 방 안으로 들이지 마세요. 대신 밖에 계신 서문 대주를 잠시 불러주시겠습니까?"

"예? 예."

갑자기 승후가 서문혜경을 찾는 것이 조금 의아해했다. 하지만 지금은 승후를 믿고 따를 수밖에 없었기에 조용히 승후의 말을 따랐다.

"찾으셨다구요?"

"아, 예. 여기 교 소저를 치료하는 데 서문 대주의 도움이 필요합니다. 도와주시겠습니까?"

"예? 저는 의술을 전혀 모릅니다만……."

"괜찮습니다. 제가 지시하는 대로만 따라주시면 됩니다."

"예, 그러죠."

"그럼 먼저 교 소저의 옷을 벗겨주세요. 속옷까지 모두 벗기셔야 합니다."

승후의 말에 움찔한 서문혜경은 승후의 얼굴을 바라보았다. 승후가 지금은 의원으로서 교영을 치료한다고는 하지만 아직 서른도 되지 않은 젊은 청년이었고 또 이 시대의 관습으로는 여인이 사내 앞에서 맨몸을 보인다는 것은 상상도 할 수 없는 일이기 때문이었다.

"저는 의원입니다."

"하, 하지만……."

"그럼 교 소저를 죽도록 내버려 두어야 하겠습니까?"

"아니… 알겠습니다."

마지못해 승후의 말에 대답한 서문혜경은 교영의 옷을 하나하나 벗겨갔다. 서문혜경은 옷을 벗기면서 드러나는 교영의 맨몸을 보고는 흠칫했다. 너무도 말라 뼈와 피부만 겨우 남아 있었기 때문이다.

"다 벗겼습니다."

서문혜경의 말을 들은 승후는 실오라기 하나 걸치지 않은 교영의 몸을 바라보았다. 그리고는 굳은 얼굴로 교영의 옆에 앉았다.

"지금부터 교 소저를 치료할 생각입니다. 그러니 교 소저가 움직이지 못하도록 어깨를 꽉 잡아주세요."

승후의 말에 서문혜경은 머리를 끄덕이며 교영의 어깨를 잡았다.

서문혜경의 행동을 지켜본 승후는 교영의 자궁혈(子宮穴)을 시작해서 옥당(玉堂), 전중(膻中), 구미(鳩尾), 거궐(巨闕), 유문(幽門), 중완(中脘), 음교(陰交), 기해(氣海), 충문(衝門), 관원(關元)을 짚어 내려갔다. 그리고 다시 교영의 몸을 뒤집어 대추(大椎), 신주(身柱), 궐음유(厥陰兪), 심유(心兪), 격유(膈兪), 간유(肝兪), 담유(膽兪), 비유(脾兪), 위유(胃兪), 명문(命門), 차료(次髎), 중료(中髎)혈을 짚었다. 그리고 또다시 몸을 뒤집어 바로 하고서는 전신의 혈을 하나하나 순서대로 짚어갔다. 교영의 몸을 몇 번이나 뒤집어가며 승후는 교영의 전신 혈을 모두 짚었다. 어느새 승후의 이마에서는 땀방울이 흘러내리기 시작했다.

"휴……."

근 반 시진 동안이나 교영의 전신 혈도를 짚던 승후가 긴 숨을 쉬며 지친 안색으로 자리에 앉았다. 승후의 지친 모습을 본 서문혜경은 교영의 나신을 가려두고 승후의 이마에 맺힌 땀을 닦아주었다.

"치료는 잘 되고 있는 건가요?"

"아직은 모릅니다. 조금 쉬고 난 다음 교 소저의 몸에 추궁과혈을 해봐야 확실히 알 수 있을 것 같군요."

"예……."

서문혜경은 승후가 교영의 전신을 추궁과혈 하겠다고는 말을 듣고는 곧 그 모습이 상상되는지 얼굴을 붉혔다. 하지만 이내 승후는 교영을 치료할 의원이라는 생각으로 애써 자신이 한 상상을 떨쳐 버렸다.

"잠시 운기조식을 하겠습니다. 그동안 호법을 좀 서주세요."

"알겠습니다."

서문혜경의 대답을 들은 승후는 운기에 들어갔다. 승후가 운기에 몰입하자 서문혜경은 교영의 곁으로 다가갔다. 그리고는 교영의 코끝에 맺혀 있는 땀을 닦아주었다.

"언니… 다행이다……."

교영에게 말을 건네는 서문혜경의 눈가에는 맑은 눈물이 가득 고여 있었다. 부러움인지 원망인지 모를 복잡한 표정을 한 서문혜경은 땀에 젖은 교영의 얼굴을 쓰다듬고 또 쓰다듬었다. 그렇게 한참을 서문혜경은 죽은 듯이 잠들어 있는 교영의 얼굴을 바라보았다.

부르르!

교영은 누군가 자신의 어깨를 잡자 몸을 떨었다. 지금 교영을 치료하는 방 안에 있는 사람은 환자인 교영과 자신, 그리고 승후뿐이었기에 그 주인공이 누구인지 대번에 알 수 있었다. 타인에게 우는 모습을 보이고 싶지 않은지 서문혜경은 몸을 돌리지 못했다. 곧 깨어나게 될 교영을 보며 질투하는 자신의 모습을 보이고 싶지 않았던 것이다. 따뜻한 승후의 두 손이 서문혜경의 어깨를 감쌌다. 이어 조용한 승후의 음성이 서문혜경의 귓가로 들려왔다.

"울고 싶으면 실컷 울어요. 이곳에 당신의 눈물을 보고 뭐라 할 사람은 아무도 없습니다."

승후에게로 몸을 돌린 서문혜경의 두 눈에는 눈물이 그렁거렸다. 여장부로만 여겨졌던 서문혜경이 이 순간 승후는 다른 여인들과 전혀 다르지 않게 느껴졌다. 힘없이 품으로 무너지는 서문혜경의 등을 토닥여주며 승후는 낮은 한숨을 내쉬었다. 승후의 이런 행동에 서문혜경은 그동안 참아왔던 설움을 토해내기라도 하듯 흐느끼기 시작했다.

"흐흐흑… 흑흑……."

승후는 서문혜경이 실컷 울 수 있도록 가슴으로 힘껏 끌어안았다.

"울어요. 실컷."

이각이 넘는 시간 동안 서문혜경은 서럽게 울었다. 밖에서 들려오는 우문후의 목소리에 승후의 품에서 안겨 있는 것을 깨달은 서문혜경은 얼굴을 붉히며 급히 울음을 멈추고 승후의 품에서 벗어났다.

"부끄러워하지 말아요. 내 서문 대주가 울었다는 것은 아무에게도 말하지 않을 테니."

농을 하듯 말하는 승후의 말에 서문혜경은 더욱 얼굴을 붉혔다. 그리고는 눈물로 엉망이 된 얼굴을 만지기 시작했다. 빤히 바라보는 승후의 시선이 부담스러운지 서문혜경은 얼굴을 붉히며 승후의 피해 돌아앉았다. 서문혜경이 평정을 되찾았다고 생각한 승후는 자신을 찾는 우문후를 향해 말했다.

"왜 그러시오, 우문 대주?"

"탕약 준비가 모두 끝났습니다."

"들어오세요."

승후의 말이 끝나기 무섭게 우문후가 약 사발을 들고 들어왔다. 안으로 들어서며 서문혜경에게 시선을 한번쯤은 줄 법도 하건만 우문후의 시선은 들어서는 순간부터 교영의 얼굴에서 떠나지 않았다. 이런 우문후의 모습에 승후는 서문혜경이 더욱 딱하게 느껴졌다.

"이리 주세요."

서문혜경을 힘들게 하는 우문후의 행동이 못마땅한 승후는 조금은 딱딱한 음성으로 말했다. 갑작스런 승후의 행동에 당황한 우문후는 승후를 바라보았지만 승후의 쌀쌀한 시선에 자리를 뜨고 말았다.

교영에게 탕약을 복용시키는 승후의 세심하지 못한 행동에 서문혜경은 얼굴을 찡그렸다. 승후 딴에는 조심스레 교영의 입에 탕약을 흘려 넣는다고 했지만 서문혜경이 보기에는 교영의 입속으로 들어가는 탕약보다 옆으로 흐르는 탕약이 더 많아 보였다. 이에 서문혜경은 승후로부터 탕약을 빼앗아 수저로 조금씩 식혀가며 교영에게 먹이기 시작했다. 서문혜경의 이런 행동에 승후는 머리를 긁적이곤 말없이 서문혜경이 교영에게 탕약 먹이는 모습을 바라보았다.

"다 비웠어요."

한참을 서문혜경의 모습을 바라보던 승후는 서문혜경의 목소리에 깜짝 놀랐다. 그리고 조금 전 자신의 품에 안겨 흐느끼던 모습과는 전혀 다른 모습에 조금 혀를 내둘렀다.

'역시… 여자들은 알 수 없는 종족이라니까. 좀 전에는 그렇게 울더니만…….'

"알겠습니다. 그럼 본격적으로 치료해 볼까요?"

당황한 모습을 지우려 승후는 웃으며 서문혜경에게 말하고는 교영의 곁으로 앉았다. 그리고 심호흡을 하고는 천천히 교영의 전신을 추궁과혈하기 시작했다.

타닥타닥!

처음에는 느리게 시작되던 승후의 움직임이 시간이 지날수록 빨라지더니 나중에는 무수한 승후의 손 그림자만이 가득했다.

파파파팟!

손이 빨라질수록 이마에 맺힌 땀방울은 더욱 굵어지며 안색이 점점 창백해졌다. 아무래도 내상이 완쾌되지 않아 지금의 치료가 조금 무리인 것처럼 보였다. 그러나 이미 치료는 시작되었고 도중에 멈출 수는 없었다.

"헉헉!"

심력을 크게 소진해 가며 승후는 교영의 추궁과혈을 겨우 끝낼 수 있었다. 그래서인지 승후의 호흡은 아주 많이 거칠었다. 승후는 전신이 물먹은 솜처럼 무거워져 피곤한 몸을 어디든 눕히고 싶었다.

힘겹게 일어난 승후는 문을 향해 걸어나갔다. 순간 승후의 신형이 휘청거리자 걱정스럽게 지켜보고 있던 서문혜경이 재빨리 승후를 부축했다.

"고맙습니다, 서문 대주."

힘없는 승후의 미소를 보며 서문혜경은 처음 승후를 만났을 때를 기억했다. 용문방이라는 대문파와 장양충이라는 강호의 거물을 대하고서도 전혀 주눅 들지 않고 당당했던 승후였는데 교영의 치료에 심력이 많이 상한 지금의 모습은 금방이라도 쓰러질 것같이 위태해 보였다.

"두 시진 후에 다시 한 번 교소저에게 탕약을 복용시키세요."

승후의 힘겨운 말에 서문혜경은 머리를 끄덕여 보였다. 서문혜경의 대답을 들은 승후는 서문혜경의 도움을 밀쳐 내고는 문밖으로 힘겹게 걸어갔다.

"언니, 언니는 꼭 살아야 해요. 후 랑이 언니를 위해 얼마나 노력했는지 언니는 그것을 잊으면 안 돼요. 그리고 언니와 전혀 상관없는 사람도 지금 언니를 살리기 위해 완전히 낫지 않은 몸으로 언니를 치료하고 있어요. 그런 사람들의 정성을 생각해서라도 언니는 어서 빨리 자리를 털고 일어나야 해요."

서문혜경은 이전과는 많이 달라져 홍조를 띤 얼굴을 하고 있는 교영의 얼굴을 바라보며 속삭이듯 이야기했다.

"승후야! 승후야!"

삼 일째 계속되는 교영의 치료로 인해 승후는 전신이 많이 피로해 있었다. 교영의 상세도 계속된 승후의 추궁과혈로 인해 조금씩 나아지고 있었다. 그리고 오늘은 교영의 몸에서 금선사의 독을 뽑아내는 날이었다. 오늘이 교영의 치료에 있어서 가장 중요한 날이었던 것이다. 하지만 승후는 며칠 동안 누적된 피로로 몸이 무거웠다. 지금은 그저 잠이나 편히 자고 싶을 따름이었다. 하지만 오늘을 놓치면 교영을 살릴 수 있는 가능성이 그만큼 줄어들기에 치료를 더 이상 미룰 수도 없었다.

문일상에 의해 힘겹게 잠에서 깨어난 승후는 자리에 바르게 앉았다. 그리고 즉시 운기조식을 하기 시작했다. 그동안 단전에 충만했던 진기들은 반도 차지 않았다. 그래서 계속 운기를 해보았으나 무리한 진기의 운용으로 도리어 비릿한 내음만 목구멍으로 치솟아올랐다.

"휴……."

운기를 끝낸 승후는 며칠간의 피로가 많이 가시는 것 같았다. 그러나 평소의 몸 상태로 회복된 것은 아니었다. 그래서 승후는 오늘의 일이 조금 걱정되었다. 오늘은 삼 일 동안 교영을 추궁과혈한 것보다 더 어렵고 힘든 일이었기 때문이다.

"가시죠."

"그래."

승후의 말에 문일상은 아무런 말도 하지 못했다. 문일상은 지쳐 있는 승후를 보며 당장이라도 말리고 싶었다. 하지만 오늘은 한 생명을 살릴 수 있는 마지막 날일지도 몰랐기에 선뜻 말릴 수도 없었다. 그리고 승후의 뜻도 확고했기에 어쩔 수 없었다. 그저 승후가 무사히 환자를 치료하고 어서 빨리 쉴 수 있기를 바랄 뿐이었다.

승후와 문일상이 문밖으로 나서자 옥군영을 비롯한 많은 풍림장의 사람들이 모여 있었다. 그들 중 옥군영이 승후를 향해 걸어왔다.

"승 공자, 많이 피곤해 보이는군요."

"그런가요? 하지만 저는 젊어서 이 정도 피로는 괜찮습니다. 그나저나 팔은 어떠세요?"

"이제는 다 나았습니다."

"다 나았다니요? 완치되었다는 말은 환자의 입에서 나올 말이 아니지요. 그것은 어디까지나 의원인 제가 해야 될 말입니다."

승후가 웃으며 옥군영을 향해 말했다. 옥군영은 승후의 말에 기분 좋은 미소를 지었다. 그러나 요 며칠 쌓인 피로로 몸과 마음이 지쳐 보이는 승후가 안쓰러웠다.

"그런 표정 하지 마세요. 전 지금 의원입니다. 의원은 환자의 목숨을 돌보는 게 당연합니다. 그리고 오늘이면 끝나는 일이기도 하구요."

"예, 잘 부탁해요."

옥군영의 정중한 부탁에 승후도 머리를 숙였다.

"자, 서문 대주님, 오늘이 마지막입니다. 잘 부탁합니다."

"예."

"우문 대주께서는 제가 부탁한 것을 모두 준비하셨나요?"

"예, 승 소협."

"자, 그럼 가십시다."

승후의 힘찬 발걸음을 따라 우문후와 서문혜경이 뒤를 따랐다.

교영의 얼굴은 처음과는 달리 많이 좋아 보였다. 처음에는 안색이 창백했었지만 지금은 화색이 돌아 그동안 감추어져 있던 교영의 미색이 점차 드러나고 있었다. 그리고 예전과는 달리 고른 숨을 쉬고 있었다.

승후는 서문혜경의 손에서 상자를 하나 받아 들었다. 그리고는 다시 한 번 교영의 전신을 추궁과혈하기 시작했다.

타닥타닥!

근 반 시진에 걸친 추궁과혈을 마친 승후는 다시 운기를 했다. 힘겹게 두 번의 대주천을 마치고는 서문혜경에게서 받은 상자에서 은침을 빼어 들었다.

"서문 대주, 지금부터 제가 하는 일을 보고 놀라거나 저의 행동을 막지 마세요. 아주 중요한 일이니 저를 믿고 끝까지 지켜보기만 하세요."

다짐을 받듯 승후는 서문혜경을 향해 말했다.

"예."

"흐음……."

심호흡을 한 승후는 은침을 들어 교영의 기문혈에 침을 꽂았다. 승후의 행동을 본 서문혜경은 대경했다. 기문혈은 인체의 사혈이다. 조금만 잘못 건드려도 즉사하는 인체의 요혈이었기에 서문혜경이 놀라는 것은 당연했다. 그리고 그런 사혈에 아무 거리낌 없이 침을 꽂는 승후의 의도가 갑자기 의심스러웠다. 그러나 곧 조금 전 승후의 당부가 떠올랐고 또 교영의 안색이 별달리 나빠지거나 하지는 않았기에 다음 승후의 행동을 주시했다.

그러나 기문혈 다음 승후가 침을 꽂은 혈은 당문혈이었다. 그리고 다시 제문혈과 회음혈에 침을 꽂았다. 모두가 하나같이 치명적인 사혈이다. 이제는 승후를 말리고 어쩌고 할 수도 없었다. 이미 네 곳이나 되는 사혈에 침을 모두 꽂아버린 후였기에 그저 승후를 믿을 수밖에 없었다. 하지만 서문혜경이 잘못 알고 있는 것이 있었다. 승후가 사혈에 침을 꽂고 있는 것처럼 보였지만 아주 미세하게 사혈을 조금씩 피해 꽂고 있었던 것이다. 그 차이가 너무도 작아 서문혜경은 승후가 마치 교영의 사혈에 침을 놓는 것으로 착각한 것이다.

"후⋯⋯."

다시 한 번 긴 한숨을 쉰 승후는 은침을 들고 교영의 전신에 놓기 시작했다. 시간이 지날수록 교영의 몸에 꽂힌 은침의 수가 늘어났다. 그리고 나중에는 교영의 나신을 빼곡히 메우게 되었다.

"휴, 끝났군."

근 한 시진에 걸친 승후의 침술이 끝났다. 그제야 승후는 자리에 조금 편하게 앉을 수 있었다. 승후는 의서에서 익힌 그대로 치료를 마쳤고 그 결과만 기다리면 되는 것이었다.

"이제 치료가 끝난 건가요?"

"이제 결과만 기다리면 됩니다."

서문혜경에게 대답한 승후는 다시 운기를 시작했다. 이제는 한 번의 대주천도 힘이 들었다. 그래서 겨우 두 번의 소주천을 마치고는 자리에서 일어났다.

"그런데 언니의 몸에 놓인 침들을 언제 거둘……."

서문혜경의 말이 채 끝나기도 전에 교영의 몸에서 승후가 놓은 침들이 밀려나기 시작했다. 어느새 은침의 색이 검게 바뀌어져 있었고, 은침이 박혀 있던 자리에서 검은 진물이 조금씩 흘러나오기 시작했다. 이내 반 각이 지나지 않아 교영의 몸에 놓인 모든 은침들이 저절로 교영의 몸에서 빠져나왔다. 그러자 침들이 놓여 있던 자리에서 검은 진물이 조금 전보다 더욱 많이 흘러나왔다. 그리고 처음에는 나지 않던 심한 악취가 나기 시작했다.

"서문 대주, 교 소저의 몸을 닦아주세요."

"예? 예."

교영의 몸에서 일어나는 변화를 놀란 눈으로 바라보고 있던 서문혜경은 승후의 말에 교영의 몸을 닦아내기 시작했다. 그러나 교영의 몸에서는 닦아내도 계속 검은 진물이 흘러나왔다.

"교 소저의 몸에서 나온 진물이 몸에 닿지 않도록 조심하세요."

승후의 말을 들은 서문혜경은 교영의 몸을 닦던 손을 흠칫했다. 그러나 곧 다시 교영의 몸을 닦아내기 시작했다. 그렇게 네 번에 걸쳐 교영의 몸을 닦아내자 더 이상 교영의 몸에서는 진물이 흘러나오지 않았다. 하지만 악취는 여전했다.

"그런데 이 악취는 뭐죠?"

교영의 몸에서 나는 역한 냄새에 서문혜경은 고운 이마에 주름을 만들었다. 이런 서문혜경의 모습에 승후는 미소를 지어 보였다.

"그동안 교 소저의 몸에 잠복해 있던 독기들이 밖으로 빠져나왔기 때문입니다."

"예⋯⋯."

"이제 정말 끝났군요. 앞으로 몸만 잘 추스르면 정상 생활을 할 수 있을 겁니다."

"고마워요, 승 소협."

"별말씀을⋯⋯."

교영의 손목을 잡고 진맥을 한 승후는 서문혜경을 보며 말했다. 서문혜경 역시 기쁜 얼굴로 승후에게 감사를 전했다.

"그럼 앞으로 교 소저가 원기를 회복할 수 있도록 잘 부탁드립니다. 저는 이만 쉬어야겠습니다."

"예."

승후는 서문혜경에게 교영을 부탁하고는 밖으로 나섰다.

"승 소협!"

승후의 모습이 보이자 우문후가 제일 먼저 승후를 향해 달려왔다. 그리고 그 뒤로 옥군영을 비롯한 용문방의 사람들이 승후를 향해 다가왔다.

"치료는 모두 끝났습니다. 앞으로 몸조리만 잘 하면 정상 생활을 할 수 있을 겁니다."

"예? 저, 정말입니까?"

"예, 후후⋯⋯."

"고맙습니다, 승 소협. 정말 고맙습니다."

우문후의 눈가에 눈물이 고였다.

"이렇게 즐거운 날에 눈물을 보이셔야 되겠습니까? 조금 후에 탕약을 달여서 들어가 보세요."

"예, 고맙습니다, 승 소협."

우문후는 승후를 향해 끝없이 고맙다는 말을 했다. 승후는 그런 우문후를 향해 미소를 보이고는 옥군영을 바라보았다.

"고마워요, 승 공자."

옥군영도 승후에게 다가오며 고마움을 표했다.

"별말씀을요. 의원이 환자를 치료하는 것은 당연한 일이지요."

어머니의 미소와 같은 옥군영의 밝은 미소에 승후는 그동안의 피로가 달아나는 것 같았다. 옥군영의 뒤로 대견하다는 눈으로 바라보고 있는 문일상을 향해 승후는 성큼성큼 다가갔다.

"아저씨……."

"그래, 수고했다. 어서 가서 쉬자꾸나."

"예."

"후아함~"

근 삼 일 만에 승후는 기지개를 켜며 자리에서 일어났다. 창밖은 이미 어두워져 있었다. 그러나 늦은 시간임에도 창밖으로 많은 사람들이 부산히 움직이고 있는 모습들이 보였다. 아마도 방의 재건으로 많이들 바쁜 것 같았다.

'삼 일 동안 죽은 듯이 자본 것도 오랜만이군. 흠… 대충 피로는 풀

린 것 같고 내상은… 역시 상태가 좋군.'

승후는 운기조식을 해보고는 미소를 지었다. 삼 일 밤낮을 자서인지 한밤중임에도 정신이 너무 맑았다. 그래서 바람이라도 쐴 겸 밖으로 나섰다.

"아, 승 공자님!"

승후를 발견한 시비 하나가 깜짝 놀라며 승후의 이름을 불렀다. 승후는 웃으며 어린 시비에게 손을 흔들어주었다. 승후의 행동에 시비는 얼굴을 붉히며 어디론가 달려갔다.

용문방의 후원은 상당히 아름다웠다. 옥군영의 솜씨인지 아니면 달리 후원을 관리하는 사람이 있는지 상당히 관리가 잘되어 있었다. 조그마한 동산이 보여 승후는 그곳으로 향했다.

"명경루라……."

명경루에서는 용문방의 곳곳이 모두 보였다. 이경이 지났을 시간임에도 용문방의 내원을 비롯한 후원의 곳곳에 불이 밝혀져 있었고 많은 사람들이 오고 가는 모습들이 보였다.

사람들과 한 걸음 거리를 두고 그들의 모습을 보게 되자 승후는 색다른 느낌을 받았다. 이곳 세계로 온 지 벌써 삼 년째이다. 승후의 나이도 어느덧 서른. 미래에 있었더라면 직장 생활을 하거나 어쩌면 결혼을 했을 수도 있었다. 그런데 갑자기 이곳 세계로 오게 되면서 승후는 상상했던 것과는 상당히 다른 생활을 하고 있었다. 앞으로 이곳에 얼마나 있게 될지, 아니면 영원히 이곳에 머무를 수도 있다. 그러면 자신도 이곳에서 무언가를 해야만 했다. 마냥 여행을 하며 살아갈 수는 없는 일이었던 것이다. 그리고 가정도 이루어야 하고…….

"역시 이곳에서 살아가려면 무언가를 해야겠지. 한데 내 성격상 누군가의 밑으로 들어간다는 것은 조금 그렇고… 아직도 이곳의 많은 부분을 모르는데 어떻게 한다……"

승후는 고민에 잠겼다. 근래에 처음 해보는 고민이었다. 그러나 그런 고민은 오래가지 못했다. 누군가 이곳 명경루로 올라오고 있는 것이 보였기 때문이다.

착!

"누군가 했더니 서문 대주셨군요."

명경루에 모습이 보인 사람은 뜻밖에도 서문혜경이었다. 전혀 예상치 못한 시간과 장소에서 만난 서문혜경이 승후는 너무도 반가웠다. 서문혜경도 처음에는 승후의 모습에 조금 놀랐으나 곧 미소를 지으며 말했다.

"승 공자님이 여기에 계실 줄은 몰랐습니다. 그런데 몸은 이제 다 나으셨습니까?"

"덕분에 아주 좋습니다. 그런데 무슨 고민이라도 있습니까?"

승후의 물음에 서문혜경은 흠칫했다. 서문혜경이 놀라는 모습을 예상을 했는지 승후는 미소를 지으며 아직도 쭈뼛거리는 서문혜경을 바라보았다.

"교 소저 때문이겠죠?"

"……."

서문혜경은 승후를 한동안 주시했다. 어떻게 된 일인지 서문혜경은 자신의 일과 자신의 마음을 잘 읽어내는 승후가 놀라웠다.

"솔직히 우문 대주에게서 모두 이야기를 들었습니다. 그러니 그렇게 놀라실 필요는 없습니다."

승후의 말에 서문혜경은 또 한 번 흠칫했다. 우문후가 자신의 이야기를 남에게 그렇게 쉽게 할 사람이 아니었기 때문이다. 하지만 곧 평정을 되찾고는 승후의 맞은편으로 앉았다.

"제가 도와드리고 싶습니다만 남녀의 일이란 게 당사자들이 해결하지 않으면 많은 오해가 생기는 일인지라……."

"말씀이라도 고맙습니다."

"흠… 그래요? 그나저나 교 소저는 깨어났습니까?"

"아뇨, 아직."

"곧 깨어날 테죠. 늦은 시간이지만 한번 가봐야겠습니다. 의원이 환자에 대한 의무를 너무 소홀히 한다고 우문 대주가 욕할지도 모르겠습니다."

승후가 서문혜경에게 농담을 건넸다. 하지만 서문혜경에게서는 아무런 반응이 오지 않았다. 이에 머쓱해진 승후는 머리를 긁적이며 서문혜경에게 말했다.

"같이 가시겠습니까?"

"예……."

승후와 서문혜경은 함께 교영을 향해 신형을 날렸다.

"영 매, 나는 영 매가 어서 눈을 떴으면 좋겠소. 그동안 난 영 매만 바라보며 살았소. 그래서 이번에는 영 매가 나를 바라봐 주었으면 좋겠소."

우문후는 달빛에 비친 교영의 얼굴을 바라보며 조용히 이야기했다.

처음 그가 교영을 만났을 때부터 용문방에 들어서기까지, 그리고 교영이 갑자기 의식을 잃고 쓰러져 용문방에 있었던 일 등을 조용히 말하는 우문후의 음성은 때로 거칠게 떨리기까지 했다. 그러다가 서문혜경의 이야기가 나오면 자신도 모르게 한숨을 쉬었고 또 한동안 말을 잇지 못했다. 어느새 자신의 마음속에 서문혜경이라는 이름 넉 자가 깊이 새겨져 있었던 것이다. 따지고 보면 병상에 누워 있는 교영보다 서문혜경과 나눈 대화가 더 많았다. 그리고 교영과 함께했던 기억들은 어느새 기억의 저편에 있는 것 같은 착각이 들 정도였다. 그래서 교영이 하루라도 빨리 긴 잠에서 깨어나기를 바랐다. 흔들리는 자신의 마음을 잡아주길 바라며……

"혜경이 영 매를 위해 많은 고생을 했다오. 그러니 깨어나면 혜경에게도 잘해주시오."

우문후는 교영의 손을 잡으며 감긴 두 눈을 응시했다.

교영의 상세를 살피기 위해 교영의 처소를 찾아왔던 승후와 서문혜경은 교영의 처소에 우문후가 있는 것을 보고는 들어가는 걸 주저했었다. 그리고 우문후가 아직 깨어나지 않은 교영에게 하는 말에 승후와 서문혜경은 자리를 뜨지 못했다. 그러다 서문혜경의 이야기가 나오자 서문혜경은 얼굴을 붉히며 자리를 뜨려 했다.

"저는 이만 가봐야겠어요. 처리해야 할 일들이 남은 것을 잊고 있었군요."

우문후가 교영에게 다정하게 하는 말을 들은 서문혜경이 승후에게 조용히 말하고는 교영의 처소를 벗어났다. 이에 승후도 우문후와 교영의 시간을 방해하지 않기 위해 몸을 돌렸다.

"승 소협."

우문후의 음성에 승후는 돌리던 걸음을 멈췄다.

"하하! 제가 괜히 방해를 했군요. 환자를 살펴볼까 하고 왔는데……."

승후는 어색하게 웃으며 우문후를 바라보았다.

"방해라니요. 이왕 오셨으니 한번 살펴봐 주시지요."

"그럴까요?"

승후는 우문후의 말에 따라 교영을 살피기 위해 방으로 들어섰다. 우문후는 서문혜경이 사라져 간 방향을 잠시 동안 쳐다보았다.

"승후야, 우리도 이만 풍림장으로 돌아가자꾸나. 유 장주님과 다른 분들도 모두 풍림장으로 돌아가셨단다. 이제 너도 몸이 많이 좋아졌고 그 교 소저라는 여인도 곧 의식을 회복할 것 같으니 더 이상 이곳에 머무를 이유가 없다고 생각되는구나."

"예……."

문일상의 말에 대답은 했지만 승후는 지금 용문방을 떠나는 것이 마음에 걸렸다.

"용문방주님은 좀 어떻습니까?"

"이제 거동도 하고 용문방의 일들에 적극적으로 나서 처리하고 있다고 하더구나."

"제가 장 방주님을 한번 뵐 수 있을까요?"

"응? 무슨 이유라도 있는 게냐?"

"예, 부탁할 것도 있고 드릴 말씀도 있고 해서 말입니다."

"그래?"

"그러니 아저씨께서 먼저 풍림장으로 돌아가 계십시오. 저는 아직 할 일이 있어 며칠 더 머무르다 돌아가겠습니다."

"응? 일이라니……?"

의아한 문일상이 승후를 보며 물었다.

"예, 우문 대주에게 빚을 조금 받아낼 것이 있습니다. 후후."

"빚이라니? 그건 또 무슨 말이냐?"

"자세한 것은 나중에 말씀드리겠습니다."

"그래, 알았다. 나는 아이들이 많이 걱정할 것 같으니 오늘 중으로 돌아가마."

"아이들에게 제 걱정은 말라고 전해주세요."

"그래."

그렇게 문일상은 용문방에 머무른 지 나흘째 되는 날 풍림장으로 돌아갔다. 그리고 승후는 용문방주와 옥군영과 함께 한 시진이 넘도록 이야기를 주고받았다.

"우문 대주, 장 방주님께서 찾으십니다. 어서 가보세요."

오늘도 교영의 곁에서 자리를 지키고 있는 우문후를 향해 승후가 말했다.

"예? 방주님께서 왜……?"

"글쎄요. 자세한 사정은 저도 모릅니다. 일단 가보십시오."

장양충이 자신을 찾는 것이 의아했는지 우문후는 승후를 빤히 쳐다보았다.

"그리고 장 방주님이 뭐라시면 그렇게 하겠다고 하세요. 이것은 우문 대주의 부탁을 들어주는 대가로 제가 우문 대주에게 바라는 조건입니다."

"예? 예……."

우문후는 승후의 말에 납득하지 못했지만 조건이라는 말에 주춤하며 장양충이 있는 곳으로 발걸음을 옮겼다. 멀어져 가는 우문후의 뒷모습을 보던 승후는 교영이 누워 있는 곳으로 다가갔다. 그리고는 교영을 진맥하기 시작했다.

움찔!

승후가 진맥을 마치고 막 방을 나서려 할 때였다. 그동안 꼼짝도 하지 않던 교영이 움직였다. 이를 발견한 승후는 교영의 단전에 손바닥을 대고는 진기를 흘려주었다. 그렇게 일각이 지나자 교영이 힘겹게 눈을 떴다.

"음……."

"정신이 드십니까, 교 소저?"

교영은 힘겹게 눈을 뜨고는 승후를 보았다. 그러나 초점이 잘 잡히지 않는지 고운 아미를 찡그렸다. 그렇게 한참을 하고 나서야 승후의 모습이 보이는지 그동안 굳게 닫혀 있던 말문을 열었다.

"누구……? 의, 의원… 이신가요?"

너무도 맑고 아름다운 목소리였다. 그러나 아직 기운이 없는지 목소리에 힘이 없었다.

"그렇습니다. 이제 정신이 드십니까?"

"예……."

승후의 말에 대답한 교영은 누군가를 찾듯 힘겹게 머리를 두리번거렸다.

"하하! 우문 대주를 찾고 계십니까?"

"예……."

"지금 방주님과 말씀 중이십니다. 곧 오실 테니 걱정 마세요. 그리고 어디 불편한 곳이 없는지 말씀해 보세요."

"예… 힘이 없는 것을 빼고는… 아주 좋아요. 그런데… 제가 오랫동안 누워 있었나요?"

"예."

"얼마나?"

"대략 일 년 정도라 들었습니다."

"일 년……?"

교영은 승후의 말에 놀란 듯했다. 그녀 스스로도 오랫동안 의식을 잃고 있었던 것은 짐작했지만 일 년까지였을 줄은 생각지 못한 것 같았다.

"다행히 우문 대주의 노력 덕분에 교 소저는 살 수 있었습니다."

"예……."

승후의 말을 들은 교영은 한동안 말이 없었다. 우문후가 교영을 살리기 위해 얼마나 많은 노력을 했는지 교영은 짐작하지 못할 것이다.

"저……."

"예, 말씀하세요."

"정말 의원이신가요?"

처음과는 달리 또렷한 음성이었다. 그리고 더 이상 아미를 찡그리지도 않았다.

"일단 교 소저에게만은 의원입니다만……."

"그렇다면 역시 무림인이신가요?"

"그렇습니다."

승후는 교영이라는 여자를 대하면서 상당히 놀랐다. 환자가 의식을 회복하면 제일 먼저 찾는 것이 가족이다. 그런데 교영은 그녀의 보호자라고 할 수 있는 우문후가 곁에 없음에도 그렇게 놀라지도 않았고 오히려 아주 침착했다. 그리고 대번에 승후의 신분을 알아내는 눈썰미 또한 놀라웠다.

"왜 그렇게 저를 보시나요?"

"글쎄요… 갑자기 제가 환자랑 함께 있다는 생각이 전혀 들지 않는군요."

"무슨 말씀이신지……?"

"환자라면 당연히 어디가 불편하다던지 병은 다 나았는지 등을 물어봐야 하는 것 아닙니까?"

"훗, 의원님을 뵈니 저의 병이 거의 다 나은 것 같은데요? 그리고 전신이 나른한 것만 빼고는 불편하지도 않습니다."

"그렇습니까? 하하."

전혀 환자답지 않은 교영의 모습에 승후는 어색한 웃음을 지었다. 그러자 교영이 눈을 동그랗게 뜨고는 이상하다는 듯이 승후를 바라보았다.

"예?"

"아닙니다. 교 소저의 생각대로 병은 다 나았습니다. 뭐, 병이라고도 할 수도 없었지만……. 그리고 머지않아 정상적인 생활도 가능할 겁니다. 앞으로 몸만 잘 추스른다면 쓰러지기 전보다 훨씬 건강해지실 테구요."

승후가 웃음 띤 얼굴로 교영을 보며 말했다.

"고맙습니다."

승후는 기분 좋은 교영의 목소리를 들으며 미소를 지었다. 그런 승후를 교영은 한동안 바라보았다.

"제가 말벗이 되어드리고 싶습니다만, 그다지 말주변이 있는 편이 아니라 곤란하군요. 서문 대주를 불러 드릴까요?"

"아닙니다. 서문 동생은 일로 바쁠 테니 의원님과 조금 더 이야기를 나누고 싶은데… 안 될까요?"

"그럴리가요. 궁금한 점이 있으면 물어보세요."

"용문방에 무슨 일이 있었나요?"

뜻밖의 물음에 승후는 교영의 맑은 눈을 바라보았다.

"왜 그런 질문을 하시게 된 건지 이유를 물어도 될까요?"

승후는 많이 의아했다. 교영이 마치 흑천회와의 일을 알고 있는 것처럼 보였기 때문이다. 그런데 교영은 흑천회에 의해 의식을 잃었고 승후의 치료로 오늘에서야 의식을 회복했기에 대뜸 방의 일을 물어오자 놀랐던 것이다.

"누군가 저에게 그런 이야기를 하더군요. 아마 후 가가일 거라고 생각되는군요. 자세한 사정은 알 수 없지만 아직 의식을 완전히 회복하기 전에 방의 이야기를 했던 것 같아요."

"그럼 직접 들으시지 그럽니까?"

"저도 그러고 싶지만 아마도 후 가가는 저에게 모두를 이야기하지 않을 것 같아요."

"짐작인가요?"

"아마도……."

"좋습니다. 처음부터 듣고 싶으시겠죠?"

"예."

"혹시 제가 많은 것을 숨길 거라고는 생각지 않으십니까?"

"그럴 이유라도 있나요?"

"저는 남의 이야기 하는 것을 좋아하지 않습니다."

"혹시 서문 동생과 관련된 이야기인가요?"

"……."

"빠짐없이 듣고 싶어요. 처음부터."

"흠……."

승후는 교영의 눈을 보고는 거짓말을 할 수 없을 것 같았다. 너무도 순진하고 맑은 눈이기에 자신이 거짓말을 한다면 금방이라도 울음을 터뜨릴 것 같았기 때문이다.

"그러니까 교 소저와 우문 대주가 처음에 용문방에 왔을 때입니다."

승후는 우문후가 했던 이야기와 또 자신이 직접 본 흑천회의 이야기들을 빠짐없이 얘기하기 시작했다. 그러나 지나치게 세세하게 설명하지는 않았다. 대략적인 큰 줄기만 이야기했다. 그럼에도 교영은 승후의 이야기를 쉽게 이해하는 것 같았다.

"결국 저 때문에 방을 등진 건가요?"

"일단은 그렇습니다. 하지만 그 일은 곧 좋아질 겁니다."

승후가 걱정하지 말라는 눈으로 교영의 눈을 마주 보았다.

"예, 그러죠. 그런데 후 가가와 서문 동생의 이야기를 하지 않는 이유는 뭔가요?"

"말씀드렸던 것 같은데요. 저는 남의 이야기하는 것을 그다지 좋아하지 않는다고."

승후의 말을 들은 교영은 머리를 가볍게 끄덕였다. 그리고 오랫동안 승후와 이야기를 해서인지 많이 피곤해 보였다.

"그만 쉬도록 하세요. 조금이라도 빨리 우문 대주와 서문 대주를 만나보려면 저의 말을 듣도록 하세요."

승후의 말에 교영은 침대에 누운 채 승후의 얼굴을 바라보며 말했다.

"의술을 가르쳐 줄 수 있나요?"

"흠…… 뜬금없이 그게 무슨 말입니까? 그 이야기를 먼저 들려주셔야지 않겠습니까?"

"이제 더 이상 누군가에게 도움만 받는다는 것이 싫어서 그래요. 어려운가요?"

"어렵다기보다는 제가 누구를 가르친다거나 할 정도로 수준을 지닌 의원이 아니라서 말입니다. 그리고 당분간은 계속 여행을 해야 하고 또 의술을 가르친다 하더라도 그것이 하루 이틀 만에 되는 게 아니지 않습니까?"

"일단 거절은 아니시군요?"

"뭐, 그렇군요."

승후는 계속해서 교영의 말에 끌려가는 자신을 발견하고는 놀랐다.

그리고 조금이라도 더 교영과 같이 있다가는 교영의 부탁을 모두 들어주어야 될 것 같은 불길한 생각이 들었다.

"말을 너무 많이 하셨습니다. 그만 쉬세요."

승후가 수혈을 짚으려 하자 교영은 머리를 돌려 승후의 손을 피했다.

"수혈은 짚지 마세요."

두려움이 가득한 눈으로 교영이 승후를 바라보았다. 이에 당황한 승후는 급히 올렸던 손을 내렸다. 그리고 조용히 교영의 얼굴을 바라보았다.

"그때도 그랬어요. 일 년 전이라고 했던가요? 그때도 누군가 저에게 약을 먹이고는 수혈을 짚었어요. 그리고 일 년 만에 겨우 깨어났어요."

"그랬군요. 죄송합니다."

"아니에요. 다만 제가 잠들기 전까지만 곁에 있어주세요."

"그러죠."

승후의 말을 들은 교영은 눈을 감았다. 감은 눈의 속눈썹이 파르르 떨렸다. 아직도 그때의 일을 두려워하는 것 같았다. 그래서 승후는 교영의 손을 잡아주었다. 순간 교영이 승후의 손을 꽉 잡아왔다. 다시는 놓지 않겠다는 듯이……. 그러나 승후가 느끼는 교영의 힘은 너무도 약했다. 하지만 지금 교영은 사력을 다해 승후의 손을 잡고 있었다.

교영의 잠든 모습을 승후는 조용히 바라보았다. 잠든 모습이 무척이나 아름다웠지만 눈가에 맺혀 있는 눈물이 그런 교영의 아름다움을 말해 주기보다 오히려 안쓰럽게 만들었다.

승후가 자리에서 일어서며 교영이 잡고 있는 손을 풀었다. 어이가 없을 정도로 너무 쉽게 교영의 손을 풀 수 있었다. 그만큼 교영에게는 기력이 없었던 것이다. 따사로운 햇살이 들어올 수 있게끔 승후는 창을 조금 열었다. 그리고는 조용히 교영이 잠들어 있는 모습을 보다 방을 나섰다.

"후……."

요즘 한숨을 쉬는 횟수가 부쩍 늘었다. 풍림장에서는 즐거운 일이 끊이지 않았는데 이곳 용문방에서는 어찌 된 일인지 마음이 무거운 일만이 가득했다. 그리고 조금 전 교영과의 대화로 더욱 마음이 무거웠다.

"에휴……."

"승 소협!"

승후와는 너무도 대조적으로 우문후가 밝은 얼굴로 승후를 향해 달려왔다. 승후는 우문후의 안색이 밝아진 것을 보고는 일이 잘 해결되었음을 어렵지 않게 짐작할 수 있었다.

"승 소협, 고맙습니다."

"뭐가 말입니까?"

"사모님께 모두 들었습니다. 승 소협께서 부탁하신 일을 말입니다."

"그래요? 다행이군요, 잘되었다니."

"정말 고맙습니다. 저는 방주님께서 저를 다시 받아주실지 생각도 못했습니다."

"그야 우문 대주께서 마음이 변해 방을 등진 것은 아니지 않습니까? 다 흑천회의 계략이었지 않습니까? 또 우문 대주와 같은 인재를 어디서 다시 구하겠습니까? 하지만 앞으로는 용문방과 장 방주님을 위해서 더욱 노력하십시오."

"당연한 말씀입니다. 다시 한 번 감사드립니다."

"아, 그리고 제가 한 가지 좋은 소식을 더 알려 드리겠습니다."

"예?"

"교 소저께서 조금 전에 의식을 회복하셨습니다. 지금은 다시 잠들었습니다만 곧 교 소저와 대화를 나누실 수 있을 겁니다."

"예? 정말입니까!"

"예."

"영 매!"

우문후가 큰 소리로 교영을 부르며 달려가는 것을 승후가 급히 말렸다.

"이제 겨우 잠이 들었습니다. 좀 조용히 하세요."

"예……."

승후의 핀잔에 우문후는 머리를 긁적이며 조용히 교영의 처소로 걸어갔다.

모두가 잠든 새벽. 검은 인영 하나가 교영의 처소로 날아들었다. 교영의 처소에는 그동안 한시도 떠나지 않던 우문후의 모습도 보이지 않고 교영의 고른 숨소리만 들렸다.

삐걱.

검은 인영이 문을 열고 교영의 방으로 들어섰다. 그러나 갑자기 문이 열리며 나는 소음에 흑의인영은 주춤하며 급히 교영의 얼굴을 살폈다. 다행히 교영은 깊은 잠에 빠졌는지 문 여는 소리에도 아랑곳하지 않고 여전히 평온한 얼굴을 하고 있었다.

고양이 걸음처럼 발소리를 죽이며 흑의인영은 교영의 곁으로 다가갔다. 그리고는 교영의 머리맡에 앉아 교영의 얼굴을 말없이 바라보았다.

"언니……."

흑의인영의 입에서 뜻밖의 말소리가 들렸다. 달빛을 등지고 있던 흑의인영이 고개를 젓는 순간 달빛에 모습이 드러났다. 흑의인영은 놀랍게도 서문혜경이었다.

"언니……."

다시 한 번 서문혜경이 교영의 이름을 나직이 불렀다. 그러나 이번에는 교영의 얼굴을 바라보지 않고 둥근 달을 바라보았다.

"처음 언니와 내가 만났던 그때 생각나? 그때는 내가 언니를 많이 미워했었지……. 미안해, 언니."

얼굴을 붉히며 서문혜경은 우문후와 교영이 처음 용문방에 왔던 날을 생각했다.

"그때도 언니는 몸이 많이 약했지. 이제는 많이 달라질 거야. 참, 언니도 알겠구나? 언니를 치료한 사람이 누군지. 승후라는 사람인데 참 특별한 사람인 것 같아. 단지 무공이 뛰어난 사람인 줄만 알았는데 의술까지 뛰어나고 말야. 생긴 모습은 우리 후 가가보다 못한데 따르는 여인들이 참 많아. 이상하지 않아, 언니? 내가 보기에는 그다지 매력이 있어 보이지 않는데. 호호."

서문혜경은 승후의 이야기를 꺼내고는 웃음 지었다.

"휴… 승 소협이 언니가 의식을 회복했다는 말을 했는데 언제까지 잠만 자고 있을 거야, 언니? 모처럼 후 가가 없는 시간에 언니랑 이야기하려고 왔는데……."

서문혜경은 교영의 어깨를 가볍게 흔들었다. 그러나 교영은 서문혜경의 행동에도 여전히 깊이 잠들어 있었다.

"쳇, 일 년이 넘도록 잠만 잤으면서도 아직도 덜 잔 거야?"

서문혜경은 그녀답지 않게 치기 어린 행동으로 조금 거칠게 교영을 흔들었다. 하지만 얼굴만 옆으로 돌아갈 뿐 여전히 교영은 잠에서 깨어나지 않았다.

"언니, 나 사실은 언니를 무척 미워하고 있어. 지금도 언니 옆에서 옛날이야기를 하고 있지만 마음속에서는 계속 언니를 미워하라고 나를 부추기고 있어. 그러면 안 되는데… 아픈 언니를 미워하면 안 되는데… 그런데 난… 흑흑……."

서문혜경은 끝내 참았던 울음을 터뜨리고 말았다.

"흑흑… 언니가 처음 의식을 회복했다는 소리를 들었을 때 무척 기뻤어. 그런데 그런 기쁨은 잠시뿐이었어. 갑자기 언니가 막 미워지는 거야. 이대로 언니가 영원히 잠들어 버리면… 잠들어 버리면… 흐흐흑… 나 정말 못된 아이지, 언니?"

서문혜경의 눈물이 교영의 볼에 떨어졌다. 그러자 서문혜경의 눈물을 느낀 교영의 얼굴이 잠시 굳어졌다. 그러나 이러한 교영의 변화를 느끼지 못한 서문혜경은 그동안 가슴에 묻어두었던 자신의 감정을 솔직히 이야기하기 시작했다.

"사실 나… 언니가 처음 정신을 잃었을 때 다행이라는 생각을 했어.

아마 언니도 알고 있었을 거야, 내가 후 가가를 가슴에 담고 있었다는 것을……. 그때 난 언니만 없어지면 후 가가가 나를 받아줄 줄 알았어. 그런데 다 죽어가는 언니를 붙잡고도 언니를 포기하려고 하지 않는 거야. 그래서 난 후 가가에게 언니에 대한 집착이라고, 언니가 편히 갈 수 있도록 놓아주라고 말했어. 하지만 후 가가는 더욱 언니의 치료에 매달렸어. 그때는 정말이지, 언니가 미웠어. 아마 그때 냉천이라는 사람이 나타나지 않았다면 아마 난 언니를……. 미안해, 언니. 정말 미안해……."

어느새 눈물이 멈췄는지 서문혜경은 교영의 얼굴에 아무렇게나 흩어져 있는 머리카락을 매만지기 시작했다. 그리고는 계속 교영의 볼을 쓰다듬었다.

"언니가 깨어나면 후 가가는 앞으로 나를 잊겠지……. 그리고 시간이 흐르면 후 가가의 마음속에서 나라는 존재는 영원히 잊혀지겠지……. 사랑하는 사람을 가슴에 담아두고도 그 사람이 나의 존재조차도 모른다는 것은 어떤 느낌일까……? 많이 아플까? 아니, 아프겠지……?"

서문혜경은 머리를 숙여 교영의 이마에 입을 맞추었다. 그리고는 소매로 눈가를 닦으며 자리에서 일어섰다.

"미안, 언니. 이럴려고 온 게 아닌데……. 언니가 의식을 회복했다고 해서 그저 옛날이야기를 좀 하려고 온 것뿐인데… 미안해, 언니. 괜히 아픈 사람 앞에서 울기나 하고……."

문가에 선 서문혜경의 신형이 다시 교영을 향해 돌아섰다. 순간 서문혜경의 눈에는 질투와 원망, 그리고 슬픔이 가득한 눈으로 잠자고 있는 교영의 모습을 바라보며 속삭였다.

"언니, 앞으로는 아프지 마. 한 번만 더 아프면 양보하지 않을 거야.

그리고 후 가가랑 행복해야 해……."

마지막 말은 힘없이 미약하게 떨리고 있었다. 그리고 서문혜경은 천천히 교영의 방에서 멀어져 갔다.

또르륵.

서문혜경이 사라지고 얼마지 나지 않아 교영의 눈에서 눈물이 흘렀다. 그리고 교영의 눈물은 시간이 갈수록 거세져 교영이 베고 있는 베개를 흠뻑 적셨다.

"승 소협!"

아침부터 우문후는 큰 소리로 승후를 부르며 찾아왔다. 그리고 방문을 벌컥 열어젖히고는 아직도 잠에서 덜 깬 승후를 향해 달려들었다.

"승 소협!"

"아이고, 귀야! 거참, 아침부터 웬 소란입니까?"

단잠을 방해하는 우문후의 행동이 못마땅한 승후는 우문후를 흘겨보았다. 그러나 우문후는 승후의 이런 행동에도 불구하고 금방이라도 울음을 터뜨릴 것 같은 눈을 하고 있었다.

"교영이… 영 매가……."

"예? 교 소저에게 무슨 일이라도 있습니까?"

"교영이 의식을 회복했습니다. 그런데……."

"의식을 회복했으면 잘된 일 아닙니까? 그것 때문에 저에게 자랑하러 온 겁니까? 원, 사람 하고는……."

"그게 아니라……."

"예……?"

그제야 승후는 어깨가 축 처진 우문후의 모습을 발견할 수 있었다. 교영이 의식을 회복했으면 제일 좋아할 우문후였건만 오히려 어깨가 처진 채 근심이 가득한 우문후 모습이 이해가 되지 않았다.

"교 소저에게 무슨 문제라도 있습니까?"

"기억을 못한답니다……."

"예?!"

승후는 황당한 우문후의 말에 어이가 없었다. 기억을 못하다니? 분명 승후는 어제 교영과 많은 이야기를 나누었다. 그런데 낮도깨비 같은 우문후의 말에 어이가 없었다.

'무언가 사정이 있는 것 같군.'

어제 교영의 말이 조금 걸렸던 것을 생각해 낸 승후는 직접 교영을 만나보기로 했다.

"가보십시다. 제가 직접 살펴봐야겠습니다."

자리에서 벌떡 일어난 승후는 교영의 처소를 향해 나는 듯이 달려갔다. 그 뒤를 우문후가 따랐다.

교영의 처소에 도착했을 때 서문혜경을 비롯한 용문방주 내외와 장경, 장소소의 모습도 보였다.

"승 공자!"

승후의 모습을 발견한 옥군영이 승후를 맞았다. 그리고는 교영의 모습과 승후의 얼굴을 번갈아 보는 것이었다.

"교영이 의식을 회복했다는 소리를 듣고 달려와 봤더니 저러고 있어요."

옥군영이 가리키는 교영의 모습을 본 승후는 어이가 없었다. 겁에

질린 듯 교영이 침상에서 몸을 웅크린 채 서문혜경의 손길을 피하고 있었던 것이다.

"언니, 왜 그래? 날 잊었어? 나 혜경이잖아?!"

그러나 서문혜경의 안타까운 말에도 교영은 머리만 저을 뿐 서문혜경의 손길을 피하기만 했다. 그런 교영을 서문혜경이 안아갔다. 그러나 교영은 승후를 발견하고는 어디서 그런 힘이 났는지 서문혜경을 밀치고 승후를 향해 달려왔다. 그러나 얼마 걷지 못하고 자리에 주저앉고 말았다. 이에 놀란 우문후가 교영을 향해 달려갔다. 그러나 교영은 우문후의 손길마저도 거부했다. 이에 보다 못한 승후가 교영에게로 다가갔다. 그러자 조금 전과는 달리 교영이 냉큼 승후의 품에 안기는 것이었다.

"교 소저."

당황한 승후가 교영을 불렀다. 그러나 교영은 주위의 시선에도 아랑곳하지 않고 승후의 품에 더욱 깊이 안겨왔다.

"승 소협, 어떻게 된 겁니까?"

"승 공자……."

승후는 주위의 이런 의문이 귀에 들려오지 않았다. 승후 자신도 어제와 너무 다른 교영의 행동에 당황했던 것이다. 그리고 그때 교영과 눈이 마주쳤다. 무언가를 간절히 바라는 눈빛이었다. 승후는 교영의 눈빛에 당황했지만 이내 그 눈빛의 의미를 어느 정도 짐작할 수 있었다.

'에휴… 난 왜 항상 나쁜 예감은 이렇게 잘 맞는 거야?'

"일단 교 소저를 다시 진맥해 봐야겠습니다. 그러니 모두들 밖에서 잠시만 기다려 주세요."

"하지만 어제는……."

승후의 행동에 우문후가 이의를 제기했지만 옥군영의 제지로 물러섰다.

"그럼 승 공자, 조급히 생각하지 말고 교영의 상세를 살펴봐 주세요."

"예."

모두들 방에서 나가고 교영과 승후만이 남게 되었다. 한동안 무거운 침묵이 계속되었다.

"휴, 어찌 된 일입니까?"

승후는 자신의 품에 아직도 안겨 있는 교영을 보며 물었다. 그러나 교영은 아무런 말이 없었다.

"……."

"저는 이곳에 있을 수 없어요."

한참이 지나서야 교영이 겨우 입을 열었다.

"그런 생각을 하게 된 이유를 물어도 될까요?"

"……."

"혹시 우문 대주와 서문 대주의 일 때문이라면 전 이 일에서 빠졌으면 합니다."

승후의 말에 예의 애절한 눈을 한 교영이 승후를 바라보았다. 그러나 승후는 교영의 그런 눈을 정면으로 마주할 수 없어 교영의 시선을 옆으로 흘렸다.

"저는 후 가가에게 아무런 도움이 되지 못해요."

"꼭 누군가에게 도움이 되어야 합니까?"

"물론 아니에요. 하지만 난……."

승후도 교영의 심정을 충분히 이해할 수 있었다. 우문후에게서 받기만 하고 자신은 아무것도 해줄 수 없는 무력감을 충분히 이해했다. 하지만 이건 아니라고 생각했다.

"제가 후 가가의 곁에 있으면 짐만 될 뿐이에요. 그리고 일 년 전의 일이 다시 반복되지 말라는 법도 없구요."

"……."

"그리고 무엇보다도 두 사람이 너무도 사랑하고 있어요. 후 가가의 마음속에는 이미 혜경이 자리 잡고 있어요. 혜경의 마음속에는 오로지 후 가가뿐이구요."

"그럼 교 소저의 마음은요?"

"제 마음이 지금 중요할까요? 그리고 저는 후 가가에 대한 저의 감정이 어떤 것인지 생각나지도 않아요. 아마도 너무 오랫동안……."

"거짓말을 하는군요."

"예?"

교영이 놀란 토끼 마냥 눈을 동그랗게 뜨며 승후를 바라보았다.

"우문 대주에 대한 감정이 남아 있지 않다는 사람이 조금 전과 같이 행동할 수 있을까요? 제 눈에는 우문 대주와 서문 대주를 배려하는 행동으로 보였습니만… 아닙니까?"

"그, 그건……."

"자신의 마음을 속이면서까지 도망갈 필요는 없다고 생각됩니다. 차라리 세 사람이 솔직히 이야기하는 것이 어떨까요?"

"······."

"그렇게 하죠. 제가 우문 대주와 서문 대주를 불러오겠습니다. 세 사람이 이야기를 나눈 다음에도 교 소저의 마음이 지금과 같이 확고하다면 제가 교 소저를 데리고 이곳을 떠나도록 하죠. 어떻습니까?"

승후의 말에 교영은 아무런 말을 하지 못했다. 교영이 힘들더라도 승후는 교영의 뜻대로 해주고 싶은 마음은 없었다. 지금이 아니면 세 사람이 가슴을 터놓고 이야기할 기회는 없을 것 같은 생각이 들었기 때문이다.

"우문 대주와 서문 대주는 잠시 들어와 주세요."

품에 안겨 있는 교영을 침상에 앉혀주며 승후는 우문후와 서문혜경을 불러들였다.

우문후와 서문혜경은 교영이 침상에 앉아 멍한 눈으로 천장만을 바라보는 모습을 보고는 승후를 바라보았다.

"교 소저께서 두 분께 할 이야기가 있다고 합니다. 저는 어차피 제삼자이니 당사자인 세 분이 이야기를 나누세요."

뜻 모를 말을 남기고 승후는 교영의 방을 빠져나갔다.

"영 매······."

"언니······."

"후 가가와 동생은 너무 잘 어울려요."

난데없는 교영의 말에 우문후와 서문혜경은 당황했다. 교영의 말에 우문후가 막 입을 열려고 할 때였다.

"전 이 용문방을 떠날까 해요. 그게 오라버니를 위해서도, 또 동생을 위해서도 좋을 거라 생각해요."

"그게 무슨……?"

"오라버니."

교영의 단호한 음성에 우문후는 흠칫했다. 그리고 교영의 마음이 자신에게서 멀어져 가고 있음을 어렴풋이나마 느낄 수 있었다.

"동생……."

"언니……."

"앞으로 행복해야 해요."

그것으로 끝이었다. 많은 대화가 필요없었다. 교영도, 우문후도, 서문혜경도 모두들 서로의 마음을 너무도 잘 알고 있었기에 서로가 다치지 않게 배려하다 어느새 이 자리에까지 오게 된 것이다. 그리고 결과는 교영이 그들을 떠나는 것이었다.

"오라버니의 마음속에 제가 아닌 동생이 자리하고 있다고 해서 저에게 미안해할 필요는 없어요. 저도 일 년이라는 시간 동안 잠들어 있다 보니 오라버니와 함께했던 일들이 잘 기억나지도 않거든요."

교영이 우문후를 보며 웃었다. 여전히 아름다운 미소였다. 그러나 우문후의 눈에는 너무도 슬픈 미소였다. 아마도 앞으로는 두 번 다시 교영의 이런 미소를 볼 수 없을 것이다.

"곽 표두님, 이대로 표행을 계속한다는 것은 너무 무모합니다. 정 대표두 어른이나 마 표사, 진 표사가 부상당하지 않았다면 모르나 현재 곽 표두님과 저, 성 표두만으로는 혈랑채를 감당하기 어렵습니다."

"음……."

곽 표두라 불린 서른 중반의 사내가 국진국(國緝菊)의 말을 들으며 나직이 신음을 흘렸다. 처음 곽 표사 일행이 낙양표국을 떠나 표행을 나섰을 때만 해도 아무런 문제가 없었다. 몇몇 산적 무리들이 표행을 노리고 공격하기는 했지만 그런 일은 늘상 있어왔다. 그리고 그런 소규모의 산적에게 표물을 강탈당할 낙양표국이 아니었다. 비록 낙양표국이 중원의 십대표국에 들지는 못했지만 중소표국 중에서는 꽤 인지도가 높은 표국이었기에 어줍잖은 산적 무리를 해결하는 일은 그다지 어렵지 않았다. 하지만 표행이 계속될수록 표물을 노리는 습격과 공격이 빈번해져 급기야는 혈랑채와 충돌하고 말았다. 결국 그 일로 이번 표행의 인솔자였던 대표두 정수범(鄭垂範)과 마순영(馬巡營), 진묘천(晉 淼天) 표사가 중상을 입었고 열 명의 쟁자수 중 다섯이 목숨을 잃었다. 그리고 표행을 돕던 일꾼들은 혈랑채와의 접전에서 모두 목숨을 잃었다. 그러나 다행히도 일행은 낙양표국의 세 대표두 중 일 인인 정수범의 눈부신 활약으로 겨우 혈랑채의 포위망을 뚫고 도망칠 수 있었다. 그리고 혈랑채와 혼전 중에도 표물을 잃지 않은 것이 정말 기적이었다. 한데 지금까지 사천에 본거지를 둔 혈랑채가 왜 이곳 강서성에 나타났는지 그 이유를 알 수 없었다.

"역시… 그렇겠지?"

"예, 곽 표두님."

"음, 하지만 이대로 이곳에 머무를 수만도 없지 않나?"

"하지만 이번 표행에 딱히 기일이 정해져 있는 것도 아니고 일단은 부상자들을 수습해야 합니다. 그리고 본국에 도움을 요청해야 하구요."

"알겠네. 자네의 말을 따르도록 하지. 한데 대표두 어른은 좀 어떠신가?"

"아직 의식을 회복하지 못하고 계십니다. 그러나 부상을 입었던 마 표사와 진 표사가 빠른 회복을 보이고 있습니다."

"그것 참 반가운 소리군 그래. 그들을 돌봄에 있어 소홀함이 없도록 하게나."

"예, 곽 표두님."

"그럼 난 정 표두님의 상세를 살펴보겠네. 미안하지만 자네가 내 대신 표행 업무를 처리하도록 하게나."

"알겠습니다, 곽 표두님."

곽 표두는 믿음직한 국 표사의 어깨를 두드려 주고는 정수범이 있는 곳으로 향했다.

"하아……."

승후는 자신도 모르게 한숨을 길게 내쉬었다. 순간 승후의 한숨 소리를 들은 교영이 어깨를 가늘게 떨었다. 교영의 어깨가 떨리는 것을 느낀 승후는 속으로 자신의 실태를 꾸짖었다.

'에이, 망할… 어째 이다지 조심성이 없는지…….'

"미안해요, 승 공자님……."

"아닙니다. 이번에는 제가 잘못했죠. 그리고 앞으로 그 미안하다는 소리 하지 않기로 하지 않았습니까? 하하, 전 교 소저에게 의술을 가르친 다음 교 소저를 악착같이 이용해 먹을 겁니다. 그러니 저에게 미안하다는 말은 하지 마세요. 아마 나중에 후회하게 되실지도 모릅니다."

"예?"

교영은 조금 놀란 듯 두 눈을 동그랗게 뜨고는 승후의 얼굴을 바라보았다. 지금 승후는 교영을 앞에 앉히고 말을 타고 가는 중이었다. 그래서 갑자기 교영이 몸을 돌리자 교영의 얼굴과 승후의 얼굴이 무척 가까워졌다. 교영의 달콤한 살 내음이 승후의 콧속으로 스며들었다. 이로 인해 두 사람의 얼굴이 동시에 붉어졌다. 잠시 교영과 승후 사이에 어색한 침묵이 흐르자 교영이 얼굴을 붉히며 얼굴을 돌렸다.

"이상한 분이세요, 승 공자님은."

어색한 침묵을 깨기라도 하듯 교영이 먼저 말했다.

"제가 어디가 이상하다는 겁니까?"

"잘은 모르지만… 보통의 사내라면 조금 전 승 공자님처럼 말씀하지는 않을 거예요."

"조금 전……?"

승후는 조금 전 자신이 한 말을 기억해 냈다.

"하하, 제 말이 마음에 걸려서 그러는 겁니까? 하지만 어쩔 수 없습니다. 세상에는 공짜가 없거든요. 제가 교 소저의 병을 치료했고 또 교 소저의 부탁을 들어드렸으니 최소한의 대가를 지불하셔야지요. 안 그렇습니까?"

"예……."

교영은 승후의 말에 대답했다. 하지만 승후의 대가라는 말에도 기분이 나쁘지 않았다. 그리고 이런 승후와 너무도 비교되는 우문후를 생각했다. 우문후는 언제나 몸이 약한 교영을 배려해 주었다. 하지만 그것이 지나쳐 교영의 목을 죄듯 옥죄어올 때도 있었다. 그것이 우문후는 사랑이라고 생각했겠지만 교영의 입장에서 그것은 사랑도 무엇도 아니었다. 한 사람이 일방적으로 퍼주기만 하는 것이 사랑일까? 아니면 교영 자신처럼 받기만 하는 것이 사랑일까? 누군가는 교영의 생각을 배부른 투정이라 할 수도 있겠지만 교영이 생각하기에는 어느 한쪽의 희생으로 이루어지는 사랑은 결코 사랑이라 할 수 없었다. 자신도 상대를 위해 무언가를 해줄 수 있을 때, 그때가 비로소 사랑의 시작이라고 교영은 믿었다. 일 년이 넘도록 자신을 보살펴 온 우문후를 이대로 떠나온 것이 미안했지만 우문후도 교영에 대해 생각을 다시 하게 된다면 그것이 사랑인지 아닌지 알 수 있을 것이라 생각했다. 그리고 머지않아 우문후 자신의 가슴에 이미 서문혜경이라는 이름 넉 자가 크게 자라고 있다는 것도 알 수 있을 것이라고 생각했다.

"무슨 생각을 그렇게 골똘히 하는 겁니까?"

"예? 아, 아니에요."

승후의 물음에 교영은 자신만의 생각에서 깨어났다.

"승 공자님."

"예, 말씀하세요."

"공자님의 동생 분들이 저를 반겨줄까요?"

승후는 교영과 용문방을 떠나오면서 사운화와 예설에 대해 이야기해 주었다. 그리고 교영은 승후와 함께하는 내내 승후가 이야기한 여인들을 생각했다. 그리고 그것이 은근히 마음에 걸렸다.

"아마도 그럴 겁니다. 나쁜 아이들이 아니니 교 소저를 괴롭히거나 하지는 않을 겁니다."

"예……."

승후의 말에 교영은 조금 안심하는 표정이었지만 완전히 얼굴색이 밝아진 것은 아니었다. 그런 교영을 향해 승후가 말했다.

"미리 걱정한다고 해서 해결되는 일은 없습니다. 때로는 부딪쳐 봐야 비로소 문제의 본질을 알 때도 있습니다. 그러니 미리 겁먹을 것도, 반대로 일을 너무 쉽게 낙관하는 것도 옳지 않습니다."

"예."

승후의 말을 되씹으며 교영은 한 번 더 승후가 이곳의 남자들과는 많이 다르다는 것을 느낄 수 있었다. 어찌 보면 조금 무뚝뚝한 것 같기도 하고 어떨 때는 너무도 자상하고 부드러웠으며 때로는 엄해 보이면서도 실없어 보이기도 했다. 도대체 어떤 모습이 본모습인지 분간이 가지 않았다.

"하……."

"또 무슨 걱정이 있나요?"

"아, 아니에요."

자신의 한숨 소리에 놀란 듯 교영이 승후의 물음에 말을 더듬었다. 그런 교영을 승후가 가슴으로 바싹 끌어당겼다. 이에 교영은 흠칫하며 얼굴을 붉혔다.

"이제 조금 빨리 말을 몰아볼 생각입니다. 피곤하거나 불편하면 즉시 말하세요. 괜히 참거나 해서 몸 상하는 일이 없도록 말입니다."

"예……."

"이럇!"

교영의 수줍은 음성을 들은 승후는 말의 옆구리를 걷어찼다. 그러자 말이 조금씩 속도를 내기 시작했다. 말이 내는 속도에 비례해서 교영의 얼굴에 부딪치는 바람도 점점 거세졌다. 호흡이 가빠 얼굴이 붉어졌지만 너무도 오랜만에 느껴보는 감촉에 교영은 기분이 좋았다.

"우문 대주."

"……."

"정말 이대로 보내도 후회하지 않겠나?"

장양충이 우문후를 보며 걱정스레 물었다. 그러나 우문후는 장양충의 말에 아무런 대답도 하지 못했다. 그저 승후가 용문방을 떠나며 자신의 손에 쥐어준 목걸이를 매만질 뿐이었다.

"……."

"지금은 잘 모르겠습니다, 교영이 절 떠나는 이유를……. 하지만 교영은 제가 싫어서 떠나는 것은 아닌 것 같았습니다. 그리고 이상하게도 교영이 저를 떠난다는 말을 들었을 때 마음이 놓였습니다. 마음을 짓누르고 있던 의무감이라 할까… 그런 것을 떨쳐 낸 후련한 기분마저 들었습니다. 과연 제가 교영을 사랑하기는 했는지 솔직히 의심스럽습니다."

넋두리 같은 우문후의 말을 들은 장양충은 우문후의 마음을, 아니, 정확히 우문후의 말을 이해할 수 없었다. 그래서 지금은 교영을 사랑하지 않느냐고 묻고 싶었다. 하지만 우문후의 입에서 어떤 말이 나올지 알 수 없어 그만두었다. 솔직히 장양충은 교영이 떠남으로 해서 마음이 놓였다. 이기적이라 해도 할 수 없지만 딸 같은 서문혜경이 더 이상 마음 아파하지 않아도 된다는 생각에 솔직히 교영의 말이 반가웠던 것이다.

"그럼 혜경은 어떻게 할 생각인가?"

성급한 물음인지도 몰랐다. 교영이 방을 떠난 지 몇 시진도 되지 않았다. 하지만 장양충은 서문혜경을 위해서라도 확실히 해두고 싶었다.

"아직은 잘 모르겠습니다. 하지만 곧 마음을 정리해서 서문 대주에 대한 저의 마음을 전할 생각입니다."

장양충의 말에 대답하며 우문후는 자신의 손에 놓인 목걸이를 움켜쥐었다. 이를 지켜보는 장양충의 얼굴에 희미한 미소가 떠올랐다.

'그래, 사람의 인연이란 아무도 모르는 거야……. 후후.'

第四章
회자정리

"와~"

　교영은 구강의 자연 경관을 보며 작게 탄성을 터뜨렸다. 그리고 구
강의 자랑인 크고 작은 호수의 아름다움에 푹 빠져 승후에게 이것저것
궁금한 것을 물어보기도 했다. 하지만 승후도 구강에 대해 모르는 것
이 대부분이었기에 교영의 질문에 제대로 된 대답을 할 수가 없었다.
그때마다 교영은 이마를 찌푸렸지만 곧 처음 보는 경관에 빠져들었다.

　구강의 자연 풍광에 빠져 있는 교영만큼이나 구강의 많은 사람들이
한 마리의 말을 타고 있는 승후와 교영을 힐끔거렸다. 아무리 남매지
간이라 하더라도 함께 말을 타거나 하지 않는 것이 당시 이곳의 관습
이었다. 하물며 닮은 곳이 전혀 없는 남녀가 한 마리의 말에 나란히 타
고 있는 것은 결코 흔히 볼 수 없는 구경거리였다. 처음에는 서너 명에

지나지 않던 구경꾼들이 구강 시내로 들어서자 점점 늘어났다.

"공자님……."

구강의 경치에 빠져 있던 교영도 주위의 시선을 느꼈는지 얼굴을 붉히며 승후의 가슴으로 숨어들었다. 하지만 승후의 품속으로 숨는 것도 한계가 있었다. 그리고 이런 교영의 모습이 오히려 숨어서 교영의 모습을 힐끔거리던 사내들의 눈을 더욱 붉게 충혈되게 만들었다.

"공자님……."

거듭 교영이 승후를 불렀다. 승후도 조금 전부터 사람들의 따가운 시선을 느꼈다. 하지만 사람들의 시선을 피할 마땅한 방법이 떠오르지 않기에 묵묵히 말만 몰 뿐이었다.

웅성웅성!

승후와 교영이 사람들의 따가운 시선을 받으며 구강의 번화가를 지나 풍림장이 있는 대호(大湖) 방향으로 길을 접어드는데 사람들의 웅성 거림이 들려왔다. 이에 호기심을 느낀 승후가 사람들이 모여 있는 곳으로 말을 몰았다.

"자네는 어떻게 생각하나?"

"보수가 상당히 많군. 하지만……."

"자네도 그 혈랑채라는 도적 떼가 신경 쓰이나?"

"목숨은 하나뿐이니 당연하지 않나."

"그래, 쩝. 아깝긴 하지만 목숨보다 중한 건 없지."

그렇게 이야기를 주고받던 두 사내가 말은 그렇게 했지만 여전히 미련이 남는지 입맛을 다시며 벽보를 힐끔거리다 사라져 갔다.

"무슨 일일까요, 공자님?"

"글쎄요……."

교영의 물음에 말을 흐리며 승후는 사람들의 눈이 향하고 있는 곳으로 시선을 가져갔다.

—본 낙양표국에서는 이번 악양행 표행에 표사와 일꾼들을 모집합니다. 이번 표행의 대가로 표사는 은자 오십 냥, 일꾼은 은자 이십 냥을 지급합니다. 표사와 일꾼들은 표행이 끝남과 동시에 더 이상 낙양표국의 표행에 함께하지 않아도 됩니다. 그러나 만약 낙양표국에서 계속 일하고 싶은 표사나 일꾼들은 낙양 본국에서 일자리를 보장합니다. 표행에 참여하고자 하는 분들은 삼 일 후 춘호각으로 미시까지 와주십시오.

"은자 오십 냥이라……."

승후는 낙영표국이 제시하는 은자 오십 냥을 입속으로 되뇌었다. 적잖은 돈이었다. 은자 열 냥이면 사 인 가족이 한 달을 어렵지 않게 날 수 있는 돈이었기에 오십 냥이면 큰 액수였다. 그리고 앞으로 언제까지 이곳에 있게 될지는 모르지만 계속 생활하기 위해서는 승후에게도 돈이 필요했다. 물론 필요한 돈은 풍림장이나 문일상으로부터 빌릴 수도 있었지만 미래에 있을 때부터 승후는 친한 지인들과는 돈 거래를 하지 않는다는 철칙을 가지고 있었기에 어떻게 하든 자신의 힘으로 돈을 벌고 싶었다.

"공자님."

생각에 잠겨 있는 승후를 교영이 흔들었다. 그러나 승후는 여전히 자신의 생각에서 빠져나오지 못했다. 오히려 시간이 지날수록 더욱 생각에 몰입하는 것 같았다.

"승 공자님!"

교영의 뾰족한 목소리가 승후의 귓속으로 파고들었다.

"에… 엣?"

갑자기 들려온 교영의 목소리에 승후는 교영을 바라보았다. 그리고 곧 새침한 표정을 하고 있는 교영을 발견할 수 있었다.

"무, 무슨 일입니까?"

"제가 몇 번이나 불렀는지 아세요? 많은 사람들이 자꾸 힐끔거렸다 구요!"

불만이 가득한 교영의 말에 승후는 곧 주위를 둘러보았다. 그리고 조금 전까지 많은 사람들이 모여 웅성거리던 것과는 달리 덩그러니 벽에 하얀 종이 하나만 붙어 있는 모습을 발견하고는 어이가 없었다.

"도대체 무슨 생각을 하시길래 사람이 그렇게 불러도 대답하지 않을 수가 있는 거죠?"

"그, 그게… 험, 험……."

어색한 듯 헛기침을 하며 승후는 말을 몰았다. 그리고 한참 동안 말없이 교영과 승후는 앞만을 응시했다.

"혈랑채가 어떤 단체인가요?"

교영이 승후를 향해 물었다.

"예? 예, 일단 단체의 이름을 보아하니 도적 떼인 것 같습니다만… 자세한 것은 저도 잘 모르겠군요. 그런데 갑자기 혈랑채라니요?"

갑작스런 교영의 물음에 승후는 의아해했다.

"조금 전 사람들이 낙양표국에서 써 붙인 방을 보며 한결같이 혈랑채 이야기를 하며 표사가 되기를 주저하는 것 같았어요."

"……."

교영의 말에 승후는 조금 전 낙양표국에서 써 붙인 방의 내용을 다시 생각했다. 표사의 임금이 얼마인지는 몰라도 단 한 번의 표행치고는 상당히 많은 액수가 주어지는 것에 생각이 미치자 머리를 끄덕였다. 아무래도 혈랑채와 낙양표국에 어떤 문제가 있는 것 같았기 때문이다.

"공자님, 돈이 필요하신가요?"

"왜 그렇게 생가하십니까?"

"공자님의 눈이 벽보를 본 순간 생각에 잠기는 것 같아서요."

"……넘겨 짚으신 거군요?"

"예…"

"돈이라……. 그렇죠. 일단은 살아가야 하니. 그리고 언제까지나 이렇게 여행만 할 수도 없고 언젠가는 한곳에 정착해야 하지 않겠습니까? 그리고 가정도 이루어야지요."

"예……."

"그렇다고 제가 돈을 필요로 하는 것이 교 소저 때문이라고는 생각지 마세요. 제가 조금 전 말한 것은 오래전부터 생각해 오던 것이거든요."

"예……."

"아, 이제야 풍림장에 도착했군요."

승후가 말의 고삐를 잡아 말을 세우며 옅은 안개에 둘러싸여 있는 풍림장을 보며 교영에게 말했다. 승후의 말을 들은 교영이 안개 속의 풍림장을 보며 탄성을 터뜨렸다.

"아!"

"멋지죠?"

"그렇네요."

"앞으로 저 풍림장보다 더 멋진 곳에서 교 소저가 살 수 있게 해줄 테니 너무 부러워 마세요."

승후가 교영의 어깨를 가볍게 두드리며 말하자 교영은 풍림장을 보며 머리를 끄덕였다.

승후가 풍림장에 도착했다는 이야기를 들은 사운화와 예설이 나는 듯이 달려나왔다. 처음 승후가 부상을 입었다는 소리를 들었을 때 그녀들은 당장이라도 용문방으로 달려가려고 했었다. 하지만 유백청과 소진걸의 만류와 문일상의 전갈을 받고는 그대로 풍림장에 머물렀다. 그러나 며칠 후 문일상 혼자서 풍림장에 도착하자 그녀들의 걱정은 더욱 커져 갔다. 하지만 승후의 내상이 나았고 또 환자를 치료하기 위해 용문방에 머무르고 있다는 말에 안심하였다. 그런 그녀들을 걱정하게 만든 승후가 오늘 드디어 나타난 것이다.

"오라버니!"

사운화와 예설이 승후를 부르며 달려왔다. 그리고 누가 먼저랄 것도 없이 승후의 품으로 안겨들었다.

"오라버니, 얼마나 걱정한지 알아요?! 사람이 어떻게 소식 한번 안 할 수 있죠?!"

예설이 승후의 품에서 벗어나며 허리에 손을 척 하니 올리고는 승후를 째려보았다. 이에 승후는 머리를 긁적이며 예설의 시선을 피했다. 하지만 예설의 시선을 피한다고 돌린 방향에서는 사운화가 매서운 눈으로 승후를 노려보고 있었다.

'헉! 애들이 오늘 사람 잡겠군.'

"하하, 운화야, 설아야, 문 아저씨가 이야기하지 않았니? 환.자.를 치료하느라 바빴다고."

"아무리 그래도 그렇지 간단한 소식도 전하지 못할 정도로 환자의 병세가 중했단 말인가요?"

여전히 불만이 가득한 얼굴을 한 예설이 승후를 보며 쏘아붙였다.

"그래, 설아야. 무.려. 일 년 동안이나 의식이 없던 중한 환자였단다. 다행히 이 오라버니의 뛰어난 의술로 겨.우. 고칠 수 있었지만 말이야. 그러니 그만 용서해 주렴. 응, 설아야?"

이번에도 승후는 예설의 잔소리를 벗어나기 위해 최대한 불쌍한 표정을 지었다. 이런 승후의 모습을 본 사운화와 예설은 잠시 흠칫했으나 곧 화가 많이 풀어졌다.

"쿡쿡……."

갑자기 웃음을 참는 소리에 승후와 예설, 그리고 사운화는 웃음의 주인공을 찾았다. 교영이 승후의 행동을 보며 웃음을 참고 있었다.

"오라버니!"

사운화가 설명을 요구하는 의미로 승후를 불렀다. 이에 사운화의 의도를 알아차린 승후는 헛기침을 하며 교영을 사운화와 예설에게 소개했다.

"험험, 그래, 이 소저는 교영, 교 소저라 한단다. 용문방에서 내가 치료한 환자이기도 하고."

승후의 말을 들은 사운화와 예설은 여전히 승후를 바라보고 있었다. 이에 대답하기 곤란해진 승후가 사운화와 교영의 시선을 피하자 교영이 승후 대신 설명하기 시작했다.

"안녕하세요? 오는 도중 승 공자님으로부터 말씀 많이 들었습니다. 승 공자님이 말씀하신 것처럼 승 공자님의 치료를 받고 살아난 교영이라고 합니다. 그리고 제가 이곳에 오게 된 것은 제가 승 공자님께 용문방에서 다른 곳으로 저를 데려가 달라고 부탁했기 때문입니다."

교영이 간략하게 자신의 이름과 이곳에 오게 된 경위를 설명했다. 그러나 사운화와 예설은 교영의 설명에도 납득하지 못하는 듯했다. 이를 눈치 챈 교영이 한숨을 쉬며 말했다.

"자세한 사정은 잠시 후에 모두 말씀드리겠습니다."

그동안 불편한 몸으로 무리한 교영이 피곤한지 자신의 앞에 놓인 탁자에 기대며 말했다.

"예."

"그래, 설명은 내가 나중에 다 할 테니 일단은 교 소저가 편히 쉴 수 있도록 해주자꾸나."

승후가 교영을 부축하며 나가려 하자 사운화가 얼른 승후의 행동을 만류했다.

"교 소저라 했던가요?"

"예."

한순간 교영과 사운화의 시선이 허공에서 부딪쳤다. 그러나 곧 사운화가 얼굴에 미소를 띠며 교영을 부축한 승후를 밀어내고는 승후를 대신해 교영의 몸을 안았다.

"설아야, 너도 좀 도우렴."

"응? 아, 알았어, 언니."

"저와 설아가 교 소저를 모실 테니 오라버니는 이곳에서 쉬고 있으세요."

사운화가 승후를 흘겨보며 말하더니 교영을 부축하고는 밖으로 나갔다. 사운화와 예설이 교영을 부축하고 나가자 승후는 나직이 한숨을 내쉬었다.

"오라버니!"

밖에서 미려진의 음성이 들렸다. 이어 미려진의 가벼운 발걸음 소리가 들려왔다. 발걸음 소리가 여럿인 걸로 보아 아마도 유소경과 유소미가 미려진의 뒤를 따르고 있는 것 같았다. 이에 승후는 또다시 사운화와 예설에게서와 같은 일들을 당할 것 같아 허둥대기 시작했다.

"에휴~ 내가 어쩌다가 이렇게 많은 여인네들에게 관심을 받게 되었담? 거참, 웃어야 할지 울어야 할지…….. 이크."

문이 열리는 소리에 놀란 승후가 재빨리 창문으로 몸을 날렸다.

"곽 표두님, 큰일입니다. 벌써 오 일이 지났음에도 표사와 일꾼을 희망하는 사람들이 한 명도 없습니다."

"뭐라? 아니, 은자 오십 냥이 적단 말인가?!"

곽영(郭英)은 이번 표행의 대가로 은자를 무려 오십 냥이나 제시했음에도 아무도 지원하지 않자 화가 났다. 하지만 곧 이어 들려오는 국진국의 말에 크게 놀랐다.

"아무래도 혈랑채와의 일이 밖으로 새어 나간 것 같습니다."

"아니, 그들이 그 일을 어찌 알고?"

"아마 자세한 사정은 그들도 모를 겁니다. 하지만 소문이란 것이 일리를 건널 때마다 부풀려지기 마련 아닙니까?"

"흠… 결국 혈랑채 때문이라는 건가?"

"예."

"허허, 앞으로 어찌한다? 그래, 본국에서는 아무런 소식이 없는가?"

"예, 곽 표두님."

"그럼 은자의 양을 늘려 방을 붙여보게."

"예? 얼마나?"

"팔십 냥."

"팔십 냥이라뇨? 말도 안 됩니다. 한 번의 표행에 팔십 냥이면 너무 큰 액수입니다. 그렇지 않아도 현재 자금 사정이 좋지 않은데 오십 냥 이상은 무립니다."

"하면 어쩔 텐가? 이대로 계속 이곳에 머무르고 있을 텐가? 그도 아니면 현재의 우리 인원으로 무리하게 표행을 계속할 텐가? 분명 팔십 냥이라는 은자가 큰돈이긴 하지만 우리의 표행과 목숨을 놓고 비교해 볼 때 결코 크다고 할 수 없네. 그러니 자네는 내가 시키는 대로 하게."

"예……."

곽영의 단오한 말에 국진국은 다른 말을 할 수가 없었다. 곽영의 말이 모두 사실이었기 때문이다. 비록 한 번 표행의 대가로 표사의 임금이 팔십 냥이면 큰 액수였지만 자신들의 목숨과 비교하면 결코 크다고 할 수 없었다. 또 표행은 신용이다. 신용이 무너지면 곧 표국의 명성에도 금이 가는 것이다. 명성과 신용은 쌓아 올리기는 어려워도 잃기는 너무도 쉬웠다. 겨우 십대표국에 다가설 수 있는 위치까지 올라왔는데 이대로 주저앉기에는 이번의 표행이 너무도 중요했다.

그렇기에 국진국은 곽영에게 힘없이 대답하고는 곽영의 처소를 나섰다.

"승후야."

"예, 아저씨."

"나는 이제 풍림장에서 이만 떠나 화산으로 돌아가려고 하는데 함께 가지 않겠느냐?"

"예?"

갑작스런 문일상의 물음에 승후는 즉시 대답하지 못했다. 문일상은 주저하는 승후의 행동을 조용히 지켜보았다.

승후가 용문방에서 이곳 풍림장으로 되돌아온 지 사흘이 흘렀다. 그리고 그동안 풍림장을 돕기 위해 온 세가의 가주들도 대부분 돌아갔다. 소진걸마저 개방의 일로 이곳 풍림장을 떠나 풍림장에 머무르고 있는 손님이라고는 승후와 문일상 일행, 미무진 부녀뿐이었다. 그리고 지금 문일상 역시 화산으로 돌아가려고 하는 중이었다. 그러자 문일상은 승후가 마음에 걸렸다. 승후를 만나 지금까지 함께하는 동안 많은 일을 겪으면서 정도 들었지만, 그보다 승후에게는 이곳에 아무런 연고가 없는 것을 너무도 잘 알고 있었기에 문일상은 승후가 자신을 따라 화산으로 함께 갔으면 하는 바람이었다. 하지만 지금 승후의 행동을 봐서는 화산으로 가는 것은 그다지 내켜하지 않는 것 같았다. 이에 문일상은 자신의 마음을 몰라주는 승후가 조금 섭섭했다.

"하하하! 아저씨, 그런 표정 하지 마세요."

"내 표정이 어때서?"

문일상의 표정을 본 승후가 머쓱한 듯 웃었다. 하지만 오히려 그런 승후의 말에 문일상은 뚱한 표정을 지었다.

"섭섭해하지 마시라구요. 저도 화산으로 가고 싶습니다만… 제가 화산으로 간다고 해도 지금 풍림장에 손님으로 있는 것과 다를 것이 하나도 없지 않습니까? 아니, 오히려 지금 저에겐 풍림장이 편하지요. 지난번 용문방의 일도 있고 하니 그래도 이곳에 머무르는 것에 당분간 뭐라고 할 사람은 없지 않겠습니까? 하지만 제가 화산으로 가게 된다면 저는 아저씨의 개인적인 손님일 뿐이죠. 그리고 아저씨가 아무리 저를 편하게 대하신다 하더라도 언제까지고 화산에 머무를 수만도 없지 않겠습니까?"

"흠, 설아가 많이 섭섭해할 텐데……."

"설아는 아저씨가 잘 타일러 주세요."

"그럼 일단은 설아의 일은 접어두고 앞으로 무엇을 할 생각이냐? 화산으로 가지 않겠다는 것으로 보아 무언가 생각하고 있는 것이 있을 듯싶구나?"

"당분간은 여행을 계속하면서 많은 경험을 쌓을 생각입니다. 그리고 사람들도 많이 사귄 다음 목표를 정할 생각입니다."

"그럼 앞으로 운화와는 함께할 생각이냐?"

"당분간은 함께 하겠지만 운화도 이제 그만 집으로 돌려보내야지요. 너무 오랫동안 집을 떠나 있으면 운화의 부모님이 걱정하지 않겠습니까? 적당한 시점에서 돌려보낼 생각입니다."

"네 생각이 그렇다니 어쩔 수 없구나. 하지만 어려운 일이 있거나 도움이 필요하면 꼭 화산으로 연락을 주려무나. 내 힘 닿는 대로 너를 도울 테니."

"예, 아저씨."

문일상의 따뜻한 배려에 승후는 미소를 지으며 대답했다.

"그나저나 설아를 설득할 생각을 하니 앞이 캄캄하구나."

"하지만 영원히 설아를 보지 않겠다는 것도 아니니 설아도 이해할 겁니다. 그리고 제가 명성을 떨치고 한곳에 정착하게 되면 제일 먼저 아저씨께 연락드리도록 하죠."

"그래."

예설의 성격을 잘 알고 있는 문일상으로서는 승후의 어떤 말에도 쉽게 머리가 끄덕여지지 않았다.

"휴……."

"화산으로는 언제 떠날 생각이십니까?"

"가능하면 내일이라도 떠나고 싶구나."

"예……."

내일 떠난다는 문일상의 말에 승후는 갑자기 마음이 허전해졌다. 문일상과 헤어져야 한다는 것이 실감나지 않았던 것이다.

"일단 나가서 아이들이랑 이야기해 보자꾸나."

"예."

"오라버니! 정말이에요?!"

승후와 문일상의 말에 예설이 자리에서 벌떡 일어서며 승후를 향해 물었다. 그리고 눈물이 그렁그렁한 두 눈으로 승후를 바라보았다. 그런 예설의 시선을 애써 담담히 받으며 승후가 고개를 끄덕였다.

"그래, 설아야."

"하지만 오라버니, 왜 화산으로는 가지 않으려고 하는 거예요? 오라버니는 아빠와 저의 손님이라 오라버니를 어찌할 사람들은 아무도 없단 말이에요! 흑흑……."

승후에게 소리쳐 이야기하며 예설은 참았던 눈물을 기어코 터뜨리고야 말았다.

"설아야, 영원히 헤어지자는 것이 아니란다. 그러니 그만 눈물을 그치렴. 그리고 내가 무림에 이름을 떨치고 어딘가에 정착하게 되면 제일 먼저 너에게 연락할 테니 이 오라비를 기다려 주렴. 응, 설아야?"

승후는 흐느끼는 예설을 가볍게 안고는 예설의 등을 토닥거렸다. 그러나 승후의 그런 행동에도 예설의 울음소리는 더욱 커졌다.

"애고, 운화야, 설아를 어떻게 좀 해다오."

울음을 그칠 기미가 보이지 않는 예설을 가슴에 안은 승후가 사운화를 보며 도움을 청했다. 그러나 사운화의 안색 역시 예설만큼이나 밝지 못했다.

"오라버니……."

"응?"

"오라버니는 저에게도 집으로 돌아가라고 할 건가요?"

"응? 응……."

"제가 싫다면요?"

"그러지 않으리라 생각한다. 너도 집을 떠나온 지 꽤 오래되지 않았니. 부모님의 근심을 조금이라도 덜어드려야지. 그리고 운화 너에게도 다시 연락하도록 하마."

"……."

승후의 말을 들은 사운화의 두 눈도 촉촉히 젖기 시작했다. 사운화마저 눈물을 글썽이자 승후는 당황했다. 그래서 문일상에게 도움을 청했지만 문일상 역시 어쩔 수 없다는 표정이었다.

"휴, 얘들아, 앞으로 딱 이 년만 기다려 다오. 내 이 년 안에 반드시 연락할 테니. 응?"

"흑흑, 이 년씩이나요?"

"그래, 이 년이다. 물론 그 안에 너희들에게 연락할 수도 있겠지만 최대한 이 년만 기다려 다오."

승후의 이 년이라는 말에 예설은 조금씩 울음을 그쳐 갔다. 하지만 예설과는 달리 사운화의 얼굴은 조금 전과 전혀 달라지지 않았다.

"이제 그만들 그치려무나. 내일 설아와 문 아저씨가 떠난다고 하니 오늘 밤은 즐겁게 보내야 하지 않겠니?"

"예……."

갑자스런 승후와 예설, 그리고 사운화가 헤어진다는 말에 방 안의 공기가 무거워졌다.

"그래, 언니, 이 년이면 그다지 길지도 않은 시간인데 뭐. 그리고 한동안 언니와 설아 얼굴을 못 볼 것 같으니까 우리 오늘 밤새도록 이야기하자. 저기 무정한 오라버니는 빼고 말야."

미려진이 승후를 째려보며 말하고는 부산스럽게 움직이기 시작했다. 유소경도 시비들을 불러 무언가를 시켰다. 그러자 무겁게 가라앉아 있던 공기가 조금씩 가벼워지기 시작했다.

"그럼 오라버니는 언제 떠날 생각인가요?"

유소미가 승후를 향해 물었다. 그러자 부산스럽게 움직이던 미려진과 유소경을 비롯해 주위의 모든 시선이 일제히 승후에게 향했다.

"일단은 교 소저의 몸을 추스른 다음 움직일 생각이다. 대략 보름 정도면 교 소저가 여행할 수 있을 것 같구나."

"예."

승후의 대답을 들은 유소미는 조금 안도해했다. 다행히 내일 당장 승후가 풍림장을 떠나지 않을 것이라는 말에 당장의 섭섭한 마음이 많이 가신 것이었다. 그러나 승후의 말을 들은 예설과 사운화는 승후가 교영과 함께 여행한다는 말을 듣고는 얼굴을 굳혔다.

"왜죠, 오라버니? 어째서 우리가 아닌 교 소저랑 함께 여행한다는 거죠?"

승후의 말을 납득할 수 없는지 사운화가 승후에게 따지듯 물었다.

"일단은 교 소저와의 약속 때문이란다. 물론 어쩔 수 없는 상황이었지만……. 그리고 지금 교 소저는 환자란다. 그것도 아무도 돌봐줄 사람이 없는……."

"하지만 오라버니, 그런 이유라면 오라버니가 꼭 함께 해야 할 필요는 없잖아요?"

여전히 승후가 교영과 함께 여행하는 것이 못마땅한지 사운화가 승후의 말에 반박했다.

"교 소저의 부탁 중에 내가 의술을 가르치기로 한 것이 있단다."

승후의 말을 들은 사운화는 어이없다는 표정을 지었다. 그리고는 결국 환자라고는 하지만 자신과 예설보다는 교영을 더 위하는 듯한 행동에 왈칵 눈물을 쏟으며 울먹였다.

"오, 오라버니는… 어, 어떻게 처음 만난 그 교 소저란 여자에게 그토록 잘하려고 하는 거죠?"

"운화야……."

울먹이는 사운화를 승후가 조용히 불렀다. 그러자 사운화는 눈물을 소매로 훔치고는 승후의 얼굴을 똑바로 쳐다보았다.

"우리가 처음 만났을 때를 생각하니?"

"……."

승후의 말을 들은 사운화는 처음 승후와 만났던 때를 기억했다. 그리고는 얼굴을 붉혔다. 승후가 자신을 치료했던 일을 기억해 낸 것이다. 또한 아무런 상관도 없는 자신을 사심 없이 도와주었던 승후의 행동이 생각났다.

"내가 교 소저에게 잘하려고 하는 것은 교 소저를 내가 마음에 두고 있어서가 아니란다. 난 인간적으로 교 소저를 돕고 싶을 뿐이야. 혹 내가 나중에 교 소저에게 다른 감정을 가질지는 모르겠지만 글쎄… 지금은 그런 마음이 전혀 없구나."

승후의 말을 들은 사운화는 또다시 얼굴을 붉혔다. 자신이 우려하는 바를 승후가 직접 설명했기 때문이다.

"……."

"자, 이제 그 이야기는 그만 하고 내일 화산으로 떠날 설아를 위해 환송회라도 해야 하지 않겠니? 내일 헤어지면 앞으로 이 년 동안은 보기 힘들 테니 말이야."

"그래, 언니. 그리고 설아야, 앞으로 이 년이 지나야 겨우 만날 수 있을 텐데 이럴 게 아니라 우리 술이라도 한잔하는 게 어때?"

미려진이 무거운 분위기를 환기시키려 다시 부산을 떨기 시작하는데 때마침 유소경이 주문한 주안이 시비들의 손에 들려 방 안으로 들어왔다. 그리고 어떻게 소문을 들었는지 유백청과 미무진이 문일상이 내일 떠난다는 말을 듣고는 달려왔다. 그리고 유소경이 준비한 간소한 주안과는 달리 때 이른 시간에 성대한 주연이 벌어졌다.

문일상은 처음에 유백청이 큰 주연을 열자 어색해했다. 그러나 곧 미무진이 용문방에서 있었던 일을 안주 삼아 이야기하기 시작하자 어느새 조금 전의 분위기를 잊고 유백청, 미무진과 함께 어울리기 시작했다. 그렇게 술이 몇 순배 돌자 다들 분위기에 취하기 시작했다. 그리고 예설과 사운화 역시 조금 전의 무거웠던 승후와의 이야기를 잊었는지 두 볼을 붉히고는 여자들과 어울려 수다를 떨기 시작했다. 그런 그녀들의 모습에 승후는 조금은 마음이 놓이는 듯했다.

第五章 혈랑채와 낙양표국

"채주님!"

생각에 잠겨 있는 관사성을 고운 목소리가 깨웠다.

"음?"

요즘 낙양표국의 일로 심기가 불편해 있는 관사성으로서는 그다지 달가운 목소리가 아니었다. 평소라면 지금 자신을 부르는 고운 목소리의 주인공을 당장이라도 침대로 끌어 올려 질펀한 정사를 벌였을 터였지만 요즘은 그런 생각이 전혀 없었다. 그것도 대수롭지 않게 생각했던 일개 표국의 일로 말이다.

"채주님……."

이마를 찡그리는 관사성의 표정을 살핀 철계옥은 관사성이 지금 몹시 불편한 심기임을 너무도 잘 알고 있었다. 이에 철계옥은 더욱 은근

한 음성으로 관사성을 불렀다. 그러자 관사성은 마지못해 얼굴을 펴고
는 자신을 부르는 목소리의 주인공을 돌아보았다.

이제 사십을 바라보는 중년의 나이에 들어섰음에도 전혀 중년의 나
이를 엿볼 수 없었다. 되려 시간이 흐를수록 농염함과 완숙함이 더해
관사성의 마음을 들뜨게 했다. 강호에는 혈접낭낭이라는 명호로 유명
했지만 관사성이 생각하는 철계옥은 사랑스런 큰 고양이와 같았다. 그
리고 매번 철계옥이 관사성을 은근히 부르면 관사성은 언제나 철계옥
과 처음 만났던 때를 떠올렸다.

관사성이 혈접낭낭 철계옥을 처음 만났을 때는 관사성이 한참 강호
에 귀령마혈검이라는 악명을 떨치고 있을 때였다. 그때 관사성의 나이
서른이었고 무공 또한 완숙해져 같은 연배에서는 무적에 가까웠다. 그
때 관사성 앞에 나타난 것이 지금의 혈접낭낭이었다. 하지만 당시에는
갓 무림에 나온 풋내기였다. 그때 철계옥이 관사성의 앞에 나타나 대
뜸 한다는 소리가 관사성의 목에 걸린 현상금을 노린다는 것이었다.
철계옥의 말에 관사성은 어이가 없었지만 상대가 무림 초출인 풋내기
인데다 더욱이 관사성이 다투기를 꺼려하는 여자였기에 잘 타일러 보
내려고 했다. 하지만 철계옥은 관사성의 바람과는 달리 막무가내였다.
결국 두 사람은 겨루게 되었고, 관사성과 철계옥 사이에는 현격한 실력
차가 있었기에 철계옥은 삼 초를 펼치기도 전에 관사성의 손에 제압당
하고 말았다. 관사성은 철계옥이 자신의 실력을 깨닫게 된다면 다시는
자신을 쫓지 않을 것이라 생각하고 재빨리 철계옥을 제압했던 것이다.
하지만 철계옥은 며칠을 계속 관사성을 쫓아다니며 주위를 맴돌았다.
처음에는 주위를 맴도는 철계옥의 행동이 신경 쓰였지만 곧 지쳐 떠날

것으로 관사성은 생각했었다. 그러나 아무리 시간이 흘러도 철계옥은 관사성을 떠날 기미가 보이지 않았다. 그렇게 얼마간의 시간이 더 흐른 뒤 철계옥이 관사성 자신에게 관심을 가지고 있다는 것을 눈치 챌수 있었다. 그렇게 시작된 인연이 어느덧 이십 년이 흘러 지금에 이르렀다. 그리고 둘은 혼례를 올리지 않았음에도 아주 자연스럽게 관계를 가지곤 했다. 처음 철계옥과 관계를 가졌을 때 관사성은 나이 차이가 많고 강호에 적이 많아 선뜻 철계옥을 부인으로 맞을 수가 없었다. 그런 관사성의 마음을 이해한 것인지 철계옥은 관사성에게 자신에 대한 어떤 언급도 하지 않았다. 그렇게 둘은 가슴속으로 상대방을 배려하며 서로에 대한 애정을 키워왔던 것이다. 지금도 정식 혼례를 올리지는 않았지만 혈랑채의 모든 사람들은 철계옥을 관사성의 부인으로 대했고 또 관사성도 이것을 당연하게 여겼다.

"또 옛날 생각인가요?"

철계옥이 관사성의 어깨를 가볍게 잡으며 말했다.

"응, 그래……."

"그때 당신은 아주 멋졌어요. 물론 지금도 멋지지만 그때는 당신 곁에 서면 맹수에게서나 맡을 수 있는 냄새가 있었는데……."

관사성이 그랬던 것처럼 철계옥도 처음 관사성을 만났을 때의 모습을 기억해 냈다.

"내 검이 무뎌졌다고 이야기하고 싶은 거군."

사실 이번 낙양표국의 일에 관사성이 직접 나설 필요는 없었다. 혈랑채의 존망이 걸린 중차대한 일이 아닌 이상 관사성이 직접 움직이는 일은 극히 드물었다. 관사성에게는 뛰어난 무위를 지닌 팔백여 명의 수하들이 있고 또 자신을 보좌해 주는 부채주 호후구와 안살림을 챙겨주는 철계옥이 있기에 나설 일은 그다지 많지 않았다. 그래서인지 언젠가부터 철계옥이 관사성의 검이 무뎌졌다는 것을 은근히 돌려 말하기 시작했다. 처음 관사성은 철계옥의 말에 불쾌했지만 시간이 흐를수록 철계옥의 말이 옳음을 온몸으로 느낄 수 있었다. 그래서 이번 낙양표국에 대한 의뢰를 받았을 때 낙양표국의 일로 예전의 감각을 되살릴 수 있을까 하는 막연한 기대감으로 일부러 자신이 직접 나선 것이었다. 그런데 낙양표국의 일은 보기 좋게 실패했고 또한 사천의 혈랑채가 사천의 여러 문파들로부터 공격을 받고 있다. 이에 관사성의 안색이 어두웠던 것이다.

"그 이야기는 그만두고… 다른 할 이야기가 있는 것 같은데?"

잠시 이마를 찡그렸던 관사성이 얼굴을 펴며 철계옥을 바라보았다.

"그래요. 사천의 본채가 공격받고 있다고 해요."

"그건 이미 알고 있는 사실 아닌가?"

며칠 전 사천의 중소 문파들이 연합하여 혈랑채를 공격한다는 소식은 이미 들은 관사성이었다. 그런데 똑같은 이야기를 다시 꺼내는 철계옥의 행동이 이해가 되지 않는다는 얼굴로 철계옥의 다음 말을 기다렸다.

"그랬죠. 그런 피라미들이 공격한다고 해서 본채가 피해를 받지는 않아요. 하지만 당문과 아미파라면 이야기가 달라지죠. 게다가 채주인 당신이 이곳에 있으니 아주 힘든 상황이죠."

"뭣이? 당문과 아미파가? 아니, 무슨 이유로 그들이 우리를 공격한단 말인가?"

관사성이 버럭 소리를 지르며 자리에서 일어났다. 그리고 당장 사천으로 돌아갈 기세로 자리를 박찼다. 그러나 철계옥이 흥분한 관사성을 잡으며 말했다.

"진정해요."

"진정하라니? 사천의 본채가……!"

"그럼 낙양표국의 일은 어떻게 할 생각이죠?"

화를 내는 관사성에게 철계옥이 낙양표국의 일을 상기시키자 관사성은 순간 할 말을 잃고 말았다. 그리고 처음과 같이 이마를 찡그리며 침대에 주저앉았다.

"음……."

"그리고 구강에 있는 낙양표국 사람들이 낙양에 도움을 청하기 위해 사람을 보냈다고 해요."

"흠……."

"그렇다고 당장 낙양표국에서 표사들을 증원하지는 못할 거예요. 낙양표국의 두 대표두 역시 표행 중이고 국주 또한 병중이라 현재의 낙양표국으로서는 증원할 여력이 없죠. 하지만 그렇다고 해서 우리가 언제까지 길목만 지키고 있을 수는 없어요. 아직은 당문과 아미에서 전력을 다하고 있지 않지만 언제 그들의 주력이 본채를 공격할지 모르니까요."

"그렇다면 역시 돌아가야 한다는 것인가?"

"일단은 사천의 근거지를 지키는 것이 낙양표국의 일보다 중요하다고 생각해요. 만약 사천의 근거지를 잃어버리면 우리는 무림을 떠돌아야 하잖아요. 그렇다고 아무 곳에나 자리를 잡을 수도 없구요. 당신을 따르는 혈랑채 가족이 많다는 것을 생각해요. 그리고 당신의 나이에 새로 무언가를 시작한다는 것은 그다지 쉽지 않아요."

"하지만 이대로 돌아간다는 것은……."

철계옥의 말을 충분히 이해한 관사성이었지만 이대로 낙양표국을 눈앞에 두고 돌아간다는 것은 내키지 않았다. 그리고 자신에게 의뢰한 자들이 남기고 간 전표를 생각하니 더 더욱 쉽게 발이 떨어지지 않았다.

"역시 그 전표가 문제겠지요?"

마치 자신의 뱃속을 훤히 들여다보는 것과 같은 철계옥의 말에 관사성은 크게 놀랐다. 언제나 관사성에게 근심이 있으면 그것을 쉽게 알아차리는 철계옥이었지만 매번 이러한 일이 있을 때마다 깜짝깜짝 놀라는 관사성이었다.

"호호, 당신과 살을 섞고 산 지가 벌써 이십 년이에요. 이 정도는 당신의 얼굴 표정만 봐도 알 수 있다구요."

"그, 그래……."

철계옥이 웃으며 수염이 가득한 관사성의 얼굴을 가볍게 꼬집었다. 그러나 관사성은 철계옥의 설명에도 여전히 떨떠름한 표정이었다. 그러나 이런 관사성의 표정 변화가 재미있는지 철계옥은 관사성의 얼굴을 보며 웃어댔다.

"험, 험."

철계옥의 웃음소리에 머쓱해진 관사성이 헛기침을 했다. 머쓱해하는 관사성을 보며 철계옥은 그제야 웃음을 그쳤다. 그리고는 관사성의 넓은 어깨를 뒤에서부터 껴안으며 낮은 목소리로 말했다.

"당신이 무엇 때문에 그 전표에 집착하는지 알아요. 아마도 본채 가족들의 삶을 좀 더 풍족하게 해줄려는 당신의 배려겠지요. 하지만 지금은 몇 장의 전표보다 본채의 가족들이 더 중요하다고 생각하지 않아요? 자칫 늦기라도 한다면 본채에 남아 있는 아이들이 목숨을 잃을 수도 있어요."

철계옥의 말을 들은 관사성은 흠칫했다. 사천에서 가장 큰 혈랑채는 사천과 감숙성을 통하는 요지에 자리하고 있기 때문에 많은 상인들로부터 보호금이라는 명목으로 적지 않은 액수를 받아내고 있었다. 그리고 혈랑채는 부유한 상인들에게는 많은 보호금을 받아내지만 영세한 상인이나 개인이 지날 때에는 오히려 무사히 사천을 벗어날 수 있게끔 도움을 주기도 했다. 그래서 영세 상인들과 혈랑채의 도움을 받는 힘이 없는 사람들은 혈랑채를 아주 고마워했다. 또 사천에 버려진 고아들과 부랑자들을 끌어 모아 채 내에서 기르거나 보살피기도 했기에 비록 혈랑채가 도적 떼이기는 했으나 지금까지 사천의 여타 문파와 크게 부딪치거나 하지는 않았다. 그런데 갑자기 지금 당문과 아미파가 혈랑채를 공격하는 이유는 알 수 없었지만 채주인 관사성이 이곳에 계속 머무른다면 혈랑채에 남아 있는 많은 힘없는 사람들이 곤욕을 치를 수도 있는 일이었다. 이에 생각이 미친 관사성의 얼굴이 굳어졌다.

"휴, 역시 그렇게 해야 하나?"

"예. 그리고 그들이 낙양표국의 표행을 저지해 달라고 했지 표물을 빼앗아 달라고는 하지 않았잖아요. 그러니 우리도 할 만큼 한 셈이죠."

"흠… 듣고 보니 그렇게도 생각할 수 있겠군. 하지만……."

"그리고 우리가 철수하는 대신 이곳에 수하들을 조금 남겨놓도록 하죠. 지금 낙양표국으로서는 많은 사람들이 부상을 입어 처음의 반도 되지 않는 인원으로 표행을 계속해야 되잖아요. 그러니 이곳을 사조의 경고풍과 수옥이에게 맡기도록 하세요. 이들이라면 무리없이 낙양표국의 표행을 저지할 수 있을 거라고 생각되는데 당신 생각은 어때요?"

"하지만 경조장과 수옥이만으로는 조금 부족하지 않을까?"

"조금 전에도 말했지만 지금 낙양표국 정도는 사조의 인원만 가지고도 충분해요. 설마 당신은 당신이 직접 키운 수하들을 못 믿는 건 아니겠죠?"

"그건 당연히 아니야. 하지만 낙양표국이 구강에서 새로운 표사들을 모집한다고 들었는데… 혹 뛰어난 무사가 함께하기라도 한다면 아무래도……."

"그럴 수도 있겠죠. 하지만 제가 알아본 바로는 지금까지 근 보름이 지났음에도 표사를 희망하는 사람이 아무도 없었다고 하니 크게 걱정할 필요는 없을 거라고 생각해요."

"흠… 좋아. 계옥이 자네의 말을 듣도록 하지. 자네 말을 들어서 한 번도 손해 본 일이 없었으니 이번 일도 자네의 말이 옳겠지."

"고맙군요, 그렇게까지 신뢰해 주시다니."

관사성의 말에 미소를 지으며 철계옥은 관사성의 힘이 느껴지는 목을 두 팔로 감았다.

"고맙긴. 언제나 당신이 옳았지, 그때나 지금이나. 하여튼 서둘러 돌아갈 준비를 해야겠군."

"읍!"

관사성은 자신의 목을 감싸고 있는 철계옥의 팔을 풀고는 철계옥을 힘껏 안았다. 그리고 철계옥의 작은 입술을 관사성 자신의 투박한 입술로 덮었다. 갑작스런 관사성의 행동에 철계옥은 저지하려 했지만 곧 두 팔로 관사성의 강한 목을 힘차게 감았다. 그렇게 얼마 후 관사성과 철계옥은 하나가 되었고 철계옥이 흘리는 교성에 부끄러움을 느꼈는지 얼굴을 붉힌 해가 빠르게 지평선 너머로 숨어들기 시작했다.

  "아직도 지원자가 없나?"
  곽영이 축 처진 어깨를 하고 있는 국진국에게 물었다. 그러자 국진국의 어깨는 더욱 아래로 처졌다. 그렇지 않아도 체구가 작은 국진국이 더욱 작게 보였다.
  "급료를 팔십 냥으로 했음에도 아무런 지원자가 없단 말인가?"
  곽양의 탄식과도 같은 말에 국진국은 낮게 한숨을 쉬었다.
  "예……."
  "그럼 본국에서의 증원은?"
  "그것도 여의치 않을 것 같습니다."
  "그렇다고 마냥 이곳에 죽치고 있을 수만은 없지 않나?"
  "예……."
  "안 되겠어. 우리만으로도 악양으로 출발해야겠어."
  "예? 아, 안 됩니다, 곽 표두님. 장 대표두 어른도 안 계신 상황에서 우리만으로 혈랑채를 뚫고 악양으로 향한다는 것은 불가능합니다. 저번에는 혈랑채의 채주인 귀령마혈검 관사성을 장 대표두님이 겨우 막아냈기에 우리가 이렇게 무사할 수 있는 것을 잘 아시지 않습니까?"
  현재의 인원으로 표행을 계속한다는 것이 불가능하다고 국진국이 강력하게 반대했다.

"나도 자네의 걱정을 잘 알고 있네. 하지만 더 이상 다른 방도가 없지 않나? 게다가 혈랑채가 무서워 언제까지고 표행을 미룰 수도 없는 노릇이고……. 이제 겨우 십대표국과 나란히 설 수 있는 위치에 오르게 되었는데 자네는 우리가 이대로 주저앉기를 바라는가?"

"아닙니다, 곽 표두님. 절대 그런 의도는 아닙니다. 하지만 저희들만으로 표행을 한다는 것은 죽자고 불속에 섶을 지고 들어가는 꼴이 아닙니까? 너무도 확연한 결과가 보이는 것을 어쩝니까."

"하지만 말이네, 이대로 혈랑채의 눈치만 보고 있다고 해서 달라지는 것도 없지 않나? 혹시 모르지. 혈랑채가 설마 우리의 인력으로 표행을 계속할 것이라는 것을 생각지 않고 방심하여 틈이 생길지도."

"곽 표두님, 그건 너무 지나친 생각입니다. 그런 낮은 가능성에 우리의 목숨과 표물을 거는 것은 너무 무모하다고 생각지 않으십니까?"

"하지만 난 지금 지푸라기도 잡고 싶은 심정이라네."

"그야 저도 그런 곽 표두님을 충분히 이해합니다."

곽영의 말을 들은 국진국은 말끝을 흐리며 잠시 생각에 잠겼다. 그리고는 무언가 결심을 굳힌 얼굴로 곽영의 얼굴을 바라보았다.

"그럼 저에게 일주일만 시간을 주십시오. 제가 일주일 동안 좀 더 사람을 구해보도록 하겠습니다."

"지금까지도 구하지 못한 사람을 갑자기 어디서 구한단 말인가?"

"일단은 저에게 맡겨보십시오. 그리고 그때까지도 아무런 지원자가 없다면 그때는 곽 표두님의 말을 따르겠습니다."

국진국이 결심에 찬 눈으로 곽영을 보았다. 이에 곽영은 하는 수 없이 국진국에게 허락하고 말았다.

"좋네. 일주일이네. 그때는 내가 어떤 말을 하더라도 따라야 하네."

"예, 곽 표두님."

국진국은 곽영의 말에 대답하고는 급히 밖으로 나갔다. 지금까지는 방을 붙여 사람을 구했지만 이제부터는 이곳 사람들에게 물어 무위가 뛰어난 사람을 찾아 직접 부탁할 요량이었던 것이다.

『총표두』 3권에 계속…

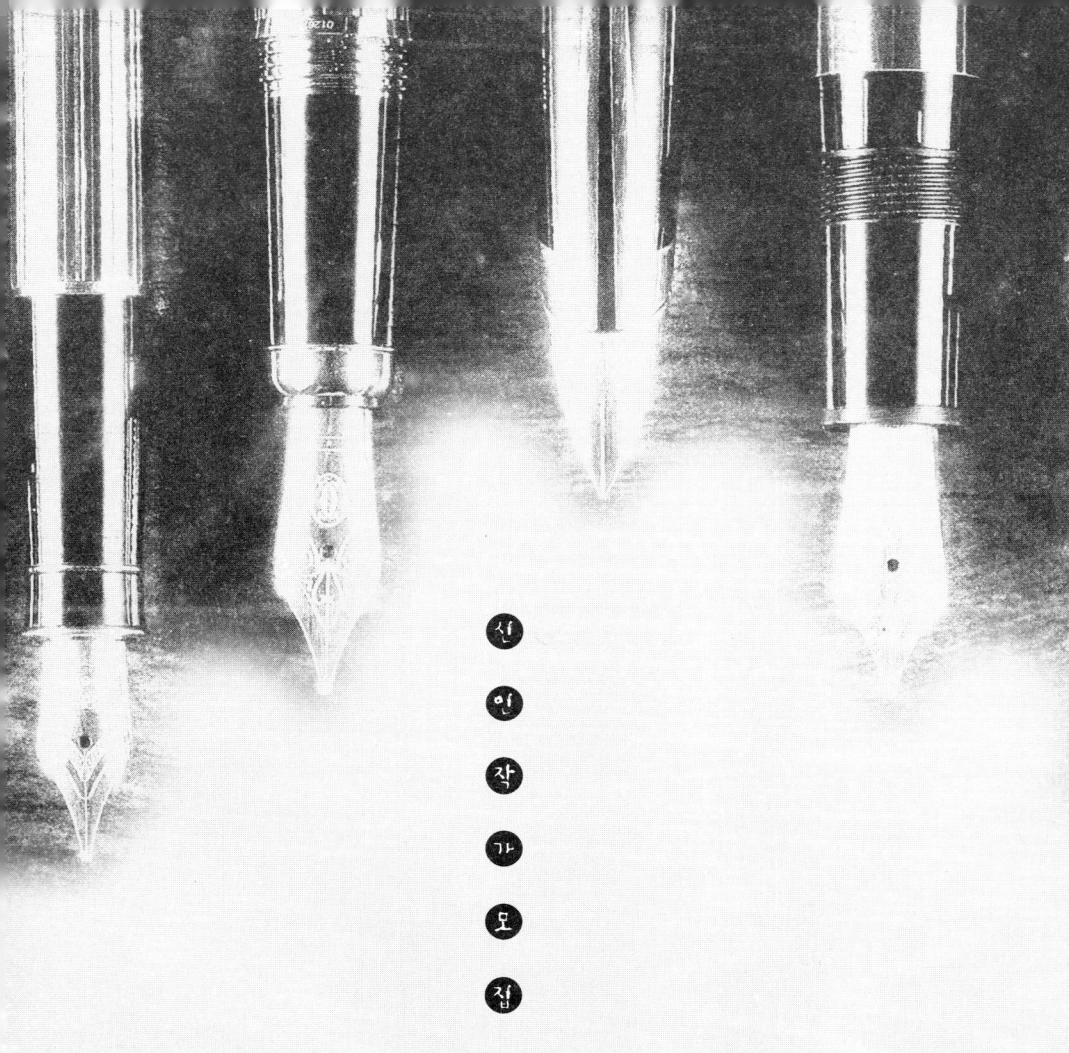

신인작가모집

**시작이 반이라고 했습니다.
작가의 길에 대한 보이지 않는 벽을 과감히 깨뜨리십시오!
청어람은 작가 지망생 여러분들의
멋진 방향타가 되어드리겠습니다.**

저희 도서출판 청어람에서는
소설 신인 작가분들을 모집합니다.
판타지와 무협을 사랑하시는 분들의 많은 참여를 바랍니다.
소정의 원고(A4용지 150매)를 메일이나 우편으로 보내주시면
검토 후 출판 여부를 알려드리겠습니다.

주소:경기도 부천시 원미구 심곡1동 350-1 남성B/D 3F 우편번호420-011
TEL:032-656-4452 · **FAX**:032-656-4453
http://www.chungeoram.com
e-mail:chungeoram@chungeoram.com